Biographe pendant quinze ans et chroniqueuse de presse, ***Karine Lebert*** *est une passionnée de l'écriture. Elle nous révèle son talent de romancière dès son premier roman,* Nina et ses sœurs. Les Mystères de Camille *est son troisième roman aux Éditions De Borée pour lequel elle a entrepris un important travail d'historienne.*

Les Mystères de Camille

Du même auteur

Aux éditions De Borée

La Dame de Saïgon
Le Secret d'Emma
Les Brumes de Vouvray
Les Ombres du palais
Les Sortilèges du Tremblay
Loin de Margaux
Nina et ses sœurs

Autres éditeurs

Ce que Fanny veut...
L'Indochinoise
Les Saisons du mensonge
Rouge bonheur

Terre de poche
45, rue du Clos-Four – 63056 Clermont-Ferrand cedex 2

KARINE LEBERT

LES MYSTÈRES DE CAMILLE

De Borée
Terre de poche

Le livre de recettes de mon arrière-grand-mère maternelle a inspiré cette histoire.

Marie Beucher exerça le métier de cuisinière… et excella dans la pâtisserie, comme mon héroïne, Camille : j'ai puisé dans son recueil rédigé à l'encre pâlie de nombreuses idées de recettes pour ce roman…

Et puis, comme toujours, à Patrick. Merci pour son soutien et sa compréhension.

Mystère : ce qui est obscur, inconnu, caché, secret…

Mystère : crème glacée fourrée de meringue et enrobée de praliné (Petit Larousse).

Première époque

LES ANNÉES DE TERRE

I

Une ferme dans les marais (1930)

LES RICHES HERBAGES du Marais-Vernier ondoyaient sous la brise et réfléchissaient une lumière qui fit cligner les yeux de Camille quand elle ouvrit la porte de la ferme. Il était très tôt et la jeune fille aurait bien prolongé sa nuit de quelques minutes mais la vue du paysage sous le soleil de juin possédait la force d'un appel, et elle oublia bien vite le confort de son lit. Le temps pressait. L'adolescente n'en resta pas moins plusieurs secondes à contempler les pâtures au loin dans lesquelles vaches et chevaux bougeaient à peine, la tête ployée pour broyer l'herbe grasse : taches claires, taches sombres, comme la palette d'un peintre qui n'utiliserait que du beige, du marron et du noir. L'hiver avait été rude, le printemps morose. Camille goûtait le réconfort de cette chaude période de moisson, adoucie par un vent léger. Déjà les fermiers s'activaient dans les champs. La jeune fille ne les aiderait pas. Son rôle consistait à veiller sur les bêtes. C'était un travail qui nécessitait peu d'efforts mais qui pesait lourdement sur les épaules de l'adolescente à cause de la solitude dans laquelle il l'enfermait.

Depuis sa naissance obscure, Camille se sentait parfois une étrangère sur cette terre normande. Mais aujourd'hui, elle souffrait surtout d'être seule au milieu des bêtes familières, certaines aimantes, auxquelles il ne lui fallait pourtant pas s'attacher puisqu'elles finiraient toutes à l'abattoir.

Calant bien sur son épaule la musette qui contenait son déjeuner, la jeune fille s'éloigna de la ferme vers les pâturages, en empruntant un chemin poussiéreux qui serpentait entre les clôtures. Elle se dirigeait vers la Seine. Le fleuve faisait partie intégrante de sa vie depuis que Julien l'avait trouvée sur sa rive, bébé de deux mois vagissant dans l'herbe trop humide. Seize ans plus tard, la jeune fille ne savait toujours pas qui l'avait mise au monde ni pourquoi on l'avait abandonnée sur les berges de la Seine, à la merci des animaux sauvages et des malfaisants.

Le paysage du Marais-Vernier déployait ses charmes. Une plaine de cinq mille hectares sillonnée de canaux avait été assainie et répartie entre les exploitants du village. Les marais asséchés, isolés des eaux fluviales grâce à la digue des Hollandais construite au XVIIe siècle, se situaient sur la rive gauche de la Seine. Voilà pourquoi les animaux qui y paissaient étaient tous marqués au fer rouge, afin de bien les départager. Les lettres MV se détachaient sur les cornes des bovins et les sabots des chevaux, accompagnées du numéro ou des initiales de leur propriétaire. L'étampage remontait à la fin du XVIIIe siècle. Depuis des années, une des principales tâches de Camille consistait à s'occuper des bestiaux au sein des prairies alluviales. Son contact avec la Seine était fréquent : elle coulait à moins de trois kilomètres du village. Elle en contemplait souvent le cours d'un air pensif, songeant combien elle avait envie d'y plonger pour en suivre le méandre jusqu'à s'établir dans un lieu où elle se sentirait plus à sa place. « Si je continue comme cela, muette, consentante, soumise à mon sort, je vais connaître le même destin que mes animaux qu'on livre aux abattoirs du Havre. Je vais finir par mourir. » Elle était troublée par les pensées qui lui traversaient l'esprit, différentes de celles des jeunes filles de son âge qui ne bénéficiaient pas de tant de solitude et de silence pour réfléchir.

À mesure qu'elle marchait sur le chemin où ses sabots soulevaient une fine poussière aussi blonde que sa chevelure, la vie reprenait dans le marais. Camille longeait des chaumières devant lesquelles des femmes lui faisaient signe. Elles n'auraient pas été contre un petit brin de causette mais elles savaient que, comme chaque matin, l'adolescente n'avait pas le temps de bavarder. Toutes les maisons présentaient la même apparence, typique de la Normandie pour les colombages, propre au Marais-Vernier pour le toit constitué de chaume et surmonté de terre plantée d'iris. Les roseaux avaient été coupés à la faucille dans les marais puis fixés au toit au moyen de fil de fer. Il fallait ensuite les tailler en biseau afin que la pluie pût s'écouler naturellement. La coupe des roseaux ainsi que l'exploitation de la tourbe en combustible composaient deux activités importantes des marais.

À quelques kilomètres du village, Camille longea une grande mare dont la situation au sein des marais en faisait le refuge d'une multitude de canards qui se cachaient dans l'épaisseur des roseaux. Ils en étaient chassés par des hommes embusqués sur des barques. La jeune fille tentait de se montrer moins sensible mais la mort programmée des animaux, aussi bien ceux dont elle était proche que les oiseaux migrateurs, lui devenait d'année en année plus pénible. « C'est un signe, se disait-elle. Je dois partir. Il est temps. » Mais comment subvenir à ses besoins, comment vivre décemment et se débrouiller en ville ? Elle ne connaissait que la campagne et le projet qu'elle nourrissait ne pouvait se concrétiser en ce lieu. Ses rares virées à Honfleur lui avaient appris que là était l'endroit où elle désirait vivre et exercer le métier pour lequel elle se sentait destinée. Ce n'était cependant pas encore le moment de méditer sur l'avenir. Elle ajusta la coiffe sur ses cheveux afin de mettre un peu d'ombre sur sa peau trop brunie de fille de la campagne, alors que la mode privilégiait les teints laiteux. Camille commençait sa journée auprès de ses bêtes. Elle savait que son esprit n'allait pas tarder à l'entraîner dans de fantasques rêveries durant toutes ses heures de solitude dans les pâtures des marais. Sur les collines, la forêt se dressait alors que le bas de la pente accueillait les habitations cernées de vergers. Plus bas encore, des parcelles où l'on cultivait choux et citrouilles, puis la Seine.

Après avoir compté les animaux pour vérifier qu'il n'en manquait aucun, la jeune fille s'installa à l'ombre d'un pommier. Le thermomètre de la cour de la ferme devait déjà afficher au moins vingt-deux degrés alors qu'il n'était que 7 heures et demie. Camille imagina sa mère en train de ranger la vaisselle du petit-déjeuner, de secouer la nappe à carreaux afin que les poules mangent les miettes. Rien ne devait être perdu, les Mercier n'étaient pas riches. Une longue journée de travail attendait Francine et son mari, Julien. Ce dernier devait être tôt dans les champs en cette période de moisson. Francine allait vaquer toute la matinée à la maison avant de le rejoindre, portant les victuailles de la première collation de 11 heures. Songeant à ses parents adoptifs, Camille sentit la tristesse et l'amertume s'emparer d'elle. Non qu'elle pût les blâmer de s'être mal occupés d'elle, ils avaient fait de leur mieux. Elle n'avait jamais reçu de mauvais traitement. Elle n'avait pas été considérée comme une domestique. Elle les appelait « maman » et « papa » comme s'ils étaient du même sang. À parts égales, les marques d'affection et les gestes de colère avaient été distribués entre elle et le fils unique du couple, Mathieu. Elle ne pouvait leur reprocher de véritables griefs, pas davantage du moins qu'une fille naturelle.

Les Mercier avaient tout de suite proposé d'adopter le bébé dont les recherches pour retrouver les vrais parents n'avaient pas abouti. La loi était souple, ils n'avaient pas subi de trop longues tracasseries avant de pouvoir ramener le nourrisson chez eux. Baptisée Camille parce que c'était le saint du jour, l'enfant avait quand même été placée plusieurs mois dans un orphelinat de Rouen avant de profiter de la douceur d'un foyer. Elle n'en gardait aucun souvenir.

Francine et Julien Mercier exploitaient une modeste ferme au sein du marais. Leurs bêtes, principalement des vaches, broutaient l'herbe des pâtures à la belle saison. Quelques moutons, un cochon, une abondante basse-cour et surtout la production de choux, salades, fèves du marais appelées « gourganes », pois gris et rouges, artichauts et « d'Bresi », gros haricots blancs veinés de rose, constituaient un petit patrimoine. Les pommiers leur permettaient aussi de fabriquer du cidre que Francine vendait sur le marché de Pont-Audemer avec son beurre, ses confitures, ses œufs, ses poulets... Les Mercier vivaient chichement. Ils avaient tenté sans succès d'avoir d'autres enfants après Mathieu, âgé aujourd'hui de vingt-cinq ans. Le jeune homme travaillait à la ferme avec son père. Il désirait en reprendre les rênes seul quand la santé de Julien déclinerait, l'éloignant du dur labeur d'un agriculteur-éleveur. Mathieu et Camille s'entendaient bien, sans être très intimes. Mathieu ne parlait pas beaucoup et jamais de sujets qui auraient intéressé l'adolescente. Plusieurs fois, Francine avait remarqué que la jeune fille était trop rêveuse. Contrairement aux apparences, elle se trompait. Si Camille était souvent perdue dans ses pensées, c'est qu'elle élaborait des plans, fourbissait des projets, s'imaginait un avenir : elle était dans l'action mais en gestation.

En attendant, elle obéissait et exerçait des tâches pour lesquelles elle n'était pas faite, qui l'ennuyaient et la rebutaient à la fois. La jeune fille savait que ses parents adoptifs n'étaient pas insensibles aux marques d'attention que lui prodiguait le fils d'un voisin, le jeune Pierre dont l'âge et le milieu correspondaient aux siens. Celle que l'on avait souvent surnommée « la bâtarde » lors de ses années d'école pouvait s'estimer heureuse d'avoir intéressé un jeune homme sérieux comme Pierre. Mais il y avait quelque chose de peureux dans le regard qu'il posait sur elle qui chagrinait Camille comme si la pusillanimité de son prétendant était le signe que son existence avec lui serait médiocre. L'adolescente avait d'autres ambitions que de devenir fermière et son jugement lucide sur Pierre lui disait qu'il ne pourrait être le compagnon de la soif qui l'animait. Car Camille avait un don qui était connu et apprécié au village. Elle désirait transformer ce miracle (c'en était un quand on savait d'où elle venait) en réussite. Camille savait faire la cuisine, et en particulier la pâtisserie, mieux que personne. Même le boulanger devait convenir que ses gâteaux valaient presque les siens. Ce talent gardait son mystère. Certains murmuraient que la mère indigne de Camille le possédait peut-être et l'avait transmis à sa fille. Du talent, il en fallait pour réussir, sans avoir jamais appris qu'en aidant Francine à confectionner les plats simples et traditionnels du quotidien, à rendre à la fois goûteuse et attrayante une pâtisserie aussi élaborée qu'une bûche de Noël ou une galette des Rois.

Camille s'était essayée aux deux, osant même ajouter sa touche personnelle en ne respectant pas scrupuleusement la recette. Elle avait alors dix ans. Francine avait dévoré une part des gâteaux, les avait fait goûter à ses voisines puis, face à leur étonnement admiratif, avait fini par proposer sur son étal, au marché, quelques douceurs confectionnées par la fillette. Les acheteurs avaient vanté la délicatesse des mets. Francine avait tu le nom de celle qui en était l'auteur. C'est ainsi qu'elle avait gagné des sous grâce à Camille à laquelle elle n'avait en revanche rien caché. Dans l'esprit de cette dernière, à mesure que ses tartes et gâteaux connaissaient un engouement toujours plus important, l'idée avait germé de faire de cette prédisposition inespérée un métier. Mais ses parents adoptifs n'y étaient pas favorables. Ils préféraient la voir mariée à Pierre et assujettie aux multiples tâches de la ferme plutôt qu'en apprentissage à la boulangerie du village comme elle le désirait. Hector, le boulanger, l'aurait pourtant accueillie avec plaisir : il avait lu en elle des promesses qui ne demandaient qu'un peu de technique pour atteindre la perfection – la perfection, telle qu'on se la représentait au village du Marais-Vernier. Camille y voyait le moyen de s'améliorer avant de proposer ses services dans une grande ville plus exigeante comme Honfleur. Mais pour l'instant, son ambition se heurtait à la vision conventionnelle du destin d'une jeune fille selon ses parents : le mariage et les enfants.

Que Camille vécût en ville, loin d'eux, aurait été scandaleux, sans compter qu'ils n'avaient pas les moyens de subvenir à ses besoins. Elle n'avait jamais évoqué Honfleur devant eux, connaissant d'avance leur réaction. Toutefois, elle avait été surprise et furieuse qu'ils lui refusent une place à la boulangerie du village où elle ne risquait rien. Son souhait le plus cher était de prendre la fuite. En même temps, elle ne voulait pas se fâcher avec sa seule famille et elle avait peur de ne pas réussir à faire face à l'inconnu et aux dangers d'une grande ville et d'une nouvelle vie.

Au fil des années, Camille avait appris à lire, écrire et compter, avant de quitter l'école à quatorze ans pour aider à la ferme à plein temps. Elle aimait s'occuper des animaux, traire les vaches, nourrir les poules, assister à l'étampage au cœur du village, même si la vue de la corne brûlée des vaches, des sabots calcinés des chevaux lui inspirait de la pitié. Les étampes étaient chauffées à blanc par le forgeron. Tout le village assistait au spectacle. Camille savait que de longs mois de solitude l'attendaient dans les prairies alluviales, que ce rituel annuel annonçait beaucoup de renoncements. Mais les Mercier n'avaient pas les moyens de s'offrir un nouvel employé pour veiller sur les bêtes et cette tâche monotone n'incitait pas grand monde à postuler. Camille avait consenti au sacrifice de cette liberté qu'elle chérissait en songeant qu'il ne durerait pas : bientôt, elle aurait quitté le Marais-Vernier pour Honfleur. Afin de ne pas trop s'ennuyer, elle emportait avec elle des cahiers qu'elle remplissait de recettes. Car c'était peut-être cette faculté à mélanger les ingrédients pour les transformer en de savoureux plats qui intriguait le plus ceux qui ne tarissaient pas d'éloges sur son talent : la jeune fille ne se contentait pas de suivre le savoir des anciens, elle le devançait, elle le distançait. Du jamais vu !

La plus importante expérience culinaire de Camille avait eu lieu lors d'un déjeuner dominical en février dernier...

... La pâte devait à présent reposer pendant trois heures.

La jeune fille entreprit de nettoyer plats et ustensiles avant le retour de sa mère. Tout en s'activant, elle songeait, non sans fierté, à sa recette dont les grumeaux étaient absents. À n'en pas douter, ce serait là de bonnes crêpes aux pommes et au pommeau ! Dans la terrine, elle avait rassemblé farine, sucre et sel, avant d'y mettre lentement le lait. Puis elle avait incorporé le beurre fondu et enfin le pommeau, sans en abuser, car le goût d'alcool lui répugnait s'il était trop fort. L'opération la plus amusante consistait à pétrir la pâte afin qu'elle devînt compacte et fluide à la fois, ce qui exigeait une certaine technique. Accompagné de bolées de cidre, ce dessert clôturerait le déjeuner durant lequel on attendait sa tante et son oncle, Augustine et Basile Archer. La compote de pommes était prête. Resterait à faire les crêpes, tâche qui lui serait dévolue : les crêpes de Camille n'étaient jamais ni trop épaisses ni trop fines, elles avaient la consistance idéale. Sa mère et sa grand-mère avant elle avaient fait les mêmes.

Quand Camille et Mathieu étaient petits, ils furent gardés chacun leur tour par leur grand-mère maternelle. Lorsqu'ils atteignirent l'âge de raison, à presque dix ans d'intervalle, ils rentrèrent seuls de l'école jusqu'à la ferme. Ils fréquentaient l'unique classe du village sans conviction. Le garçon ne parvenait pas à se concentrer. Et la fillette se moquait de l'instruction car tout ce qui l'intéressait dans la vie tenait en un mot : cuisiner. Cependant, il avait fallu autre chose pour forcer à ce point son intérêt et lui octroyer le talent, rare à dix ans, d'être capable de confectionner plusieurs recettes sans assistance. C'est ainsi qu'elle réussissait presque aussi bien que sa mère la confiture de lait, la tarte aux pommes ou les côtes de veau à la crème. Francine s'en félicitait : sa fille serait à même de contenter son époux plus tard et de nourrir la nombreuse fratrie qu'elle n'avait pas eue, son ventre étant resté aussi plat qu'une anguille, une fois Mathieu mis au monde. Camille souriait et répétait à l'envi qu'elle serait pâtissière dans un salon de thé, ce qui faisait s'esclaffer les Mercier qui n'étaient jamais entrés dans ce genre d'établissement. Lors d'une visite à Honfleur, Camille en avait un jour demandé le nom face à la vitrine remplie de gâteaux colorés, dignes de sculptures, et aux clientes élégantes qui portaient à leurs lèvres de délicates tasses d'où s'échappait le léger nuage d'un breuvage qu'on lui avait nommé comme étant du thé : sa vocation était née.

Aussi blond que Camille même s'il n'était pas son frère, Mathieu avait les grands yeux noirs de leur père, frangés de cils épais, alors que ceux de l'adolescente étaient du même bleu que les assiettes en faïence de Forges-les-Eaux qui ornaient les poutres de certaines pièces de la maison. Ce dimanche-là, il se dirigea tout droit vers la cuisine dans laquelle flottait une bonne odeur de pommes. Camille le suivit d'un œil soupçonneux car Mathieu avait l'habitude de goûter aux plats avant même qu'ils soient terminés : elle craignait que sa pâte à crêpes, qui reposait sur le rebord de la fenêtre, ne subît un vilain sort. Mais il se contenta de mordre dans une pomme, tout en notant le contenu du déjeuner, sans y toucher. D'ailleurs il savait que la charge lui revenait d'allumer le feu avant l'arrivée de l'oncle et de la tante. Il fallait vite descendre à la cave où le bois était entreposé et remonter un panier de bûches bien sèches jusqu'au séjour où la cheminée entretiendrait une chaleur réconfortante tout le long du jour, en ce mois le plus froid de l'année.

Ce midi, le menu de Camille serait digne d'un festin. Avant les crêpes aux pommes et au pommeau, elle avait prévu des œufs en beignets puis un lapin au cidre doux. La difficulté pour l'entrée consistait dans la préparation de la sauce Béchamel et aussi des beignets qu'il fallait frire, mais elle était satisfaite du résultat. Les poules pondaient à nouveau depuis fin janvier, après un arrêt de plusieurs mois. Le retour des œufs annonçait toujours l'imminence du printemps. Les Mercier possédaient aussi un potager mais rien ne poussait encore en cette fin d'hiver. Quant au lapin, c'était un plat qu'elle aurait pu faire les yeux bandés, aussi connu en Normandie que la tarte aux pommes.

L'adolescente commençait à dresser la table quand sa mère rentra. Comme Mathieu, Francine fut aussitôt sensible aux senteurs agréables qu'exhalait la cuisine. Elle sourit en observant l'application que mettait Camille à disposer la vaisselle sur la nappe blanche amidonnée. L'expression concentrée de ses traits était démentie par son apparence enfantine et les efforts redoublés qu'elle devait livrer afin d'atteindre le centre de la table. Ce qu'il y avait de rare chez cette adolescente frappa soudain sa mère adoptive : était-ce un atout ou une tare de se démarquer ainsi ? Camille leva les yeux vers Francine qui y lut un intérêt fugace. Elle refusait d'interrompre sa tâche pour venir à sa rencontre et l'embrasser. Elle se contenta donc de lui signaler qu'elle avait presque fini. Parfois, Francine avait l'impression que la passion de Camille revêtait un caractère hostile et l'éloignait d'elle. Mais la plupart du temps, elle se félicitait de cette aide providentielle.

Les invités étaient arrivés, le déjeuner pouvait commencer. Augustine Archer était la sœur cadette de Francine. Elle avait épousé un meunier. Augustine aidait son mari au moulin et mettait à jour sa comptabilité. Basile se chargeait des livraisons, tâche qui nécessitait d'être robuste. En guise de cadeau, ce soir-là, ils étaient d'ailleurs venus avec un grand sac de farine qui avait fait le bonheur de Camille. Elle tirait déjà des plans pour l'incorporer dans la confection de succulentes pâtisseries.

Camille sentit son cœur battre un peu plus vite comme si elle mettait un titre en jeu : celui de la meilleure cuisinière de la famille Mercier ? L'honneur en revenait encore à Francine mais la jeune fille n'était pas sûre que cette suprématie perdurerait longtemps. Avec un détachement qu'elle était bien loin de ressentir, elle se rendit en cuisine finaliser son entrée. Il fallait servir les beignets bien chauds. Sur le grand plat, elle en disposa dix entourés de mâche. Retenant son souffle, elle porta ce dernier comme un trophée sur la table autour de laquelle le silence tomba tout à coup. Tous contemplaient les beignets dorés à point. Les compliments fusèrent sur la présentation. Camille les accueillit avec inquiétude, dans l'attente du jugement le plus important : le goût. Quand tout le monde se fut servi, elle tronçonna son beignet avec précipitation, prête à faire face à un échec. Les œufs brouillés entourés de leur corset de friture fondaient dans la bouche. On fut unanime à reconnaître que le plat de Camille était un délice.

La conversation reprit autour de la table. Camille savourait à présent ses beignets sans lui prêter une oreille attentive. Elle notait mentalement leurs qualités et leurs défauts avec une clairvoyance qui n'avait pas été le propre des siens. Ils avaient voulu lui faire plaisir, même si l'entrée était très bonne, mais la jeune fille en son for intérieur ne se pardonnait pas le moindre manquement. Or elle trouvait ses œufs pas assez relevés : il aurait fallu les accommoder avec du persil mais ce dernier était rare en février. Il lui faudrait noter cette réserve sur son cahier où figuraient toutes ses recettes. Il était déjà bien rempli.

En ce mois d'hiver, le feu, les lampes à pétrole et les bougies réunissaient leurs forces afin d'assurer une luminosité ténue. Si la lumière parcimonieuse faisait un joli teint aux femmes, elle projetait aussi sur les murs des ombres mouvantes et un peu effrayantes qui énervaient Typhon et Scarlett, le couple de chats de la ferme. Lorsqu'ils étaient chatons, ils se jetaient dessus en essayant de les attraper mais ils avaient fini par comprendre que leurs tentatives étaient vaines et ils se contentaient à présent de leur lancer des regards désapprobateurs, trahissant bien le grand dérangement que ce rassemblement de famille leur causait. Les noms des félins avaient soulevé bien des questions. Pourquoi pas plutôt Mistigri et Minette ? Typhon avait été choisi parce qu'un cousin de Julien s'était exilé en Indochine d'où il écrivait de longues lettres à la fois tristes et résonnant d'un espoir jamais éteint, qui évoquaient les catastrophes dont il était victime, des fièvres aux typhons, mot que Julien ne connaissait pas et dont la consonance lui avait plu. C'est ainsi que le mâle gris et blanc avait été nommé. Quant à sa moitié tigrée, elle ne devait pas son patronyme à une certaine Scarlett O'Hara puisque le roman ne paraîtrait que six ans plus tard mais à la fille d'un fermier irlandais, ami de Julien.

Les deux matous finirent par s'endormir loin de l'assemblée et de ses éclats de voix. Camille retourna en cuisine où elle vérifia que le lapin était assez chaud. Francine l'aida à disposer la viande et les pommes de terre sur un plat. Là encore, pour l'adolescente, la présentation comptait, et elle essuyait les traces de sauce autour de la grande assiette. Le ciel noir se chargeait de pluie. Le vent glapissait sa plainte lugubre dans la cheminée, l'eau allait bientôt cingler les vitres. Dans la cuisine, de gros jambons et des morceaux de lard étaient pendus aux solives. Sur le sol couvert de tomettes, les sabots s'alignaient. La grande table de ferme, entourée de bancs, permettait de dîner dans cette pièce quand les Mercier ne recevaient pas. Elle était assez vaste pour contenir un vaisselier, plusieurs coffres, un buffet et même une horloge, de style Louis XV, qui égrenait les heures grâce au tic-tac de son balancier, le tout fabriqué dans ce bois noble qu'était le chêne. Ici comme dans toute la maison, la faïence de Rouen et de Forges-les-Eaux était largement représentée, de même que la poterie, en particulier les cruches qui renfermaient le cidre. Pour l'occasion, Francine avait sorti son service en porcelaine, non pas de Limoges, mais de Bayeux, ville aux frontières du Calvados et de la Manche, dans le Bessin. Au-dessus de la cheminée, des fusils de chasse attestaient de la passion de Julien pour cette activité qu'il pratiquait dans les coteaux plantés de bois du Marais-Vernier. Si Camille n'aimait pas l'idée des animaux pourchassés et tués, elle devait reconnaître qu'elle appréciait de cuisiner leur chair et de la déguster.

Le lapin fut accueilli avec les mêmes louanges que l'entrée : c'était une recette que la jeune fille maîtrisait bien et qu'elle avait déjà eu l'occasion de servir à plusieurs reprises. Julien Mercier déboucha une nouvelle bouteille de cidre. Tout ce petit monde mangeait avec appétit de copieuses rations et buvait sans modération. Les joues rouges et luisantes témoignaient de la chaleur qui n'était pas seulement le fait de la bonne flambée dans la cheminée.

Camille termina la préparation de son dessert. Le succulent beurre normand de Francine graissa la poêle puis la jeune fille y étala une louche de pâte, ni trop fine ni trop épaisse. Au bout de deux minutes, alors que le bord se détachait et que la crêpe dorait, Camille la retourna avec aisance. Jugeant qu'elle était présentable, elle y incorpora la compote et la parsema de sucre en poudre. Sa tante eut l'honneur d'être servie la première. On l'engagea à goûter sans attendre que les autres soient servis, de peur que le mets ne refroidît. Elle ne se fit pas longtemps prier.

— Y a pas à dire, déclara-t-elle à sa nièce qui revenait avec une seconde assiette de crêpes qu'elle plaça devant son oncle. Tu es douée !

Camille afficha un sourire satisfait tandis que sa mère se rengorgeait. Les hommes étaient plus mesurés, en particulier Julien : il appréciait le déjeuner mais cultivait une sorte de détachement destiné à faire passer l'envie à la jeune fille de devenir pâtissière. Ne suggérait-elle pas depuis peu de se rendre à Honfleur afin d'y apprendre un métier pour lequel elle se sentait vouée, comme si les Mercier avaient les moyens de l'entretenir ? Ce genre d'idées chez une femme ne pouvait que pousser à la suffisance et les hommes seraient plus hésitants à prendre pour épouse une demoiselle pétrie d'ambition. La place de Camille était auprès de Pierre, à tenir sa maison et à porter ses enfants. Du fait de sa naissance, elle partait moins armée dans la vie. Choisir un autre milieu que celui des marais ouvrait la voie à toutes les extravagances et tous les dangers. Pour le couple et son fils, seule la ferme comptait et la volonté de la faire prospérer, sans pour autant nourrir trop de rêves à son sujet. Petites gens, ils étaient nés, petites gens ils mourraient. L'essentiel était de laisser intacts à sa descendance les biens transmis par ses parents. C'est ainsi que la ferme était passée de génération en génération depuis plusieurs siècles. Francine était bien d'accord avec son mari, même si elle portait un œil plus indulgent sur la passion de Camille. Quant à Mathieu, il engloutissait les plats de sa sœur sans se poser de questions : c'était un garçon simple, travailleur, honnête mais qu'un rien troublait, un peu benêt en somme, et qui ne voyait pas plus loin que les tâches du lendemain à accomplir. Il se disait au Marais-Vernier que le rejeton Mercier possédait les manières douces d'une fille alors que, chez sa sœur, existait une force morale qui avait résisté à l'épreuve de son abandon et qui relevait du caractère masculin.

II

Une maison qui penche à Rouen (1930)

Rouen était renommée pour sa gastronomie. Les fêtes du Ventre en témoignaient qui attiraient la presse du monde entier. La place du Vieux-Marché était considérée comme un haut lieu gourmand et gourmet grâce à ses halles, ses restaurants, ses boutiques vantant des produits alimentaires de qualité, ses manifestations ayant trait à la cuisine qui rassemblaient beaucoup de monde. En octobre, s'étalant sur plusieurs jours, ces fameuses festivités avaient lieu, initiées par le propriétaire de l'*Hôtel de la Couronne*, Lucien Dorin. Les agapes étaient reines de ces réjouissances qui comprenaient conférences, expositions, concours, tous sur le thème de la gastronomie, avec la présence de l'élite culinaire de France et même de l'étranger.

Pour cette occasion, Olivia Perrin revêtait toujours quelques colifichets qui rappelaient les temps médiévaux comme ce hennin blanc qui tranchait sur la masse sombre de sa chevelure : la coiffe conique en forme de pain de sucre, introduite en France en 1420, s'accompagnait d'une blouse normande et de mouchoirs de rouennerie. En tant que serveuse dans le réputé salon de thé *Osmont*, elle se devait d'être à son avantage afin de faire honneur à son métier et à son patron. Des amateurs se mêlaient aux cuisiniers de renom, des maîtresses de maison rivalisaient avec des « fines gueules » de la gastronomie bourgeoise. Tous les mets et toutes les boissons étaient représentés, du fruit à la charcuterie, du poisson au vin, des fromages aux légumes, du cidre aux huîtres. Dessins, peintures, livres ayant pour sujet la cuisine trouvaient aussi leur place dans ce rendez-vous devenu une institution. L'humour n'était pas oublié avec le concours du plus gros ventre et un autre de fourchettes durant lequel chaque participant devait ingurgiter une morue, une poularde, un gigot aux flageolets et un livarot. Les Rouennais avaient à cœur de s'amuser car la crise de 1929 ne les avait pas épargnés. Elle avait durement touché l'industrie textile et métallurgique, provoquant le chômage de milliers d'ouvriers, en particulier dans le secteur du coton. Comme pour en dédramatiser les conséquences, les habitants de Rouen n'avaient jamais autant ponctué leur existence de fêtes aussi diverses que celle des animaux de boucherie en mars ou celle du lait en mai. Les fêtes du Ventre étaient sans conteste les plus connues. Un monument n'avait-il pas été dédié à Gargantua, œuvre de Richard Dufour, sur la place du Vieux-Marché ? *À Gargantua, fils de Rabelais. L'appétit vient en mangeant. Mais la soif s'en va en beuvant. Si je montais aussi bien que j'avale, je serais déjà bien hault dans les airs.*

L'année dernière, le cuisinier du salon de thé, Léonce Silès, avait obtenu la place convoitée de meilleur pâtissier, réussite qui rejaillissait sur son patron. Le succès avait été mitigé, le jeune âge de Martial Osmont, qui avait succédé à son père à la tête de l'entreprise, faisant naître des jalousies dans le rang des postulants plus anciens qui estimaient que la victoire devait revenir à l'expérience. Martial était un garçon de foi que les grincements de dents de ses collègues n'avaient pas troublé. Les doutes l'avaient plusieurs fois effleuré durant ses années d'apprentissage au sein de la société familiale mais, à vingt-trois ans, il savait ce qu'il voulait avec l'assurance d'un homme bien assis. Il cherchait à atteindre le but qu'il s'était fixé, en écoutant les remarques de son père par respect et tendresse, mais sans se laisser détourner de son idée s'il l'estimait juste. Un peu interloqué et inquiet au début, le fondateur des salons de thé *Osmont* avait observé son fils faire ses gammes, tomber puis se relever sans faiblir, aller au bout des conceptions qu'il se faisait d'un salon de thé en ces années trente dites « folles ». Il fallait en effet une bonne dose de folie pour se montrer aussi audacieux mais cette dernière payait et le résultat était là : les clients étaient contents, l'affluence n'avait jamais été aussi forte. Lucide, Marcellin regardait avec sérénité le couronnement de son fils, pas mécontent de goûter à une retraite anticipée avec Honorine, son épouse depuis trente ans.

Le premier salon de thé avait ouvert en 1888, place du Vieux-Marché. Fort de son succès, il avait fait des petits dans d'autres villes importantes comme Dieppe, Caen, Honfleur ou Cherbourg. L'enseigne était bien implantée en Normandie mais Martial souhaitait qu'elle le devînt au niveau national.

— Mon pauvre Martial ! avait déclaré Marcellin quand son fils avait émis cette suggestion pour la première fois. Je me sens trop vieux pour me lancer dans cette aventure. Mais je te donne volontiers ma bénédiction pour la mener à bien si tu en possèdes la force et la volonté. Sois patient, toutefois, la réussite ne se fait pas en un jour.

— Vous n'êtes pas vieux, père, vous n'avez même pas cinquante ans…

Secrètement ravi qu'on lui laissât la liberté de diriger l'entreprise à sa guise, le jeune homme n'en était pas moins soucieux de la santé de son géniteur. Depuis plusieurs mois, Marcellin se plaignait d'une fatigue dont il pensait trouver l'explication dans la vieillesse qui se profilait.

— Je les aurai l'année prochaine. Ta mère désirerait que nous profitions mieux de la vie et je ne suis pas contre : nous avons de l'argent mais pas assez de temps pour le dépenser. Pour commencer, Honorine voudrait mieux connaître Paris. Nous irions avec Iris qui piaffe d'impatience…

Martial sourit : ses parents s'entendaient bien et sa petite sœur ne tarissait pas d'éloges sur la capitale. Elle en revenait toujours en regrettant son animation et ses fastes, jugeant Rouen bien calme et désuet. Martial appréciait Paris mais pour une unique raison : il désirait y implanter une enseigne *Osmont*. C'était même dans la plus grande ville de France qu'il avait décidé de commencer son expansion. Il y avait là possibilité d'installer des salons de thé dans plusieurs arrondissements élégants, sans cependant prétendre concurrencer une institution comme le *Café de la Paix* dans lequel il s'imprégnait, à chaque fois qu'il venait à Paris, de ce qui se faisait de plus chic aux yeux d'une clientèle riche et exigeante.

La guerre était terminée depuis douze ans. Les temps avaient changé, de nouvelles règles avaient vu le jour. Si elles ne concernaient pas directement le milieu humble dans lequel évoluaient Camille ou Olivia, elles étaient visibles dans la ville de

Rouen et davantage encore à Paris. Les femmes, en particulier, avaient subi une stupéfiante métamorphose physique qui ne les rendait pas forcément plus libres, comme elles le croyaient : certes, l'oppression du corset n'existait plus mais elle avait laissé la place à celle du régime afin de ressembler aux longues lianes filiformes en vogue. Ces dames traquaient les frisettes de leur chevelure disciplinée et lissée, coupée au carré. Leur taille n'était plus marquée, leurs jambes devenaient apparentes. Si leur teint devait conserver la même pâleur qu'au début du siècle, il voisinait avec des yeux charbonneux et des lèvres écarlates qui auraient fait scandale en 1900. Les ongles étaient aussi laqués de pourpre. Les femmes fumaient, buvaient, prenaient le volant des automobiles, se mariaient suivant leur goût, quand elles ne collectionnaient pas les amants, s'efforçaient en fait de suivre l'exemple des hommes...

À Rouen, la ville aux cent clochers, dans le quartier de la famille Osmont, cette libération des mœurs n'avait cependant pas cours. Honorine, la mère de Martial, portait toujours ses longs cheveux relevés en chignon. Son mari ne lui aurait pas donné la permission de les couper et elle n'aurait pas pris l'initiative de le faire sans son approbation. Cela n'était qu'un exemple parmi d'autres de la tyrannie que continuait à exercer l'homme sur la femme dans tous les milieux. La sœur aînée de Martial avait fait un mariage arrangé, bien loin d'imaginer que certaines de ses consœurs pouvaient vivre avec un homme sans porter d'alliance et surtout sans être considérées comme des courtisanes, mais au contraire regardées comme des créatures libres, respectées et même encensées dans leur cénacle. Honorine allait toujours vêtue de noir parce qu'un deuil succédait à un autre et que, passé quarante ans, une femme avait suffisamment perdu de sa superbe pour se résigner à ne plus porter de couleurs vives. Les robes d'Honorine avaient certes légèrement raccourci mais ne dévoilaient pas encore ses mollets, si elles laissaient apercevoir ses chevilles, ce qui était déjà un progrès par rapport à l'époque de sa propre mère durant laquelle les hommes défaillaient d'émotion à cette vue.

Les Osmont habitaient au cœur de Rouen, rue de la Pie, près de la place du Vieux-Marché, une maison aux pans de bois, aussi haute que large, qui possédait la particularité de pencher de presque soixante-dix centimètres vers la gauche. L'histoire prétendait qu'on l'avait amputée lors de travaux effectués pour agrandir la rue à une époque lointaine et que, depuis ce sacrilège, elle avait fait le vœu de se singulariser de cette manière. À l'intérieur, rien ne trahissait cette extravagance. Équipée d'un bel escalier aux marches basses, datant du XVIIIe siècle, celui de la construction de la demeure, elle invitait à admirer ses pièces étroites, aux hautes fenêtres à petits carreaux, à raison de huit demi-étages ou de quatre vrais étages, sans compter la cave. Au dernier, là où logeait le personnel, la vue s'envolait sur les toits de la ville et ses clochers, son ciel gris et ses mouettes effrontées. C'était aussi souvent le refuge d'Iris, la jeune fille de la maison, quand elle n'était pas dans la cuisine au rez-de-chaussée : elle aimait y faire la sieste et y rêver. N'ayant pas encore connu Paris, l'adolescente adorait l'effervescence qui régnait dans sa ville : des tintements de cloches des églises aux mugissements des sirènes de bateau, des cris des petits métiers aux vrombissements des automobiles sur les pavés, elle avait besoin de ce fond sonore incessant qui agissait sur elle comme une stimulation.

« Quelle chance d'avoir de si beaux enfants ! », songeait Olivia Perrin. Elle vouait à ses patrons de la reconnaissance pour l'avoir choisie à cette place prestigieuse. Par contagion, le sentiment de gratitude s'étendait à toute la famille, enfants compris, alors que le seul auquel elle devait son poste était le patriarche, Marcellin Osmont. Sa coiffe amidonnée vissée sur le sommet de son crâne comme le dessus d'un vol-au-vent, son tablier blanc suivant le balancement de sa jupe qui tourbillonnait au rythme de son service, la jeune serveuse traçait un chemin immuable entre les tables, nombreuses et bruyantes, les cuisines, le bar et le comptoir à pâtisseries.

Après des journées de douze heures, presque toujours debout à satisfaire l'appétit de gens distingués pour lesquels elle éprouvait une admiration proche de la vénération, Olivia retrouvait sa petite chambre, tout en haut du domicile des Osmont, étage qu'elle partageait avec la domesticité de la maison penchée, ainsi qu'on l'appelait dans Rouen. Un lit, une table avec sa chaise, sa cuvette et son pot en faïence dans lesquels elle se lavait, une armoire, un crucifix au mur, tel était le mobilier sommaire du lieu dans lequel elle ne montait que pour dormir. Le dimanche, elle quittait Rouen pour le village de La Bouille, qui était déjà la campagne, où elle était née et où vivait sa famille. Gildas Espagnon, son soupirant, l'escortait quand son emploi du temps le lui permettait. Il travaillait comme docker sur le port de Rouen et passait donc ses journées sur les quais, parfois le dimanche compris, le long de la Seine, à charger et décharger les bateaux. Le frère d'Olivia, Jules, exerçait le même métier et c'est ainsi que la jeune fille avait rencontré son futur mari. Jules le tenait en haute estime. Sur la foi de cette affirmation, Olivia avait fréquenté Gildas qui ne lui déplaisait pas. C'était un gentil garçon travailleur mais il ne manifestait pas beaucoup son affection à l'égard de sa promise. Jules et Gildas étaient de bons amis et le fait que ce dernier fréquentât la sœur de Jules avait encore renforcé leurs liens.

Le port grouillait de gens et d'activités, le travail ne manquait pas. L'effervescence des quais de Paris et de la Bourse promettait des journées qui s'achevaient avec quelques verres de réconfort dans un café. Les deux hommes ne fréquentaient ni les grands hôtels ni les élégants magasins mais un bouge devenu familier, toujours bondé, où se retrouvaient la plupart des dockers. Les bureaux des sociétés de transport maritime et de transit avaient aussi élu cette voie qui faisait face au fleuve. Devant les navires et les péniches, Gildas se sentait parfois un peu désorienté : il aurait voulu larguer les amarres et connaître l'ivresse d'un départ. La réalité parfois sordide de son quotidien le ramenait vite sur le sol de Rouen. L'industrie du transport fluvial était florissante et ne connaissait pas de répit. Ses jours étaient assurés, même si la tâche impliquait beaucoup d'énergie et de courage.

Au contact de son frère et de son soupirant, Olivia avait appris à connaître les bords de Seine aussi bien que Camille, alors qu'une soixantaine de kilomètres séparaient la ville de Rouen du village du Marais-Vernier. De plus, le fleuve était très différent d'un bout à l'autre de la Normandie. Rouen avait prospéré tout au long de la Seine. Son port d'estuaire proche de Paris connaissait une animation permanente. Les bancs de sable qui, pendant des siècles, avaient entravé la remontée des bateaux, rendant leur périple parfois hasardeux, avaient été peu à peu éliminés par la chambre de commerce, grâce à la réalisation d'un chenal de navigation et au dragage du lit de la Seine. La proximité de Paris était une chance. Le fleuve était désormais navigable sur près de trois cent quatre-vingt-dix kilomètres en amont de Rouen. La batellerie par péniches connaissait une vogue sans précédent. Matériaux de construction, charbon ou vin constituaient la majorité du fret. Le trafic avec Bordeaux et l'Afrique du Nord était important concernant le vin qu'on destinait aux habitants de la capitale et de sa banlieue. Les multiples ponts qui reliaient les deux rives de la ville, construits au fil des décennies, obligeaient parfois les remorqueurs à vapeur à baisser leur cheminée afin de pouvoir s'engager dessous sans encombre. Il existait aussi des navires à aubes. Camille, quant à elle, admirait les péniches qui presque jamais ne s'arrêtaient dans sa région. Elles transportaient des marchandises entre Le Havre et Rouen.

Le salon de thé *Osmont* était vaste, décoré dans un style fleuri, très anglais. Le sol était recouvert d'un parquet sombre, ciré tous les jours, et les murs arboraient un papier peint champêtre à souhait avec ses teintes roses et ses fleurs délicates, assorti aux rideaux qui masquaient à demi les fenêtres à petits carreaux. La décoration se voulait chargée, surannée et tarabiscotée par rapport au style Art déco qui sévissait dans la capitale, en opposition à l'Art nouveau d'avant-guerre. Marcellin Osmont était peu sensible à cette mode récente puisqu'elle datait de l'Exposition internationale des arts décoratifs et industriels modernes qui avait eu lieu à Paris en 1925. Quant à son fils, il était conscient que changer le décor du salon de thé désorienterait la clientèle fidèle constituée de personnes plutôt traditionnelles, très loin de l'avant-gardisme qui régnait dans certains milieux. De son côté, Olivia estimait qu'il n'y avait rien de plus ravissant que l'atmosphère désuète du salon de thé *Osmont*. Entrée à quatorze ans comme apprentie, elle ne l'avait jamais quitté depuis car elle adorait son métier. Âgée à présent de vingt ans, elle espérait bien y travailler durant toute son existence. Au fil du temps, elle était montée en grade et elle commandait maintenant à quelques serveuses, même si elle devait obéir à Bernadette Donadieu, la plus ancienne, à laquelle revenait de droit le titre de chef. Olivia l'appréciait, tout en lui enviant sa place. Son salaire était plus élevé, mais surtout elle bénéficiait d'un statut à part : par exemple, elle était la seule à appeler Martial Osmont « monsieur Martial » au lieu de « monsieur Osmont fils », comme on disait pour le différencier de son père, car elle l'avait connu tout petit. En fait, Martial s'était souvent niché dans ses bras afin de soigner de futiles chagrins d'enfant. Olivia était jalouse de la familiarité dont Bernadette Donadieu faisait preuve à l'égard du jeune homme car elle était un peu amoureuse de lui, sans pour autant se l'avouer. Elle aimait Gildas de tout son cœur et son vœu le plus cher était de l'épouser et de fonder une famille avec lui mais... tout de même... ce M. Osmont fils, qu'il était séduisant, cultivé et aimable de surcroît !... Gildas aussi était beau garçon et gentil mais il ne possédait ni l'esprit ni la prestance d'un Martial Osmont, qualités qui faisaient un peu tourner la tête à Olivia.

Le ciel était lumineux quand Camille se rendit pour la première fois sur l'autre rive de la Seine, alors qu'un brouillard épais surplombait les marais quand elle les avait quittés très tôt le matin avec son père. La fillette venait d'avoir dix ans et Julien avait promis de lui montrer la mer pour cette occasion. Il ne se doutait pas qu'une découverte plus extraordinaire à ses yeux attendait sa fille adoptive. Les paysans, d'ordinaire, ne se lançaient pas dans une telle escapade et Camille était reconnaissante à son père de lui ouvrir de nouveaux horizons. Elle était fille de l'eau, des marais, de la Seine... Voir la mer lui semblait un prolongement logique à cet élément qui pouvait revêtir tant de visages suivant qu'il était océan, fleuve, marécage…

— Nous allons prendre la barque du père Faivre, déclara Julien Mercier.

Il était presque aussi excité que Camille car lui non plus n'avait guère eu l'occasion d'entreprendre ce genre de périple.

Parvenus sur les bords de la Seine, Julien et Camille furent témoins de l'embarcation de chevaux sur une barque plate que le passeur maniait à l'aide d'une perche avec deux tabliers abaissables. Les équidés grimpaient dessus au moyen d'une planche à la surface striée afin que leurs sabots ne puissent glisser. Du fait du nombre important de bêtes et de leur poids, Julien et Camille durent patienter avant que la barque pût les transporter : la ligne de flottaison était déjà bien haute et il ne pouvait être question de prendre deux personnes supplémentaires pour cette traversée. Un cheval comptait pour plusieurs individus. Le père et la fille se virent donc réduits à contempler la barque qui s'éloignait avec prudence avec sa cargaison hennissant de frayeur. Le passeur redoutait tout particulièrement que les animaux se rendent coupables de mouvements brusques qui risquaient de déséquilibrer son embarcation. Mais tout se passa sans encombre et le père Faivre revint avec un groupe de pêcheurs qui espéraient trouver un butin fameux dans les marais. Le vieux monsieur, qui exerçait ce métier depuis quarante ans, aida Camille à monter dans la barque où elle s'assit aussitôt, un peu intimidée, bien qu'elle connût le passeur depuis sa naissance. Sa modeste maison était toute proche et son épouse, qui battait son linge au lavoir, lui faisait justement un signe de la main pour lui souhaiter une bonne traversée.

Si l'enfant avait un peu peur, elle n'en déterminait pas bien les raisons car elle n'eut pas mal au cœur durant cette traversée qui lui parut trop courte d'ailleurs. Arrivée à Tancarville, quelle ne fut pas sa stupeur de découvrir la prochaine cargaison du père Faivre. Ce dernier ne fit en revanche montre d'aucune surprise. Plus rien n'avait le pouvoir de l'émouvoir, même un cirque avec ses animaux sauvages, parmi lesquels deux éléphants.

— Et ils croient peut-être qu'ils vont trouver place sur ma barque ! se contenta-t-il de ricaner.

Camille ne pouvait détacher les yeux des pachydermes aux yeux éteints et son père dut l'appeler plusieurs fois avant qu'elle consentît à s'éloigner.

— La route est longue, expliqua-t-il.

Le Havre se situait à trente kilomètres de Tancarville. Julien avait fait appel à l'un de ses amis paysan, habitant l'autre rive, qui l'attendait avec une charrette tirée par un cheval. Pour contempler la mer, il aurait été plus simple d'aller à Honfleur, du même côté que les marais Vernier, mais Julien tenait à ce que sa fille franchît la Seine. De plus, même s'il répugnait à se l'avouer par fierté, il ne se sentait pas à l'aise parmi la foule distinguée qui se pressait sur la côte de Grâce.

Quittant à regret cette rive droite de la Seine, la fillette eut une pensée furtive pour la personne qui l'avait abandonnée près du fleuve. Elle n'était pas encore à un âge où le questionnement sur ses origines pouvait devenir un besoin mais elle ne regardait presque jamais la Seine sans songer à l'inconnue qui l'avait mise au monde, même si Camille l'avait quelque peu oubliée sur l'autre rive, tout à l'excitation de sa première traversée. Ses parents adoptifs n'avaient pas fait mystère de ses origines puisque tout le village était au courant : impossible de cacher à l'enfant qu'elle n'était pas de leur sang alors qu'ils auraient préféré taire ce début peu engageant dans l'existence du bébé. Par ce goût du secret que partageait la majorité des paysans mais aussi par compassion, devinant combien les enfants se moqueraient de leur infortunée camarade plus tard.

Le propriétaire de la charrette, un peu inquiet, n'épargna pas les conseils à Julien comme s'il ne savait pas manier les rênes d'un cheval. Camille s'installa près de son père qui imprima un mouvement léger sur la croupe de la bête afin qu'elle empruntât la route avec lenteur : il serait bien temps d'accélérer loin du regard de son ami.

Il leur fallut longtemps pour atteindre la mer, sur de petites routes de campagne qui tout à coup pouvaient être hantées par un moyen de locomotion que Julien désapprouvait car il effrayait les chevaux : l'automobile. Dans les marais, Camille n'en voyait jamais et elle demeura bouche bée face à celles qui les dépassaient à grande vitesse en actionnant leur avertisseur (l'enfant disait « sonnette ») provoquant de brusques écarts de l'équidé et les froncements de sourcils de son père. Sinon, la Normandie était la même sur l'autre rive de la Seine : bucolique, verdoyante, composée de vastes champs cultivés ou de pâtures qui abritaient des bovins, et de villages constitués d'un mélange de longères à colombages et de maisons de maître en briques rouges.

— Il n'y a pas de chaume sur les toits, constata cependant la fillette.

— Tu en verras sûrement, la détrompa Julien, mais moins que chez nous, c'est vrai.

« Chez nous » dans la bouche de Julien Mercier signifiait les marais et surtout la rive gauche de la Seine. De l'autre côté, c'était un peu l'inconnu, même s'il avait bravé sa défiance pour faire plaisir à sa fille.

Il n'avait toutefois pas l'intention de pénétrer dans la ville du Havre : l'animation urbaine lui inspirait trop d'appréhension et de méfiance. Son sentiment de sécurité l'abandonnait face à la foule qui se pressait dans les rues bruyantes. Tous ses repères tombaient et il se sentait aussi démuni que si on lui avait volé ses vêtements. Jamais il ne l'aurait avoué à Camille et il se contenta de lui déclarer que l'océan était visible bien avant Le Havre où ils n'auraient pas besoin d'aller. Contempler la Manche était en soi bien plus prometteur que de connaître la ville et Camille ne fut pas déçue. Elle se mit à chercher l'eau en se dressant sur la carriole comme une reine de beauté sur un char.

— Attention à ne pas tomber ! l'avertit son père en notant le vrombissement de la voiture derrière la charrette et la soudaine nervosité de l'équidé.

Camille aussi l'avait entendu et elle ne savait plus ce qui retenait son attention : le spectacle de la vaste étendue d'eau sans doute proche maintenant ou celui de l'automobile s'apprêtant à les devancer en pétaradant, avec son conducteur aux lunettes noires et sa passagère aussi jolie qu'une majorette – ce qui, pour la fillette, correspondait au comble du raffinement.

La voiture les doubla comme redouté, en ralentissant néanmoins sa vitesse. Camille n'en sentit pas moins vibrer la charrette contre la tôle noire. Le sol et la carriole tremblaient à l'unisson. Assez étrangement, Camille songea aux images terrifiantes de l'éruption volcanique de 1904 en Martinique qu'elle avait contemplées dans un *Illustration* de l'époque conservé par sa famille. Elle sortait si peu des marais que le moindre événement l'émotionnait au-delà de la raison. Le visage de son père exprimait toutefois de l'inquiétude. Elle sentit son cœur battre plus vite tandis que le cheval se cabrait et menaçait de faire verser la charrette dans le fossé. L'expression de Julien se teinta de frayeur. Tout en Camille n'était plus qu'affolement. Enfin, l'automobile les dépassa sans qu'un accident se produisît. Cependant, tout le monde avait eu peur et le conducteur de la Hispano-Suiza se gara quelques mètres plus loin, désireux de vérifier que tout allait bien pour les gens de la charrette. Camille vit venir vers elle un homme d'une quarantaine d'années à l'allure distinguée. Sa compagne s'avançait aussi avec une moue boudeuse. Elle était bien plus jeune que lui et très jolie avec sa chevelure noire coupée « à la garçonne », ce qui ne manqua pas de plonger la fillette dans la stupeur : c'était la première fois qu'elle rencontrait une femme qui ne portait pas les cheveux longs ou relevés en chignon. Elle n'avait cependant pas poussé l'insolence jusqu'à sortir tête nue : cette dernière était recouverte d'un chapeau cloche qui l'emprisonnait comme l'oiseau dans la cage. Camille s'étonna aussi du spectacle de la robe en moire, découvrant bras et mollets, ornée d'une grosse rose en tissu dans le décolleté, si indécente selon les critères de son milieu. L'inconnue portait des chaussures à bouts pointus qui brillaient telle la surface des marais Vernier sous le soleil.

— Tout va bien ? s'enquit l'homme, le visage soucieux, plus convenablement vêtu aux yeux de Camille, bien que son costume noir lui parût très élégant. Elle ignorait l'existence du terme smoking.

De toute évidence, le couple revenait d'une soirée.

— Oui, articula Julien en s'épongeant le front. Mais nous avons eu chaud…

— Je suis désolé d'avoir effrayé votre cheval, déplora le conducteur en caressant la bête d'un geste qui disait son expérience des équidés. Je me présente, Marcellin Osmont.

Il tendit la main à Julien qui la serra après une hésitation.

— Enchanté, monsieur Osmont. Je suis Julien Mercier. Enchanté, madame Osmont, ajouta-t-il comme la jeune fille s'approchait.

Elle gloussa sans répondre sous le regard froid de son compagnon et Julien comprit aussitôt qu'il ne s'agissait pas de son épouse. Il se garda bien de la moindre remarque. Quant à Camille, la situation ambiguë lui avait échappé et elle admirait les traits fins de l'inconnue avec une absence de discrétion qui finit par gêner son père.

— Merci de vous être préoccupés de notre sort, dit-il, souhaitant écourter l'entrevue.

— C'est normal, répondit Marcellin. (Il sourit à Camille.) J'ai dans la voiture quelques macarons qui feront plaisir à votre fille. Me permettez-vous de les lui offrir en dédommagement de l'angoisse que je lui ai causée ?

Camille lança un œil plein d'espoir vers son père qui haussa les épaules.

— Si vous y tenez…

Sa nature parfois bougonne l'empêchait d'être plus aimable. De plus, il se sentait mal à l'aise face à ce couple avec lequel il n'avait rien en commun.

L'homme extirpa du coffre de l'automobile une boîte enrubannée qu'il tendit à Camille. Il lui semblait n'avoir jamais reçu un cadeau aussi beau. L'emballage la ravissait avec son papier de soie, ses couleurs poudrées, ses lettres dorées en relief…

— Voilà, mon enfant ! Je suis pâtissier. Les salons de thé *Osmont*, tu connais ?

— Je crains bien que non, s'interposa Julien.

— Partons, doudou, j'ai mal aux pieds, gémit la jeune fille en grimaçant de ses lèvres scandaleusement fardées.

Marcellin se reprit :

— Oui, tu as raison. Au revoir, mon enfant ! Au revoir, monsieur Mercier.

Julien se contenta d'un grognement qui pouvait s'apparenter à une réponse. Camille était plongée dans la contemplation des friandises et elle ne prêta même pas attention au départ du couple.

— Macarons Osmont, lut-elle sur la boîte. Maison fondée en 1888, salons de thé *Osmont*... Rouen, Honfleur, Deauville, Le Havre... Le Havre ! s'écria-t-elle, les yeux brillants. Oh, p'pa, ça veut dire qu'il y a un salon de thé *Osmont* au Havre ? On pourrait aller le voir ? Mais c'est quoi un salon de thé ? ajouta-t-elle, penaude.

— Je n'en sais rien... Pense plutôt à la mer, répliqua-t-il en regardant le bolide qui disparaissait au loin et en intimant au cheval de reprendre la route.

III

Une promesse un peu légère (1930)

En définitive, Camille ne se rendit pas au Havre pour découvrir le salon de thé *Osmont*. En revanche, elle contempla la mer bien des fois et ne se lassa jamais du spectacle magique qu'elle offrait. Le temps passa et la saveur des macarons offerts par Marcellin resta dans son souvenir. Elle les avait tous dégustés, après en avoir proposé à sa famille, puis elle avait conservé la boîte et même l'emballage qu'elle cachait dans l'armoire normande de sa chambre. Elle les sortait souvent afin de les admirer. Les filets d'or, en particulier, avaient le don de l'impressionner comme s'il s'agissait véritablement d'une matière précieuse. À chaque fois qu'elle sortait le coffret, il lui semblait que de nouvelles curiosités étaient venues s'ajouter à celles qu'elle connaissait déjà comme cette phrase qui la fascinait : *Maison fondée en 1888*. Camille grandissait et sa passion pour la pâtisserie demeurait intacte. Le cadeau de Marcellin n'y était pas pour rien. Après s'être vouée à la cuisine dans son ensemble, elle s'orientait vers la confection de gâteaux et d'entremets. Francine y avait perçu un moyen supplémentaire de gagner de l'argent. Julien se régalait mais considérait ce talent d'un point de vue qui révulsait sa fille :

— Ton mari sera content ! La table sera toujours bien garnie et succulente dans ton foyer...

Qu'il pût voir sa passion sous cet angle blessait Camille et fissurait la confiance qu'elle portait à son père. Plus que jamais, elle était résolue à agir seule, sans se confier à lui au préalable pour demander conseil, ni même l'aviser de ses projets.

De toute façon, le travail de Julien ne lui permettait pas de surveiller sa fille, si jamais il en avait eu l'intention. À partir du mois d'octobre, il aidait à récolter les roseaux. Le même esprit de caste définissait les habitants des marais, qu'ils soient cultivateurs, éleveurs ou roseliers. Ils vivaient en autarcie, éprouvant de la méfiance envers ceux qui n'enduraient pas une bonne partie de l'année cette atmosphère lourde de crachin, de brouillard, d'humidité, d'ombres rampantes, de silhouettes furtives, tout ce qui empêchait les étrangers de s'intégrer à ce monde à la limite du surnaturel. Il n'était pas aisé pour un novice de s'y déplacer lorsque la brume l'enveloppait comme la nasse emprisonne le poisson. Ce qui rendait les gens encore plus solidaires, outre leur appartenance commune aux marais, était le fait que les rôles s'inversaient suivant la saison : le cultivateur devenait roselier d'octobre à février alors que, le reste de l'année, le roselier prêtait son aide à son tour.

Ce jour-là, Julien monta seul dans sa barque afin de couper les meilleurs roseaux, ceux dont on usait pour les toits des maisons de maître. Le béret enfoncé sur le crâne, la cigarette pendue aux lèvres, il ramait avec énergie, tout en remuant de sombres pensées sur Camille et Mathieu. Il n'était pas dupe au sujet de ce dernier, à l'opposé de son épouse qui refusait d'affronter les vicissitudes du sort concernant l'unique enfant qu'elle eût porté. Dominée par les tracas d'un quotidien sur lequel l'absence d'argent pesait lourdement, peut-être se refusait-elle à ajouter un souci de plus à une existence dont les secrets et les erreurs la tenaient trop souvent éveillée la nuit, entre remords et angoisses ? Quand l'espérance d'avoir un second héritier s'en était allée, ils avaient cru agir avec raison et bonté en adoptant Camille. Surtout qu'au fil des années, loin de se révéler le fils qu'ils espéraient, Mathieu semblait ne pas évoluer normalement, accusant un retard de croissance mentale. Il avait fallu l'entrée à l'école pour que quelqu'un s'en avisât en la personne de l'institutrice qui avait demandé à parler à Francine et Julien. Si ce dernier n'avait pas été tellement surpris, son épouse n'avait jamais voulu admettre que Mathieu n'était pas un enfant comme les autres, d'autant plus que le handicap était léger et ne se devinait pas au premier abord. Le jeune garçon avait même réussi à rattraper son immaturité en parvenant à lire, écrire et compter. Mais beaucoup de choses le désorientaient et il semblait fait d'un seul bloc, sans aspérités, sans nuances, tout entier dévoué au travail. Il n'était jamais le dernier pour aider son prochain et le village l'appréciait, tout en profitant un peu de sa naïveté. Julien doutait qu'il trouvât un jour à se marier. Il avait évoqué cette possibilité et Mathieu s'était écrié, épouvanté, qu'il n'avait pas l'intention de prendre femme et de fonder une famille. Alors que Julien était désormais persuadé qu'il souffrait d'une maladie dont il ignorait le nom, Francine ayant toujours contourné le problème en refusant de le soumettre à des examens, la certitude avait aussi germé en lui qu'ils avaient commis un grave péché en adoptant Camille. Tout cela le préoccupait tandis qu'au moyen d'une perche il enfonçait dans le fond vaseux du marais la chaîne de sa barque, afin de l'immobiliser pendant qu'il entamerait sa coupe.

Désertant l'embarcation qui ne risquait plus de dériver, il sentit ses bottes pénétrer dans la boue.

Sa faux à l'épaule, il commença par inspecter les roseaux puis il entreprit le dur labeur de les couper à ras. À mesure qu'il vieillissait, le geste tant de fois répété de trancher les joncs au moyen de sa faux puis d'une sorte de faucille appelée sape, avant de les rassembler en bottes, devenait plus pénible. Son rythme ralentissait. La sueur formait des gouttes sur son front malgré la fraîcheur humide de l'air. De vives douleurs ne tardèrent pas à poignarder son dos, ses reins, ses bras. Il devait se montrer vigilant en raison de la dangerosité de ses outils mais la force de l'habitude lui faisait parfois oublier la prudence : à nouveau, son esprit s'attachait à d'autres sujets que la tâche qu'il exécutait d'une manière machinale et pourtant efficace. La gamelle, préparée par Francine, était restée dans la barque. À l'heure du déjeuner, il ferait une courte pause sur une botte, attachée par ses soins. Toutes celles qu'il aurait ainsi liées dans la journée seraient ensuite transportées sur sa barque jusqu'au domaine des Plélo qui employaient les roseliers des environs. Comme le bois, les roseaux devaient sécher avant de pouvoir prétendre être vendus.

La paye n'était pas bien importante. Elle était cependant nécessaire aux Mercier. Le courage et la force physique de Mathieu lui permettaient d'être embauché aux alentours pour des besognes que la plupart des jeunes hommes de son âge abattaient en davantage de temps, ce qui valait au fils de Julien et de Francine d'être préféré à ses camarades. Quant à Camille, son don pour les gâteaux était source d'un revenu subsidiaire. Francine n'évoquait jamais les origines de sa fille adoptive, elle se refusait même à parler de ces temps troublés qui avaient précédé l'arrivée du nourrisson dans leur foyer. Julien se pliait au même mutisme. Du reste, à quoi bon discuter d'un fait qui s'était déroulé seize ans auparavant et que ni l'un ni l'autre n'étaient plus en mesure de réparer ?...

Avec l'automne était revenu le temps de l'école, de la chasse et des confitures. Camille n'aimait pas voir tués les animaux. À la Grand'Mare, site de halte migratoire de nombreux canards, les hommes chassaient en groupes, à la barque, ou utilisaient une sorte de canoë-kayak, conçu pour s'embusquer individuellement. Quel que fût le moyen dont ils usaient, ils ne laissaient guère de chance aux volatiles. C'est pourquoi Camille était toujours horrifiée de devoir plumer, le soir venu, ce petit corps parfois encore tiède et frissonnant, qui semblait l'injustice même de la vie. La jeunesse et l'éducation de l'adolescente ne lui permettaient pas de démêler les pensées confuses qui lui venaient à l'esprit face au canard sacrifié, mais le secret de ses origines lui avait donné quelque chose en plus que les autres enfants, insouciants, ne connaissaient pas : l'envie de protéger le plus faible face à celui qui le dominait. Les moqueries de ses prétendus camarades l'appelant « la bâtarde », jusqu'à ce qu'ils se lassent de son mutisme et l'ignorent, resteraient à jamais ancrées dans sa mémoire.

En revanche, la préparation des confitures était un moment de joie pour Camille. Avec sa mère, elle cueillait les mûres sauvages dans les haies, s'aidant d'un bâton terminé par un crochet de fer afin d'atteindre les plus hautes pour ne rien laisser perdre. Son panier était déjà presque plein et sa peau jusqu'aux avant-bras griffée par les ronces. Parfois, le regard pensif de Francine se posait sur sa fille, sans que celle-ci le remarquât. Camille devenait une femme, au moins physiquement : grande et fine, les cheveux aussi blonds que les blés alentour et les yeux aussi bleus que cette mer du Nord si lointaine et si proche à la fois, elle dégageait un charme de fille de la campagne, dépourvu du moindre artifice, un peu sauvageon encore, un peu indéfini, tandis qu'elle embrassait la haie vive d'un œil attentif et qu'elle hissait sa perche afin d'attraper la dernière mûre, sa poitrine se dessinant sous le chemisier de coton, ce qui fit sursauter Francine. « Il faudrait vite la marier. », songea-t-elle, tandis qu'un mauvais pressentiment la gagnait. Rien ne semblait avoir le pouvoir d'empêcher sa fille d'entretenir des rêves illusoires, ni la sévérité de son père, ni la compréhension de sa mère, ni l'attraction des marais, ni même le réconfort d'avoir trouvé une famille, elle qui aurait pu endurer, encore à son âge, la réalité sordide d'un orphelinat et le sort souvent aléatoire qui attendait les pupilles de l'État.

À mesure que Camille grandissait, Francine la sentait qui lui échappait. Certes, tous les parents devaient affronter la velléité d'indépendance de leur progéniture mais, chez Camille, elle s'accompagnait de désirs qui effrayaient Francine car elle les croyait vains et porteurs de déceptions. Comment la jeune fille pouvait-elle penser que ses parents la laisseraient partir seule à Honfleur ? Même si Camille nourrissait des ambitions que l'on pouvait qualifier de sérieuses (Dieu merci, elle ne parlait pas d'un engagement aux Folies-Bergère de Rouen !), le seul mot de « ville » suffisait à rendre Francine et Julien hystériques parce que, dans leur ignorance de la vie urbaine, ils y accolaient aussitôt le terme « danger », en particulier pour quelqu'un d'innocent comme Camille. Depuis quelque temps, face aux colères de Julien, sa fille n'évoquait plus l'idée d'apprendre le métier de pâtissière à Honfleur mais ce silence ne tranquillisait pas Francine qui connaissait assez le caractère têtu de Camille pour deviner qu'elle n'avait pas renoncé à ses projets et que se taire était un autre moyen de parvenir à ses fins.

Et en effet, Francine ne se trompait pas. En attendant, la jeune fille était bien résolue à faire les meilleures confitures de mûres que les marais n'aient jamais dégustées. Soulevant son panier plein sans effort, elle regagna la ferme avec sa mère, un brin d'herbe entre les lèvres. La recette était facile, le plus laborieux consistant en fait à nettoyer les fruits rouges, un par un, et à bien remuer le mélange de mûres, de pommes vertes, de sucre et d'eau. Francine garderait des pots, elle en vendrait aussi sur le marché de Pont-Audemer. Songeant à son coffret dans l'armoire de sa chambre, Camille se prit encore une fois à rêver : qui sait si, un jour, ses confitures ne seraient pas proposées par les salons de thé *Osmont* ?

Le paysage du Marais-Vernier déroulait son amphithéâtre verdoyant sur quarante-cinq kilomètres, entre la Seine et les collines boisées. Un grand nombre de plantes et de fleurs y proliféraient. Pour l'heure, Camille voyait les écharpes de brume s'effilocher sous la force du soleil qui les transformait en prismes de couleurs. L'exubérance de la nature répondait à la richesse de la faune, aussi bien des insectes que des oiseaux de toutes sortes qui hantaient les marais où ils étaient assurés de trouver leur pitance. L'arbre le plus répandu était l'aulne dont le nom populaire, « verne », avait attribué sa dénomination aux lieux. En bas des collines, les vergers offraient en cette saison le spectacle d'arbres fruitiers dénudés. Plus bas, on trouvait les prairies humides et tourbeuses, réservées aux animaux et à la fauche, puis venaient les champs de céréales au nord de la digue.

Après avoir gardé les bêtes tout l'été dans les pâtures, Camille avait aidé en septembre à l'arrachage des pommes de terre et à la cueillette des pommes pour le cidre. Bientôt, ce serait le tour des châtaignes et des noisettes, les premières grillées à la flamme de la cheminée sur une poêle percée, les secondes mélangées à de la farine, des œufs et du miel pour la confection d'un gâteau dont les Mercier et leurs voisins se régaleraient lors des veillées. L'adolescente songeait aux bocaux en verre remplis de confiture et de gelée qui orneraient le dessus du buffet à deux corps de la cuisine, quand un grand cri interrompit ses savoureuses rêveries. Francine, qui cheminait à ses côtés, était pliée en deux, son panier renversé, les mûres à demi écrasées par terre, les deux mains appuyées sur son ventre.

— M'man, que se passe-t-il ? s'écria la jeune fille d'une voix où perçait l'affolement.

— J'ai mal, j'ai si mal !

Camille posa vite son panier sur le sol et aida sa mère à rejoindre l'ombre d'un chêne contre le tronc duquel elle s'adossa. Son teint pâle et les gouttes de sueur qui perlaient à son front trahissaient sa souffrance. Elle retenait ses gémissements, fermant à demi les yeux, tentant de conserver son calme en espérant que la douleur s'estompât. Camille, que le silence de Francine angoissait encore plus, répéta sa question :

— Qu'y a-t-il ?

— Je ne sais pas, avoua-t-elle. J'ai dû manger quelque chose de mauvais… Cela va s'arranger. Il me faut juste une tisane pour faire passer. Tu me prépareras des compresses de feuilles de chou…

L'adolescente la contempla avec soulagement, rassurée par l'explication et l'invocation des remèdes salvateurs, transmis à travers les âges. Elle prit conscience combien elle était attachée à Francine, et la pensée soudaine la traversa qu'elle ne pourrait jamais la quitter, même pour aller à Honfleur vivre l'existence à laquelle elle aspirait. Ce fut une révélation car elle comprit qu'elle se leurrait en se croyant capable d'atteindre son but, sans tenir compte des gens qui l'entouraient et qui l'aimaient.

Elle n'eut pas le temps d'approfondir cette certitude déprimante car, à nouveau, Francine poussa un cri. Camille se pencha vers sa mère qui lui souffla d'une voix tremblante en montrant sa jupe sur laquelle de petites taches de sang étaient apparues :

— Va chercher du secours.

— Je ne peux pas te laisser !

— Si, il le faut. File au village. Je ne pourrai pas marcher.

Camille hésitait mais ce n'était pas le moment d'atermoyer et de perdre de précieuses secondes. Qu'aurait-elle pu faire, seule, pour seconder sa mère ? Francine devait être ramenée à la ferme et auscultée par un docteur. L'inexpérience de Camille ne lui serait d'aucun soutien. Elle se mit à courir sur le chemin jusqu'au Marais-Vernier, ses sabots soulevant la poussière et faisant s'envoler des nuées de canards. Parfois, l'écho d'un tir de chasseur fracassait le silence. Mais elle n'entendait que le bruit de ses chaussures sur la terre et les battements accélérés de son cœur. Il n'y avait pas de médecin dans le village et elle se dirigea vers la ferme où elle espérait trouver Mathieu, leur père travaillant quelque part dans les marais. Toutefois, avant d'y parvenir, elle tomba sur deux de ses voisines qui bavardaient sur le bord de la route et, d'une voix essoufflée, s'efforça de leur raconter ce qui était arrivé à Francine. Aussitôt, ces dernières s'organisèrent et Camille se sentit un peu réconfortée. Sa mère était peut-être, comme elle l'avait suggéré, victime d'une petite intoxication alimentaire, rien de bien grave.

Pour trouver un médecin, il fallait se rendre à Sainte-Opportune-la-Mare et, pendant que Camille conduisait les femmes auprès de

Francine, un garçon du village s'élançait sur un cheval, moyen de locomotion le plus rapide sur les sentiers des marais vers le domicile du Dr Galet. Heureusement, la distance était courte entre l'arbre sous lequel reposait Francine et l'endroit où Camille avait trouvé assistance. Cette dernière espérait revoir Francine debout, le sourire aux lèvres, s'excusant du dérangement causé et pensant déjà à ramasser ses mûres pour ne rien gâcher du butin du jour. Mais elle constata de loin que sa mère était toujours assise dans la même position. L'adolescente se révéla alors incapable de la moindre initiative. Elle contemplait Francine, qui semblait avoir perdu connaissance, sans bouger, navrée de son impuissance.

— Elle est morte… murmura-t-elle.

Gisèle, dont le mari était roselier, se baissa pour examiner vivement Francine.

— Elle est vivante, déclara-t-elle avec l'autorité que lui prêtait l'absence apparente d'émotion. Mais je crois qu'elle est en train de faire une fausse couche…

Sa compagne, Mélanie, ne put retenir un mouvement de surprise. Quant à Camille, malgré son anxiété, une sorte de révolte s'empara d'elle à l'idée qu'on pût dire n'importe quoi de sa mère sous prétexte qu'elle était trop faible pour le contester.

— Vous savez bien qu'elle ne peut plus avoir d'enfant !

— Tout change et évolue dans la vie, rétorqua Gisèle en appliquant un linge humide sur le front de Francine qui tressaillit puis ouvrit les yeux. Comment te sens-tu ? demanda-t-elle gentiment.

— J'ai toujours très mal au ventre et… Oh, mon Dieu ! s'exclama-t-elle en découvrant la tache de sang qui s'étendait encore plus.

— Ne t'inquiète pas, le docteur Galet ne va pas tarder.

Gisèle pria pour qu'il ne fût pas en visite, loin des marais. Les deux femmes ne faisaient pas grand-chose pour aider Francine, comme s'en avisa Camille avec un mélange de peur et de désenchantement. Elles se contentaient de lui assurer que le médecin serait bientôt là mais, à force de le répéter, l'échéance devenait de plus en plus lointaine. Se pouvait-il que sa mère fût enceinte ? Avait-elle tu sa grossesse jusqu'à ce jour par crainte de ne pas la mener à bien ? Auquel cas, ses appréhensions se révélaient fondées. Camille se demanda si elle aurait aimé avoir un frère ou une sœur. Un grand désarroi l'envahit comme si elle était victime de trahison. Elle n'avait jamais été jalouse de Mathieu pas plus que ce dernier de cette petite fille trouvée, alors que ce sentiment pouvait sembler légitime à bien des égards. Entre eux, l'indifférence régnait. Il en aurait sans doute été autrement pour Camille avec la venue d'un bébé considéré par ses parents comme inespéré. Cette idée balayait tous ses projets, à la manière de la tempête qui détruit des constructions qu'on croyait solides. Tout ce qu'elle bâtissait plus ou moins secrètement depuis des années paraissait devenu vain et puéril face au danger que courait Francine et à l'énigme que représentait sa possible grossesse. Elle se surprit à faire cette promesse : « Si ma mère guérit, je renoncerai à partir à Honfleur. »

Le sang avait séché mais Francine continuait à souffrir quand le médecin parvint sur les lieux, suivi par une carriole sur laquelle étaient juchés le père et le frère de Camille. Aucun d'eux ne tenait les rênes, ils avaient été prudemment remis entre les mains du mari de Gisèle pour leur éviter un accident, dans l'émotion de la course. Le Dr Galet s'empressa auprès de la jeune femme en écartant tout le monde. La présence de l'homme de science rendit ses forces à Camille. Face au front formé par les deux amies, elle résolut de ne pas fléchir et avança d'un pas comme pour marquer sa position privilégiée auprès de la malade. En suggérant que sa mère pouvait être enceinte, les voisines avaient ranimé chez l'adolescente sa haine de la médisance. Voilà aussi pourquoi elle souhaitait quitter la campagne pour la ville où les commérages s'exprimaient moins, où la réputation d'un être ne se mesurait pas à une histoire d'abandon dont il n'était nullement responsable, du moins l'espérait-elle.

Cependant, le médecin, en confirmant le diagnostic, la replongea dans ses tourments, bien que sa dernière phrase lui redonnât quelque espoir.

— Il n'est pas encore dit qu'elle perdra le bébé. J'ai stoppé l'hémorragie. Francine doit être transportée sans soubresaut jusqu'à la ferme. Nous y mettrons le temps qu'il faudra.

Julien et Mathieu avaient l'air abasourdi. Camille comprit qu'ils n'étaient pas au courant de la grossesse de Francine. Elle en fut réconfortée, n'étant pas la seule à être tenue dans l'ignorance. La profonde blessure qui résistait en elle se referma un peu. Camille retrouva même assez d'ascendant sur elle-même pour demander au Dr Galet :

— M'man ne va pas mourir ?

— Pas le moins du monde ! s'exclama-t-il avec un sourire qui acheva de l'apaiser. Ta mère a plus de quarante ans, les risques de fausse couche sont fréquents à cet âge-là.

— Et le bébé ? insista-t-elle.

— Comme je viens de le dire, Francine peut mener sa grossesse à terme à condition d'être prudente et de se reposer.

Les quatre hommes la soulevèrent et la transportèrent avec délicatesse jusqu'à la charrette sur laquelle ils l'allongèrent. Le médecin prit place à côté d'elle. Elle gémissait toujours, le médicament contre la douleur n'ayant pas eu le temps de faire son effet. Commença un trajet assez court mais rendu beaucoup moins rapide par la marche lente du cheval afin d'éviter les cahots au corps fragile de l'épouse de Julien. Gisèle, Mélanie et Camille furent chargées de ramener la carriole du médecin. Avec un pincement au cœur, la jeune fille entendit ses compagnes évoquer la grossesse stupéfiante de Francine. Ces femmes n'étaient pas mauvaises, elles avaient soif de racontars, de nouvelles, de potins, car elles vivaient dans une région reculée, pourtant proche de la Côte fleurie si fréquentée mais où elles n'allaient jamais. Ces histoires leur donnaient l'illusion d'un souffle d'animation sur leur vie monotone, sans éclat. Les mâchoires de Camille se crispèrent, elle ne contrôlait plus le tremblement de ses mains : l'angoisse d'avoir cru perdre sa mère était en partie responsable de son état mais aussi la peur de devenir, avec le temps, une réplique de ces deux femmes. Cependant, elle ne protesta pas et conserva le silence durant le retour par révérence envers ses aînées, principe inculqué depuis l'enfance et auquel elle se résignait mal en réalisant que ces dernières n'étaient pas irréprochables. Ils pénétrèrent dans le village qu'un bocage de haies à houx entourait afin de le protéger d'une éventuelle montée des eaux.

Toutes les maisons se ressemblaient avec leurs colombages en chêne provenant des bois alentour et leurs toits de chaume des roseaux de la Grand'Mare. Les matériaux qui les constituaient étaient en effet issus de la région, pierre et silex des soubassements prélevés des sous-sols, torchis des façades élaboré à partir des roches extraites sur place.

Devant le perron, la prudence fut encore de mise pour porter Francine jusqu'à son lit. Les voisins se montraient déjà afin de connaître la raison de ce chambardement et de la présence du médecin. Gisèle et Mélanie, pénétrées d'importance, narraient les événements. Francine ayant été déclarée hors de danger, elles n'avaient aucun scrupule à raconter les péripéties ayant accompagné ces dernières heures, en les enjolivant un peu pour sublimer le récit et le pimenter avec davantage de tragédie : ainsi les taches de sang sur la jupe de Francine devenaient dans leur bouche « une mare de sang ». Luttant contre la nausée mais soucieuse avant tout d'aider sa mère, Camille laissa les femmes à leur verbiage et s'engouffra dans la chaumière à la suite de sa famille. Le mari de Gisèle se retira avec discrétion et le médecin demeura seul avec Francine afin de poursuivre sa consultation dans des conditions plus confortables. Camille s'assit sur une chaise paillée, face à la longue table de ferme en bois.

Son père et son frère l'imitèrent, tous trois aussi las que si on les avait roués de coups. Camille se releva aussitôt afin de leur servir du cidre, selon l'habitude ancestrale propre à la femme de prévenir les désirs masculins. En dépit de sa soif d'indépendance, elle demeurait engluée dans les grandes lignes qui avaient marqué son éducation. Julien se frotta le front comme pour en effacer la fatigue puis il demanda à sa fille de lui raconter par le menu de quelle manière toute cette histoire avait commencé. Quand elle eut achevé son récit, il soupira :

— Ta mère, enceinte ? Incroyable !

Malgré son âge, Mathieu rougit avec violence comme si son père énonçait une gauloiserie. Camille se contenta de lui sourire en songeant qu'il ne devait probablement jamais avoir fréquenté de fille. Que Francine fût la cible d'un tel phénomène à l'âge d'être grand-mère le choquait sans doute. En revanche, Julien ne laissait rien deviner de ses sentiments et l'adolescente se demanda s'il était heureux de cette nouvelle ou si elle bouleversait défavorablement son existence.

Elle n'eut pas le temps de lui poser la question car le Dr Galet sortit de la chambre. Dans son regard, il y avait une lueur de contentement qui n'échappa pas à Camille. Celui de Julien accula le médecin qui se hâta de le rassurer :

— Francine est hors de danger, ainsi que l'enfant. Ce n'était qu'une mise en garde : votre épouse a besoin de repos si elle veut mener sa grossesse à terme. Il faut savoir que, d'après moi, elle est enceinte d'environ trois mois.

Face à la stupéfaction qu'affichaient tous les visages levés vers lui, il enchaîna :

— C'est étonnant, oui, qu'elle ne s'en soit pas rendu compte plus tôt. Mais il est vrai qu'elle n'a pas assez grossi. C'est pourquoi il va falloir qu'elle mange davantage. Pour la sécurité du nourrisson, il est préférable qu'elle reste allongée jusqu'à ma prochaine visite. Nous verrons par la suite. De toute façon, les tâches impliquant un effort physique important sont interdites dans son état.

— Je croyais que Francine ne pouvait plus concevoir ? déclara Julien avec un mouvement d'humeur.

— Il est de bonnes surprises dans la vie, répondit évasivement le médecin d'un ton léger, imitant Gisèle quand Camille l'avait interrogée à ce sujet.

Les yeux de la jeune fille croisèrent ceux de son père : elle y lut un trouble qu'elle attribua au choc de la nouvelle. Julien se ressaisit aussitôt et entreprit d'extérioriser une joie qu'il n'était pas sûr de ressentir. Il lui fallait d'abord connaître l'état d'esprit de sa femme avant de laisser libre court au bonheur d'être père biologique, vingt-cinq ans après la première fois.

— Francine s'est assoupie. Je repasserai demain matin très tôt. D'après l'absence de protubérance du ventre, ajouta-t-il, l'expression malicieuse, ce sera une fille.

Camille ne cilla pas. Mais elle se souvint soudain de sa promesse. Elle se réjouissait du rétablissement de sa mère, tout en regrettant qu'elle entraînât son enracinement, à jamais, dans les marais.

IV

La rencontre (1932)

MARTIAL FIT SIGNE au cocher de stopper la calèche. Il scruta l'horizon et sourit.

— Garez-vous où vous pourrez, Francis, et venez profiter de la fête. Je resterai une petite heure.

— Merci, monsieur.

Le jeune homme sauta sur la route bordée par une mare près de laquelle poussaient orchidées et iris des marais. Il nota la présence de cresson mais n'identifia pas les autres plantes aux noms barbares comme l'hydrocharis des grenouilles ou l'ache inondée. En cette fin de matinée de mai, l'air était chargé de cette douceur printanière, si plaisante quand elle n'est pas humide, précédant les grandes chaleurs de juin, avec ce petit vent qui chassait les nuages, presque toujours présents dans un ciel normand. Jamais encore, Martial Osmont n'était venu en ce lieu, bien que Rouen ne fût distant que de soixante kilomètres et que Honfleur, où il se rendait souvent pour ses affaires, fût tout proche. Il avait entendu parler de cette journée spéciale de l'étampage et avait souhaité, l'année de ses vingt-cinq ans, y assister. Curieux, aimant parcourir la France pour le plaisir de découvrir d'autres traditions mais aussi pour glaner des idées qu'il mettait en pratique dans ses salons de thé, il observait les alentours avec un regard aiguisé. Sur la route, il avait croisé des pâtures désertées puisque tous les animaux étaient au village aujourd'hui. Des décennies plus tard, ces prairies seraient entretenues par des bovins d'Écosse et des chevaux de Camargue, réputés se nourrir de tout et résistant bien aux conditions climatiques des marais. Pour l'heure, vaches et chevaux avaient été rassemblés afin d'être marqués au fer rouge. Près de neuf cents bêtes allaient transiter par le village.

Avant d'y pénétrer, Martial s'immobilisa pour allumer une cigarette. Puis il contempla machinalement le potager d'une chaumière dont une jeune fille ôtait les mauvaises herbes. Elle lui tournait le dos, gracile dans sa modeste robe en coton. Sa chevelure épaisse et blonde lui tombait jusqu'aux reins, habitude encore répandue dans les campagnes, alors que les femmes des villes avaient sacrifié à la coupe au carré, ce qu'il regrettait parfois. Martial aurait bien aimé qu'elle se retournât afin qu'il pût voir son visage, mais elle n'en fit rien et, se jugeant bizarre à rester là immobile, il s'éloigna.

À peine Martial disparu, les yeux de Camille se posèrent sur la route, jamais autant fréquentée qu'en ce jour d'étampage. Elle passa une main sur son front pour en essuyer la sueur puis décida qu'elle ne travaillerait plus au jardin jusqu'au soir. Bien qu'elle connût le cérémonial par cœur, elle n'y aurait renoncé pour rien au monde. Après s'être recoiffée et avoir défroissé sa robe, elle déserta la ferme en direction du centre du village. Là étaient son territoire, sa vie… et sa prison. Elle avait renoncé à quitter les marais le jour où le Dr Galet avait réussi à endiguer l'hémorragie qui frappait sa mère. Un garçon, prénommé Nicolas, était né six mois plus tard, au terme d'une grossesse difficile qui avait contraint Francine à cesser de s'activer pour demeurer allongée, car le fœtus était mal accroché. Le médecin avait reconnu en riant son erreur en découvrant le sexe du nourrisson. Il n'éprouvait aucun sentiment de culpabilité, sachant combien un garçon était une bonne surprise pour tout le monde. Si Mathieu avait accueilli le nouveau-né avec une indifférence polie, Camille était soulagée de ne pas avoir de petite sœur : elle avait beau s'en défendre, elle aurait été un peu jalouse de la place que la fillette aurait occupée à ses dépens.

À présent, Nicolas avait deux ans. Il était resté auprès de Francine qui vendait les produits de sa ferme lors de la fête de l'étampage. Cette dernière attirait des gens de Deauville, Trouville, Honfleur, Rouen, et même de Paris en vacances sur la Côte fleurie. Les œufs de la basse-cour, les légumes du potager et les gâteaux de Camille trouvaient toujours preneurs. Quand la jeune fille approcha de l'étal de Francine, Nicolas se précipita vers elle, mal assuré sur ses petites jambes. En dépit de l'angoisse que sa venue avait fait naître, Camille avait succombé à son charme, et il ne se passait pas une journée sans qu'elle s'extasiât sur ses boucles blondes et ses yeux bleus, avides de se familiariser avec le monde qui l'entourait. Elle le reçut, un peu tremblant sur ses mollets, et le hissa jusqu'à son visage pour embrasser ses joues rebondies. Il gazouilla de plaisir et elle le garda dans ses bras tout en rejoignant sa mère. Il y avait foule et Francine semblait débordée. Elle lui avoua regretter d'avoir pris Nicolas sur lequel elle devait toujours garder un œil malgré les clients qui s'impatientaient. Camille se mit donc en devoir de l'aider, bien qu'elle eût préféré faire un tour dans le village. La jeune fille ne tarda pas à remarquer que ses pâtisseries avaient connu un vif engouement. En cette mi-journée, elles étaient toutes entamées et certaines avaient même disparu. Comme à chaque fois, elle éprouva un mélange de satisfaction et de regret : bonheur de voir son travail récompensé mais souffrance de savoir que ses espérances ne pouvaient prétendre à mieux qu'à vendre dans les limites du Marais-Vernier et de Pont-Audemer, pas au-delà.

Trente minutes passèrent pendant lesquelles les deux femmes ne chômèrent pas. Puis il y eut un moment plus calme et Francine en profita pour déserter sa boutique. Elle souhaitait laisser Nicolas à Julien car le garçonnet avait échappé par deux fois à leur vigilance. Quelques écorchures témoignaient des chutes occasionnées : rien de grave mais un chagrin d'enfant que Francine avait dû trop vite soulager en pestant contre le manque de temps.

Camille était en train d'arranger l'étalage des marchandises quand un nouveau client se profila. Lui jetant un rapide coup d'œil, la jeune fille en déduisit qu'il s'agissait d'un homme de la ville : ses vêtements élégants le trahissaient. Séduisant avec ses cheveux noirs et ses yeux aussi verts que les marais, il intimida un peu Camille qui, à dix-huit ans, commençait tout juste à ressentir un léger trouble face à l'intérêt des garçons à son égard. Toutefois, celui-ci ne se prolongea pas car elle réalisa que cet individu était bien vieux – au moins trente ans ! – et qu'il ne marquait nulle curiosité envers sa personne : en fait, il semblait plutôt hypnotisé par ses gâteaux. Redevenant professionnelle, la jeune fille les désigna un par un :

— Tarte aux pommes, gâteau à la crème de lait cuit, gâteau fouetté, pudding Antoinette... Vous arrivez un peu tard, monsieur, beaucoup ont été vendus...

— C'est vous qui les faites ? interrogea-t-il en levant les yeux vers elle pour la première fois.

Elle croisa son regard et y lut une expression surprise et ravie qui la jeta dans la confusion : on aurait dit que cet homme la connaissait. Elle fouilla sa mémoire mais elle était certaine de ne jamais l'avoir rencontré. À coup sûr, un tel personnage ne pouvait faire partie de ses fréquentations. Et puis, elle s'en souviendrait.

— Oui, monsieur.

Elle aurait bien voulu en dire davantage, parler de sa passion, mais décidément cet inconnu l'impressionnait : une poigne de fer pétrissait son cœur, l'oppressant encore davantage. Ses joues s'embrasèrent, ce qui la bouleversa d'autant plus. Elle se jugeait ridicule. Quelle vision Camille donnait-elle à cet homme distingué ? Celle d'une petite paysanne qu'un rien met aux abois ! Elle s'efforça de parler d'une voix qui ne tremblait pas :

— Je cuisine depuis longtemps.

Elle avait prononcé cette phrase avec une certaine amertume mais Martial ne la perçut pas.

Il contemplait avec malice la boîte posée derrière la table.

— Vous êtes aussi amateur de macarons ?

La jeune fille se retourna pour découvrir le coffret Osmont qui avait subi quelques dommages depuis que Francine s'en servait pour transporter les gâteaux. Avec le temps, il avait perdu de son pouvoir d'évocation pour Camille qui savait combien il était illusoire de rêver à la ville.

— Oh, ça… Il m'a été offert par un monsieur, il y a huit ans environ, de l'autre côté de la Seine. D'après ce que j'ai compris, c'était le propriétaire du salon de thé. Hélas, je n'ai pas eu l'occasion d'en apprendre davantage car je n'ai presque jamais quitté les marais. Pour les macarons, je ne possède pas les ustensiles nécessaires à leur confection.

— Vous souvenez-vous de cet homme ?

Son insistance la rendit soupçonneuse. Elle se rappelait mal l'individu dans l'automobile à cause de ses lunettes et de sa casquette qui masquaient ses traits. En revanche, le minuscule visage de la femme lui apparaissait encore nettement.

— Pas vraiment… Plutôt de son épouse, cette jeune femme brune si jolie, si… comment dire ?… si différente de moi !

— Vous êtes aussi très jolie, protesta Martial que la mention de cette femme embarrassait car sa mère, Honorine, était blonde.

Il n'ignorait cependant pas que son père entretenait des maîtresses, aussi ne chercha-t-il pas à sonder la jeune paysanne qui avait rougi en entendant le compliment.

— Je vais prendre une part de chacun de vos gâteaux, dit Martial afin de changer de sujet.

Camille sourit, malgré sa gêne. Son sens du commerce se réveilla. Sa mère allait être fière d'elle. Elle commença à envelopper ses trésors mais Martial demanda à en consommer une tranche sur place. Il choisit le gâteau à la crème de lait cuit dont la préparation n'impliquait pas de difficultés. Camille l'observa tandis qu'il mâchait : il avait un air concentré qui la déconcertait. Ses clients agissaient d'ordinaire avec plus de légèreté. Étrangement, il ne termina pas sa part mais demanda à tester une autre recette, puis une suivante… jusqu'à laisser l'empreinte de ses dents dans tous les gâteaux, alors que Camille taisait mal sa révolte face à ce gâchis. Pourvu que cet homme se décidât vite à la payer et s'en allât ! Il sortit enfin un billet, non sans continuer à croquer dans toutes les pâtisseries, sans exception, tandis que Camille servait d'autres personnes et le surveillait d'un œil inquiet. Elle avait hâte que Francine revînt.

Martial entreprit de réunir ce qui restait de ses achats. Puis, il s'adressa à Camille d'un ton grave :

— Vous êtes très douée, mademoiselle. Où avez-vous appris ?

— Nulle part, répondit la jeune fille, toujours mal à l'aise car ces questions lui donnaient l'impression de passer un examen. Enfin si, auprès de ma mère, des voisines, du pâtissier du village… J'ai copié.

— Non, vous n'avez pas copié, dit Martial en secouant la tête. Vous avez innové, bien au contraire.

Elle ne comprenait pas ce qu'il voulait dire. Une question lui brûlait les lèvres. Et comme, à nouveau, l'étal était désert car l'heure de déjeuner approchait, elle s'enhardit à la poser, bien qu'elle lui parût saugrenue :

— Qui êtes-vous ?

Il hésita. Elle regrettait déjà son audace. S'adresser ainsi à un client, un monsieur de la ville qui lui faisait compliment de ses douceurs, pouvait passer pour de l'impolitesse, ou pire de l'effronterie. Pourtant, l'inconnu finit par répondre :

— Je suis le fils de celui qui vous a offert cette boîte de macarons, il y a huit ans.

Sous le coup de la surprise, elle en oublia sa timidité et leur inégalité encore plus évidente de milieu.

— Comme c'est étrange ! Et vous aimez mes gâteaux ?

Poussé par quelque chose de plus fort que lui, peut-être le pouvoir magique de ces pâtisseries qui l'avaient conquis, allié à la grâce de celle qui les avait confectionnées, Martial prononça ces paroles :

— Je n'en ai jamais mangé d'aussi prometteurs venant d'une débutante.

Camille en rougit de plaisir. Elle le considéra avec un espoir insensé.

— J'ai toujours rêvé de devenir pâtissière, de quitter les marais, de connaître la ville…

Encouragée par l'approbation qu'elle lisait dans ses yeux, elle poursuivit :

— Je me sens comme prisonnière ici, vous comprenez ? Les gens apprécient mes gâteaux mais je ne peux pas me perfectionner comme je le voudrais. Quel avenir puis-je espérer…

— Camille !

C'était la voix de Francine. La jeune fille se tut et darda sur sa mère un regard rempli de violence. En cet instant, elle la détestait d'interrompre un échange susceptible de transformer sa vie. Pourquoi fallait-il qu'elle intervînt toujours au bon moment pour l'empêcher de suivre sa voie ? Était-elle un peu sorcière comme la Zita, cette femme qui se terrait dans une cabane au fond des marais et était réputée soigner par les plantes aussi bien que faire des prédictions souvent justes et jeter des sorts ? Ou possédait-elle ce défaut propre aux mères de croire leurs enfants la cible permanente de dangers qui n'existaient que dans leur imagination ? Quoi qu'il en soit, Camille n'avait qu'un désir : que Francine s'éloignât afin qu'elle pût continuer à s'entretenir avec cet homme qui représentait tout ce en quoi elle aspirait depuis des années.

Francine dévisagea Martial d'un œil peu amène. Elle considéra sa grande taille, ses membres déliés, le contraste de ses cheveux d'encre et de ses yeux vert d'eau, constata qu'il ne paraissait pas gêné face à son regard inquisiteur et en déduisit que, soit elle s'inquiétait pour rien, soit cet individu connaissait bien l'art de la dissimulation. Martial lui sourit, dévoilant une dentition parfaite qui lui fit l'effet d'un affront. Par conséquent, elle le toisa et comprit tout de suite qu'elle avait affaire à un homme qui avait du bien. Le charme de Camille ayant commencé à faire des ravages dans les marais, elle se méfia d'autant plus de ce client pourtant prolixe qui avait dévalisé l'étal. En fait, Francine n'avait entendu que la dernière phrase prononcée par la jeune fille et ce « Quel avenir puis-je espérer… » lui avait causé une douleur presque physique. Elle savait ce qu'elle signifiait. Camille n'avait jamais vraiment renoncé à ses rêves, même si elle ne les évoquait plus ouvertement. Pour preuve, elle refusait toujours d'envisager, d'ici quelques années, une union avec Pierre qui était fou d'elle. Pas davantage avec ce Pierre qu'avec les autres qui, à présent que l'adolescente était devenue une vraie beauté, se manifestaient, oubliant sa nébuleuse naissance dont ils s'étaient pourtant tant gaussés dans le passé.

— Voilà pourquoi je n'en épouserai aucun, maman, avait déclaré Camille, pleine de rancœur.

— Je peux comprendre, ma fille. Mais Pierre ? Il ne s'est jamais moqué de toi.

— C'est vrai, convint Camille. Mais je ne l'aime pas. En suis-je réduite à épouser quelqu'un que je n'aime pas, sous prétexte que personne ne sait qui sont mes véritables parents ?

— Non. Non, bien sûr... avait murmuré Francine, vaincue. Seras-tu plus heureuse pour autant en restant vieille fille, sans enfant ?

— Là n'est pas non plus mon intention, avait répliqué Camille sans s'expliquer davantage.

Et maintenant... Francine l'avait surprise évoquant un avenir bien sombre... Un éclair de détresse passa dans son regard, alors même qu'elle tentait de prêter à sa personne une détermination farouche. Elle rassembla les parts de gâteaux entamés avec une moue qui en disait long sur ce qu'elle considérait comme un carnage, et les tendit à Martial dans un geste de congédiement, ignorant le désarroi de Camille. Il la remercia, fut sur le point d'obtempérer, se ravisa et se tourna vers elle en choisissant ses termes :

— Cette jeune fille a un don, madame. Ce serait dommage de le laisser inexploité.

— Cette jeune fille est ma fille, rétorqua Francine d'une voix dure, cherchant un exutoire à la colère qu'elle éprouvait. Nous ne sommes pas riches et son destin est tout tracé. Elle n'en sera pas malheureuse pour autant. Il est abusif de lui faire miroiter des choses qui n'arriveront jamais.

Pour compenser ce que ses paroles avaient de définitif, elle ajouta :

— Elle fondera une famille et travaillera tout comme nous dans les marais. Cela n'a rien de déshonorant ni de tragique.

Martial s'inclina mais, une fois de plus, ne renonça pas.

— Nous ne sommes plus au début du siècle. Votre fille a son mot à dire.

Il comprit qu'il se montrait grossier mais c'était plus fort que lui. Camille suivait l'échange verbal d'un air stupéfait. Elle vit sa mère pâlir.

— Elle le dira quand elle sera majeure...

— Quel âge a-t-elle ?

— Dix-huit ans.

— Fort bien, dit Martial en souriant. Eh bien, Camille, ajouta-t-il en se tournant vers la jeune fille, je reviendrai quand vous aurez vingt et un ans.

L'adolescente le considéra pensivement. Elle se demandait s'il plaisantait ou s'il était sincère.

— Au revoir, monsieur, dit Francine d'un ton coupant.

— Au revoir, madame. Au revoir, Camille.

La jeune fille ne répondit pas. Elle contempla la silhouette qui s'éloignait, tenant le reste des pâtisseries avec précaution. Francine tourna vers elle un visage rempli de colère.

— Ne t'imagine pas une seconde qu'il tiendra parole !

Camille chercha ses mots, ne les trouva pas, préféra se taire face au regard chargé de rage de sa mère qui faisait mine de ranger son étal, les mains tremblantes, furieuse de s'être ridiculisée devant sa fille et ce monsieur bien né car trop d'émotions étaient liées à cette affaire qu'elle avait laissé se déverser au lieu de conserver son calme et de gagner la partie. Voyant l'espoir qui s'était rallumé dans les yeux de Camille, elle songea combien tout cela était injuste : à nouveau, la jeune fille allait se murer dans son monde de rêveries en attendant les trois ans qui, croyait-elle, la séparaient du retour de ce Martial qui était bien cruel d'avoir joué avec ses sentiments.

— Ma fille, déclara Francine gravement. Je t'en prie, écoute-moi : cet individu ne reviendra pas. Et s'il revient un jour, ce ne sera pas pour toi.

— C'est le descendant Osmont. Son père m'a donné une boîte de macarons autrefois.

La coïncidence frappa Francine mais elle ne se laissa pas impressionner.

— Alors, c'est d'autant plus probant qu'il ne réapparaîtra pas. Ce Martial a bien d'autres choses à penser qu'à une gamine comme toi !

Elle allait vite, Camille, elle s'activait pour oublier qu'il lui fallait patienter encore trois ans avant que son destin empruntât le chemin tant désiré dans son cœur. Elle nourrissait tant d'espoirs quand elle revoyait le visage avenant de l'homme qui lui avait promis de changer le cours de sa vie dès qu'elle serait en mesure d'en prendre les rênes, soit à sa majorité. Elle ne connaîtrait pas l'existence des filles des marais, vouée au mariage et aux enfants, à la coupe des roseaux, à l'élevage des bovins, à la culture et à la vente des légumes, avec la menace qui planait de n'avoir pas assez d'argent pour honorer toutes les dépenses du mois. La jeune fille n'était pas assez naïve pour ne pas douter mais elle voulait y croire de toutes ses forces car il lui semblait qu'en Martial Osmont résidaient ses derniers espoirs de liberté. Cela faisait bien longtemps qu'elle ne se sentait plus assujettie à sa mère par un quelconque serment mais, avec la maturité, lui était venue une lucidité nouvelle qui lui avait fait entrevoir un avenir hasardeux si elle se risquait à partir seule à Honfleur, à la merci des dangers qui guettaient les filles démunies de la campagne. Alors, elle attendait que quelque chose, elle ne savait quoi, se produisît, tout en continuant à se perfectionner dans l'art de la pâtisserie. Et cela était arrivé en la personne de Martial Osmont. Hélas, il était dit qu'elle devrait encore se montrer patiente.

En attendant, elle travaillait. Ce matin-là, elle s'était levée à 5 heures afin d'accompagner sa tante et son oncle au marché de Pont-Audemer. Ce dernier était distant des marais d'environ onze kilomètres. La charrette transportait un certain nombre de marchands par mesure d'économie. Francine y avait pris place avec son chargement de légumes, de volailles, d'œufs et de gâteaux. Bien que la passion de sa fille lui engendrât des tourments, elle ne lui interdisait pas de la pratiquer, sachant combien leurs revenus s'en trouveraient amoindris. Quelques voisines étaient venues avec leurs propres denrées et il y avait même un homme qui tenait en laisse son cochon. Basile se posta à la place du conducteur et intima au cheval, Luron, d'avancer. Vers la fin du trajet, l'équidé n'avait plus besoin d'être guidé, il reconnaissait la route tout seul et les menait jusqu'à la ville sans jamais se tromper. C'était encore plus vrai au retour car il aspirait à manger puis à se reposer.

Ce fut précisément en rentrant, après que Francine eut écoulé toutes les gourmandises de

Camille alors qu'elle revenait avec une partie des autres provisions, que l'incident eut lieu. Tandis que Luron, sentant venir l'écurie, augmentait sa vitesse malgré les gros sacs de grain que Basile et Augustine rapportaient au moulin, il fit brusquement un écart et les passagers se cognèrent les uns aux autres dans un concert de cris et de rires.

— Mon vieux Luron, qu'est-ce qui t'arrive ? s'écria Augustine, intriguée, en tentant d'apercevoir ce qui avait pu effrayer le placide cheval.

La moue amusée qu'elle affichait après cette bonne matinée au marché s'effaça quand elle reconnut la silhouette sur la route qui formait un obstacle à l'avancée de leur charrette. Camille, qui était assise en face de sa tante, la vit se signer tandis que l'angoisse se peignait sur ses traits.

— C'est la Zita... chuchota-t-elle en se rasseyant le plus vite possible comme si elle avait peur de prêter ainsi le flanc aux prédictions de la bonne femme.

— Foutue engeance ! s'écria Basile en persuadant le cheval de continuer malgré la forme amaigrie sur le chemin qui devenait une créature au visage marqué par la fièvre, à croire que les marais étaient encore capables d'en provoquer.

Tout le monde se taisait. Les femmes baissaient la tête pour ne pas croiser le regard de la folle et les hommes s'efforçaient d'ignorer sa présence, du moment qu'elle les laissât passer sans les provoquer.

Basile se vit contraint de stopper son cheval, sous peine d'écraser la Zita. Conciliant, il lui demanda si elle avait besoin d'aide.

— Si c'était le cas, ce n'est pas à toi que je m'adresserais, rétorqua la vieillarde.

Nul aux marais ne connaissait véritablement son âge mais tout dans son apparence misérable trahissait la vieillesse indigente.

— J'ai quelque chose à dire à Camille.

La jeune fille sentit l'appréhension la gagner en entendant prononcer son nom. Francine la dissuada de prêter attention à celle qu'elle considérait comme une démente, tout en redoutant ses talents de voyante. Elle fit signe à son beau-frère de fouetter le cheval afin qu'ils échappent à la tirade qui avait sa fille pour cible ce jour-là. Qu'allait-elle inventer pour alimenter les médisances et faire souffrir les Mercier ? Il fallait s'éloigner vite, avant que les mots fatals soient prononcés.

Comprenant qu'elle allait être distancée, la vieille femme se mit à beugler :

— Va-t'en vite, Camille ! Va-t'en avant qu'il ne soit trop tard. Tu ne dois rien à tes parents, ils t'ont volée quand tu étais bébé. Tu es libre, Camille. On se ressemble toutes les deux. Cours vers ton destin et ne regarde jamais en arrière.

La carriole s'ébranla et les derniers mots de la sorcière furent portés par le vent vers les passagers ébahis. Prostrée, Francine était encore plus pâle que quand elle avait affronté Martial Osmont, quelques semaines auparavant. Rien ne lui serait donc épargné. Camille était pétrifiée. Mille questions se pressaient dans son esprit. Les autres étaient soulagés d'avoir échappé à la vindicte de la sorcière. Ils s'interrogeaient sur le sens des paroles qu'elle avait lancées à Camille, réalisant peu à peu leur gravité. Certains haussaient les épaules, peu convaincus par les élucubrations d'une femme qu'ils tenaient pour perturbée. D'autres, comme Gisèle et Mélanie, avaient la curiosité aiguisée et chercheraient selon toute vraisemblance à en apprendre davantage sur les mystérieuses affirmations de la Zita. Francine devinait qu'une dure bataille l'attendait. Pour briser le lourd silence qui s'était installé, elle lança :

— Cette vieille folle… Je m'en vais en parler au maire, qu'elle soit enfermée une bonne fois pour toutes !

La violence de ses propos la trahissait : elle était bouleversée. Augustine se hâta de venir à son secours :

— Je te prêterai main-forte. Elle fait peur à nos enfants. Nous devons agir pour l'empêcher de nuire.

— Elle m'a paru bien maigre et épuisée, fit remarquer l'homme qui revenait du marché sans son cochon. Son heure est proche de toute façon.

Face à cette évidence, Francine et sa sœur se turent. Le court trajet jusqu'au village s'effectua vite. Camille n'avait rien dit : elle réfléchissait.

Les passagers quittèrent la charrette, à l'exception des meuniers, de Camille et de deux clients d'Augustine et de Basile qui accompagnaient leur chargement de grains. Francine incita sa fille à la suivre mais cette dernière refusa, arguant qu'elle avait décidé le matin même d'aider son oncle et sa tante : pour quelle raison modifier ses plans ? Francine soutint son regard sans rougir et s'éloigna, les épaules basses.

Au moulin à eau des Archer, qui était situé à quatre kilomètres du village, Basile se mit à mesurer les grains puis les passa à la mouture. C'était le moment où Camille devait intervenir afin de dévier l'attention des clients du travail effectué. Non pas que ce dernier ne fût pas réglementaire, mais il était préférable pour tout le monde qu'il eût lieu loin du regard toujours un peu méfiant des propriétaires des grains à moudre. Pendant qu'Augustine assistait son mari, Camille fit entrer les deux hommes dans la cuisine de la ferme où elle leur prépara un déjeuner qui les détourna pour de bon de la tâche que les meules accomplissaient sur leur blé. Il n'était pas question de leur servir des mets fins et coûteux. La soupe à l'oseille et au pain de Camille possédait ce petit quelque chose en plus que les deux hommes ne surent définir mais qui emporta leur adhésion. Cependant, la jeune fille était trop préoccupée par la scène avec la Zita pour savourer les compliments qu'elle entendit à peine. D'ailleurs, elle mangea peu, trop troublée pour penser à autre chose qu'aux paroles étranges de la vieille femme : « Tu ne dois rien à tes parents, ils t'ont volée quand tu étais bébé. » Que signifiait cette insinuation ? Pourquoi la Zita aurait-elle menti ? À moins que, comme le prétendaient beaucoup de gens des marais, son cerveau ne déraisonnât.

Quand Camille rentra le soir à la ferme, ses parents avaient eu le temps de se concerter au sujet de l'incident avec la Zita. La jeune fille s'approcha de mauvaise grâce. Elle avait l'impression qu'un complot s'était déjà ourdi et qu'elle n'obtiendrait jamais la vérité face à ces fronts butés, ces visages impénétrables, ces yeux qui fuyaient les siens. Pourtant, Julien et Francine étaient acculés. Il fallait que Camille pût répondre aux médisances, à présent que la nouvelle s'était répandue dans la petite communauté des marais. L'adolescente s'installa à table, devant une assiette de soupe aux pois de mai, ces gros haricots verts normands à grains qu'il était nécessaire d'effiler avec soin. Elle n'avait pas faim. La nuit était descendue sur les marais. Comme pour donner plus de poids aux paroles qui allaient être prononcées, le hululement d'un hibou résonna dans le silence. Francine frissonna. Camille était sûre de faire des cauchemars dès qu'elle plongerait dans le sommeil. La voix de sa mère la rassura cependant car ses intonations familières, où l'affection transparaissait, la rendaient à son existence, certes sans éclat mais guère différente de celle des autres jeunes filles de son âge et de son milieu.

— Nous voulions te parler de ce qui s'est passé avec la Zita. Il n'y a rien de vrai dans ce qu'a dit cette créature. Tu la connais, tu sais qu'elle aime semer le mal autour d'elle. Elle a inventé cette histoire à dormir debout, le fait qu'on t'ait volée… Comme si c'était possible !

Camille se sentait très lasse. Elle n'avait rien à objecter à ces sages paroles. La Zita était connue pour vivre aux lisières de la folie. Certes, elle possédait le don de soigner. Il n'était pas rare que quelqu'un du village frappât furtivement à son cabanon quand de graves problèmes de santé se déclaraient et que la science du Dr Galet se révélait impuissante à les guérir. On avait vu aussi des femmes la consulter sur leur avenir incertain. Enfin, et c'était ce qui révoltait les gens des marais, la Zita n'hésitait pas à lancer des prédictions ou des insinuations devant témoins, comme elle l'avait fait avec Camille, à une personne dont on ignorait si elle avait été choisie au hasard ou si sa sélection répondait à une logique précise. Ce qui troublait le plus Camille, c'est que ses prophéties ou ses accusations se révélaient toujours fondées. Combien de fois n'avait-elle pas deviné la grossesse d'une fille ? Francine, dans toute son attitude outrée et peinée à la fois, personnifiait une victime qu'on a injustement attaquée. Julien semblait surtout découragé. Quant à Mathieu, il paraissait ne pas s'intéresser à la conversation et lapait sa soupe avec bruit, tout tendu vers le plat suivant. Murée dans le sentiment d'avoir été insultée, la mère de Camille se hâta de mettre un terme à l'échange :

— Nous n'évoquerons plus cette ignominie mais il va falloir faire bloc pour riposter à ceux qui la prendront au sérieux.

« Et voilà... se dit Camille. On va en rester là. Pas un mot sur le fait que la Zita m'ait poussée à quitter les marais. Elle a prétendu qu'on se ressemblait... Pourquoi ? »

Elle revit le corps famélique, couvert de haillons, les yeux brûlants de fièvre, et soudain elle comprit comment agir. Non pas en interrogeant ses parents qui ne décolleraient pas de leur version, mais en s'adressant directement à la Zita, même si elle la terrifiait et si pénétrer dans l'antre de la sorcière lui apparaissait comme une folie. C'était sa seule chance de connaître la vérité.

Si la Zita se révélait incapable d'appuyer ses dires, Camille saurait qu'elle avait affabulé. Si elle était susceptible, en revanche, de lui fournir des preuves de ce qu'elle suggérait, l'adolescente n'aurait plus aucun scrupule à décider seule de son avenir. Aussi fit-elle mine de croire sa mère et de traiter désormais cette affaire par l'indifférence. Dès lors, la suite du repas se déroula comme tous les soirs, en silence.

Deuxième époque

LES ANNÉES DE PLUME

V

L'envol de Camille (1935)

À PRÉSENT qu'elle était mariée, Olivia ne logeait plus chez les Osmont mais dans le petit appartement que louait Gildas, au cœur d'un quartier populaire de Rouen. Et elle le regrettait bien, Olivia, même si elle aimait son époux et la nouvelle vie qu'ils menaient ensemble. Comme tous les matins, elle devait se lever tôt car son lieu de travail était désormais plus éloigné de son domicile. Elle marchait le long de rues étroites, délabrées et insalubres, fronçant le nez aux odeurs d'égout et de fritures de harengs que dégageait le quartier Eau-de-Robec, sursautant à la vue des rats qui hantaient ce faubourg de la ville qu'elle ne fréquentait jamais avant de connaître Gildas. Certaines maisons dataient du Moyen Âge avec leur façade à encorbellement, chaque étage formant une saillie avec celui du dessous, mais la jeune femme était peu sensible aux témoignages architecturaux des siècles passés qui avaient attiré les peintres à l'exemple de Claude Monet. La saleté et la pauvreté qui régnaient ici la rebutaient, elle qui était habituée à une chambre de bonne, certes, mais au sein d'une maison bourgeoise et d'un quartier cossu.

« La ville-musée restera-t-elle Rouen taudis ? » Ainsi s'étaient exprimés, dix ans auparavant, ceux qui luttaient contre le fléau de la détresse enserrée entre les murs de ce berceau de gueux qui abritait des milliers de familles vivant dans un dénuement extrême. Un journal, *Rouen-Taudis*, avait vu le jour, des bénévoles s'étaient regroupés afin de mener un combat contre les propriétaires des immeubles qui ne réparaient pas les planchers croulants, les toits qui fuyaient, qui ne s'attaquaient pas au problème des punaises et des rats, proliférant au point qu'un enfant mort-né dut être mis à l'abri dans un panier, accroché au plafond, de peur qu'il ne fût dévoré avant d'être enterré. La prise de conscience eut lieu, deux mille huit cents signatures furent recueillies et les choses s'améliorèrent sensiblement, mais Olivia n'avait pas connu cette époque et ce qu'elle voyait aujourd'hui du quartier ne pouvait la réconforter.

À son grand soulagement, elle se retrouvait vite dans un arrondissement plus fréquentable. Approchant de sa chère place du Vieux-Marché, elle ignorait, comme beaucoup de Rouennais, qu'au sud s'était établi le quartier des bars à matelots où la nostalgie de l'Afrique se noyait dans l'alcool et les filles. C'était justement jour de marché. Les halles métalliques, l'une dédiée aux poissons, l'autre aux légumes et à la boucherie, avaient été construites en 1860 et 1866. La foule était dense sur la place où les marchands et les maraîchers vantaient leurs produits d'un ton gouailleur et d'une voix puissante. Olivia savait que le salon de thé ne désemplirait pas, on y refuserait même du monde. Elle pressa donc le pas.

Il était situé sur la place même, entre un restaurant gastronomique et un marchand de vins et spiritueux. Sa devanture arborait des colombages comme la plupart des vieilles maisons de Rouen. Il s'étalait sur tout le rez-de-chaussée d'une demeure à trois étages, sans compter les combles, divisée en plusieurs appartements, pourvus de fenêtres dites « à l'anglaise » où des bacs laissaient s'écouler une pluie de géraniums rouges. *Salon de Thé Osmont* se lisait en lettres dorées sur un fond noir. Une enseigne en forme de pièce montée s'y balançait les jours de grand vent. Olivia sourit en contemplant l'appétissante vitrine où un arc-en-ciel de couleurs annonçait des pâtisseries dont les formes tarabiscotées plaisaient aux élégantes et dont les noms à rallonge invitaient aux rêves et à l'exotisme : « Désir d'Orient », « Gourmandise du Nil », « Une brassée de roses »… Olivia s'engouffra par la porte à battants, la nouveauté de ce mois de juin 1935 voulue par M. Osmont fils. Au sol, le parquet fleurait bon la cire, à l'exception de l'entrée où des carreaux de ciment dans les tons bleus avaient été conservés. Un long comptoir en bois, derrière lequel trônait une avenante caissière au chignon impeccable, permettait aux clientes de payer les gâteaux à emporter. Au-delà, se trouvaient les salles en enfilade, intimes, désuètes, charmantes, semblant tout droit sorties d'un roman pour jeune fille du siècle dernier. Un majestueux escalier conduisait au premier depuis le jour récent où Martial avait acheté cet étage afin d'agrandir les lieux, fort du succès du développement donné à la société familiale.

À peine Olivia avait-elle pénétré dans l'arrière-cuisine, où étaient installés les vestiaires afin que le personnel se changeât, que sa collègue, Reine, se précipitait à sa suite, les yeux brillants d'excitation. Si Olivia partait de chez elle avec sa robe noire de serveuse, elle ne mettait son tablier et sa coiffe d'un blanc immaculé qu'une fois sur son lieu de travail. Elle était en train d'accrocher sur son col le camée offert par Gildas pour leur mariage quand Reine déboula dans la pièce aussi dignement que lui permettait sa fonction. Il était évident que son dimanche avait été mouvementé et qu'elle souhaitait l'évoquer avec Olivia avant que leur service commençât. Mais la jeune femme se trompait. Reine, pour une fois, n'avait pas l'intention de médire à propos de sa belle-mère qui lui causait bien du souci ou des infidélités supposées de son mari. La raison de son émoi était tout autre.

— Il y a une nouvelle !

Olivia interrogea son amie du regard.

— Eh bien quoi ! s'écria Reine en faisant la moue. C'est tout l'effet que ça te fait ?

— J'attends que tu me l'apprennes, ta nouvelle, répondit Olivia en contemplant son reflet dans le miroir afin que tout fût parfait pour se présenter à la clientèle.

— Que tu es stupide ! La nouvelle, c'est la serveuse. Elle se nomme Camille Mercier.

La jeune femme fronça les sourcils et cessa de vérifier son apparence. Elle se sentit soudain en danger, sentiment que devait partager Reine qui avait l'air soucieuse.

— Nous n'avons pas été prévenues de sa venue, remarqua-t-elle, contrariée. À moins que Mme Donadieu ne l'ait su avant nous ?

— Oui, sans doute.

— Mais pourquoi ? demanda Olivia, interdite, incapable d'envisager une telle éventualité. Y a-t-il quelqu'un de malade ?

— Pas du tout. Mais il semble que…

Elle n'eut pas le temps de terminer sa phrase. La voix de Martial Osmont retentit dans la salle à côté et, d'un échange de regards, les deux femmes cessèrent leur conversation.

Elles quittèrent ensemble l'arrière-cuisine afin de commencer leur journée.

Olivia s'avança vers Bernadette Donadieu chargée de programmer son emploi du temps pour les heures à venir, s'arrêtant au passage pour saluer Martial qui se tenait près d'une jeune fille inconnue. Ce devait être la nouvelle employée. Elle était ravissante avec ses longs cheveux blonds, ses grands yeux bleus et sa silhouette fine, mais Olivia la jugea aussi bien démodée. La tournure de sa robe datait d'une autre époque alors que sa chevelure aurait eu besoin d'une bonne coupe. « À quand le retour de la crinoline ? songea-t-elle, les yeux moqueurs dirigés sur le visage intimidé, dénué du moindre fard. Il est clair qu'elle vient de la campagne. »

— Olivia, Reine, laissez-moi vous présenter notre recrue. Il s'agit de Camille Mercier que vous allez prendre sous votre aile afin qu'elle se familiarise avec le métier de serveuse. Veillez à tout lui expliquer car je ne serai pas trop disponible aujourd'hui.

Martial regarda sa montre et déclara :

— Je dois y aller. Camille, je vous souhaite bonne chance pour ce premier jour.

— Merci, monsieur, dit la jeune fille avec une petite révérence.

Olivia se retint de pouffer. Les yeux de Reine exprimaient l'ironie.

— Il faut dire : monsieur Osmont, rectifia Bernadette Donadieu en souriant.

— Monsieur Osmont, répéta la jeune fille, rouge de confusion.

« Quelle godiche ! » Olivia n'était pas mauvaise mais, d'une façon inexplicable, elle éprouvait une impression de péril face à cette inconnue dont l'inexpérience et la gaucherie auraient dû au contraire la toucher. C'est qu'elle travaillait dans ce salon de thé depuis sa prime jeunesse et l'arrivée d'une nouvelle employée, surtout jeune et jolie, lui faisait soudain craindre de perdre cet acquis, cette faveur gagnée au fil du temps, grâce à son ardeur au travail. Faveur inscrite à jamais dans les yeux confiants des clientes qui ne voulaient pas d'autre serveuse qu'elle, dans le geste paternaliste de Marcellin Osmont quand il prenait son café le matin, lui qui profitait avec la mère de Martial d'une retraite bien méritée, ou dans l'œillade effrontée, pleine de connivence, du moins Olivia la traduisait-elle ainsi, lancée par la jeune sœur de Martial, la pétillante Iris, qui vivait à présent à Paris mais ne manquait pas de venir voir le salon de thé de Rouen à chacune de ses visites en Normandie. Pour un peu, Olivia se serait crue de la famille, elle aussi. L'irruption de cette Camille, dont elle ignorait tout la veille, l'avait comme foudroyée. Elle en ressentait un léger vertige. Une sourde tristesse pesait sur elle. Elle avait surpris le regard de Martial sur la jeune fille : non pas amoureux, ni même empreint de désir, mais simplement attentionné, prévenant. Elle s'était revue au même âge, moins innocente sans doute mais presque aussi impressionnée. Et voilà que sa remplaçante surgissait déjà, alors qu'elle venait à peine de se forger une place qu'elle croyait indétrônable. Olivia avait le sentiment d'être victime d'une trahison. Quelque chose en elle se déchira. Mais parce qu'elle possédait aussi un solide bon sens, elle s'efforça de dissimuler sa brusque fragilité et de répondre aux exigences de sa chef en veillant sur la gamine et en lui apprenant les rudiments du métier. C'était ce qu'on attendait d'elle. Olivia ne démériterait pas, même si elle détestait déjà Camille Mercier.

Le lendemain de ses vingt et un ans, comprenant que Martial Osmont n'avait jamais eu l'intention de revenir la chercher, Camille avait rempli un sac de vêtements – il n'y avait pas de valise à la maison car aucun Mercier n'avait jamais quitté les marais pour plusieurs jours – et demandé à ses parents de l'écouter : elle avait quelque chose de grave à formuler. Si Julien, auquel son épouse n'avait pas rapporté la scène du marché avec le jeune entrepreneur, ne devinait pas ce qui se tramait, Francine, en revanche, redoutait le pire. Elle avait toujours eu peur qu'un tel jour arrivât. Elle savait maintenant qu'il était inévitable car leur fille était majeure et ils n'avaient plus le pouvoir de la retenir par la force. Camille avait attendu trois ans. Trois ans au terme desquels, déçue par Martial, elle était pourtant résolue à poursuivre son but, avec ou sans son aide. Déterminée, elle ne faillirait pas car elle avait déjà perdu trop de temps. Trois ans durant lesquels elle s'était soumise à l'autorité parentale que la loi défendait. Elle ne voulait pas être ramenée dans son foyer par les gendarmes. Elle souhaitait partir en sachant que personne ne risquait de la chercher pour l'empêcher de se confronter à son destin. Durant tous ces mois, sa vie avait été calme, d'une monotonie rassurante et accablante à la fois. L'une des raisons qui la poussait à quitter les marais était qu'elle avait l'impression d'en connaître tous les méandres : l'avenir ici ne lui offrirait plus qu'un visage connu, haï à force d'être trop familier. Rares étaient les divorces dans cette campagne reculée mais, si Camille avait pu qualifier son départ, elle aurait employé ce terme : divorce avec les marais comme avec un être dont les habitudes étaient devenues, avec le temps, exaspérantes. Et pourtant, elle ne les abandonnait pas sans mélancolie.

Elle les aimait encore. Ils avaient tant partagé. Mais ils ne pouvaient plus rien lui apporter qu'elle ne devinât déjà. Ils étaient impuissants à étancher la soif qui l'animait depuis l'instant où elle s'était prise de passion pour la pâtisserie : la ville était une rivale trop puissante. Camille était prête à prendre son envol, à assouvir sa passion. Seul Honfleur pouvait lui offrir ce qu'elle recherchait.

Rouen était loin de ses pensées à cet instant. Prononçant le prénom de Martial comme un sésame, elle espérait être admise à Honfleur qui n'était pas très loin du Marais-Vernier et où ses parents pourraient venir souvent la voir. Cette précision n'était-elle pas rassurante ? Camille quêtait une réponse sur le visage de son père : allait-il prononcer des mots irréparables tel le serment que, si elle passait la porte de cette ferme, elle n'y reviendrait jamais de son vivant ? Comme si elle partageait ses craintes et tremblait à l'idée que Julien n'usât d'une sentence semblable, Francine se mit à parler très vite à sa place :

— Laisse-moi t'accompagner, te trouver un toit au moins.

Camille hésita.

— D'accord, consentit-elle, songeant que les choses seraient sans doute plus faciles avec la présence de sa mère.

— C'est vraiment ce que tu veux ? intervint son père. De mon temps, les filles obéissaient à leurs parents.

Francine fut sur le point de dire quelque chose puis elle se ravisa. Les yeux de Camille s'embrasèrent, ses joues rosirent. « Elle ressemble tant à sa mère ! », songea Julien qui se laissa déborder par l'émotion. Comme s'il ne supportait pas ce rappel trop brusque du passé, il détourna le regard quand elle s'expliqua :

— J'ai mûrement réfléchi ma décision. J'aurais pu travailler dans les marais, comme maman, épouser Pierre, avoir des enfants... J'aurais fini par accepter mon sort, je suppose. Mais, au fond de moi, il aurait toujours subsisté un regret, une fêlure, qui m'auraient empêchée d'être heureuse. Est-ce cela que tu désires pour moi ?

— J'ai peur, c'est tout. Et si tes espérances étaient déçues ?

Camille se souvenait d'une promesse qu'elle n'avait pas tenue le jour où sa mère avait failli perdre Nicolas, cinq ans auparavant. Pourtant, elle n'hésita pas à énoncer un nouveau pacte.

— Si cela devait mal se passer, si je ne réussissais pas à subvenir d'une manière honnête à mes besoins, alors je vous jure que je reviendrais...

— Pierre t'attendra-t-il ? objecta Julien avec ironie.

Camille se sentit un peu blessée.

— Je n'ai aucun droit sur lui, qu'il en épouse une autre ! Mais je reviendrais aux marais reprendre ma place et fonder une famille... quel que soit l'homme avec lequel je le ferais, conclut-elle avec plus d'assurance dans la voix.

— Tu t'es fixé une limite dans le temps ?

— Six mois, avança Camille au hasard.

Julien parut réfléchir.

— Ta mère va veiller sur toi les premiers jours de ton installation, déclara-t-il. Je te demande de nous écrire régulièrement et même de venir nous voir quand tu le pourras.

— Très bien, papa, approuva Camille, soulagée que son choix de vie ne provoquât pas une brouille définitive entre elle et ses parents adoptifs.

— Quel est ton plan ?

— Pour commencer, je vais trouver un endroit temporaire où habiter. Puis je chercherai du travail dans le domaine de la restauration. Et enfin, je me mettrai en quête d'un vrai logement.

Camille n'avait pas pour projet de partir sur l'heure. Elle laissa passer deux semaines avant d'entamer ce qui ressemblait à un périple aux yeux de Francine, si ancrée à ses marais qu'elle les quittait rarement, n'en ressentant même pas l'envie. Avant le départ, il y eut la vente des roseaux à Sainte-Opportune-la-Mare. Julien sut gré à sa fille d'assister à cet événement qui réunissait chaque année une foule curieuse et avide de s'amuser. Les bottes de roseaux étaient présentées en tas tout le long des rues, des quais et des pâtures, sous un ciel d'hiver en son déclin. Son départ proche ne pesait pas pour rien dans l'intérêt presque déjà nostalgique que portait Camille à cette manifestation. Elle observait le roseau bédane, considéré comme mineur, utilisé pour couvrir les toits des bâtiments qui abritaient les animaux ou servant de litière à ces derniers ; le roseau laîcheux, qui avait une durée de vie de trente ans sur les toitures ; enfin celui qui possédait une qualité supérieure et un prix proportionnel en assurant cinquante ans de conservation sur les belles maisons des riches propriétaires comme les Plélo. Camille croisa Judith Plélo qui la salua d'un court hochement de tête, sans s'attarder, car elle ne représentait rien à ses yeux, si ce n'est l'arrogance de sa jeunesse perdue. Elle discutait d'un ton assez vif avec l'huissier de justice responsable de l'adjudication des roseaux. La jeune fille eut une pensée pour les doigts bleuis de son père quand il travaillait l'hiver dans les marais. Elle devait toutefois reconnaître que, malgré son exigence et son air hautain, Judith Plélo menait son domaine d'une main de maître et ne lésinait pas sur les dépenses quand il s'agissait de sauvegarder la sécurité de ses roseliers, contrairement à d'autres pourtant aussi bien nantis que cette grande famille d'exploitants.

Les barques n'appartenaient pas aux employés. Combien de fois son père avait-il tempêté contre l'état de l'embarcation d'un collègue qu'il jugeait bonne à remplacer, sans pour autant oser se plaindre par crainte de faire perdre sa place au pauvre roselier en se montrant trop vindicatif ? Julien aimait son travail. Que Camille voulût aller en ville afin d'y travailler dans un endroit clos, fût-il renommé, passant ensuite sa soirée dans une chambre, sans le secours d'un jardin où respirer, avec pour tout horizon les toits gris de Honfleur, lui paraissait si absurde qu'il en était un peu soulagé : la jeune fille ne tarderait pas à comprendre combien elle s'était fourvoyée. Elle allait vite se sentir oppressée dans le carcan de la ville, s'étioler au contact de la foule et du bruit, se voir privée de ce qu'il y avait de plus précieux dans l'existence du paysan : la liberté. Julien ne pouvait pas concevoir qu'au contraire sa fille était attirée par tout ce qui, lui, le rebutait : l'animation et l'énergie qui manquaient tant ici, l'impression que quelque chose là-bas pouvait arriver, alors que tout, au Marais-Vernier, semblait écrit, que le lendemain ne réservait rien de neuf, ni les jours suivants, ni les mois à venir, ni même les années, que le destin était inscrit et scellé dans une pierre indestructible, à moins de fuir cette espèce de paralysie ambiante comme le lapin parvient à forcer la porte de son clapier. Car oui, bien souvent, Camille se voyait pareille à l'animal emprisonné, dont les jours s'écoulaient entre des barreaux.

Fidèle à son désir de percer le mystère qui entourait sa naissance, elle avait osé traverser les marais jusqu'au cabanon de la Zita. La jeune fille avait surtout peur qu'elle lui jetât un sort. Celle qu'on surnommait « la sorcière » l'accueillit cependant sur le pas de sa porte comme si elle attendait sa venue depuis longtemps. Aucune surprise ne marquait ses traits ravinés par la vieillesse et la misère. Camille s'avança à petits pas, le cœur battant trop vite. À mesure qu'elle se rapprochait, son appréhension s'amenuisait. Qui était-elle d'autre qu'une vieille femme abandonnée qui n'avait plus personne pour veiller sur son sort à l'approche de la mort ? Un élan de pitié la souleva si bien que, quand elle fut près d'elle à la toucher, tout effroi l'avait quittée, et elle souriait. La Zita était une grand-mère qui possédait le don de soigner, c'était tout.

Camille goûta même le calme de l'instant. Un lièvre bondit dans les fourrés, une nuée de moineaux s'éparpilla dans le ciel, une anguille se faufila entre les roseaux, faisant frémir l'eau sur son passage… Au cœur des marais, sous le couvert des arbres, la réverbération du soleil de juin n'atteignait pas la cabane constituée de bric et de broc, dans laquelle la Zita devait avoir bien froid l'hiver. Le chant des oiseaux et des insectes était uniquement perceptible. Camille et la Zita semblaient seules au monde et cela n'inspirait plus aucune frayeur à la jeune fille. Le paysage paraissait pétrifié dans la chaleur caniculaire, durant cette heure sacrée de la sieste, choisie exprès par Camille. Les moissons battaient leur plein et il y avait peu de risques que quelqu'un empruntât le même chemin que l'adolescente. À cet instant, la Zita lui parut incroyablement familière alors qu'elle n'avait jamais eu affaire à elle jusqu'à cette scène sur la charrette. Comment l'expliquer ? La pensée la traversa qu'elle pouvait être sa vraie mère mais Camille n'était pas sûre de pouvoir la supporter et elle la repoussa dans un coin très éloigné de son esprit, préférant invoquer des raisons plus plausibles comme sa soif d'en apprendre davantage qui faisait de la guérisseuse une alliée.

— L'autre jour, au retour du marché, vous avez dit… commença-t-elle.

— L'autre jour, répéta la Zita en souriant à son tour. Tu calcules mal, ma fille. Cela fait des semaines.

Camille rougit, à la fois parce que l'expression « ma fille » l'avait frappée et parce qu'elle avait reculé le moment de venir lui parler, ce que la Zita avait deviné.

— Néanmoins, je vais répondre à tes questions. Veux-tu entrer chez moi ? J'ai du cidre…

L'adolescente hésita.

— Tu n'as rien à craindre, insista la vieille femme.

Camille prit une profonde inspiration et pénétra au sein du cabanon. Elle observa les lieux avec attention, s'attendant à éprouver quelque chose de particulier, à réveiller des sensations endormies, à faire resurgir des souvenirs enfouis, mais rien de tel ne se produisit. Entrer ici ne lui donnait pas accès à ce qu'elle était venue chercher. Elle nota simplement que la pièce était propre, bien tenue, malgré la modestie de son mobilier réduit au strict nécessaire. La Zita ouvrit une bouteille de cidre entamée tout en l'épiant d'un regard perçant, guettant sa réaction. Elle invita Camille à s'asseoir sur une chaise qui aurait eu besoin d'un rempaillage et lui servit une bolée de la boisson tiède. L'adolescente retint une grimace et se força à la terminer.

— Désolée pour le cidre pas frais. C'est que je ne reçois pas souvent de visites.

Camille demeura silencieuse quelques secondes puis elle se lança :

— Je suis venue pour connaître le secret de ma naissance. Vous avez prétendu que mes parents m'avaient volée alors que tout le monde sait que j'ai été abandonnée sur les berges de la Seine. J'ai droit à des explications.

Soudain, la jeune fille se rappela qu'elle avait apporté des œufs et du lait afin d'amadouer son interlocutrice. Elle déposa les denrées sur la table. La Zita hocha la tête en signe de remerciement mais elle avait l'esprit ailleurs.

— Ne t'attends pas à des révélations extraordinaires.

Camille fit mine de se lever. La vieille femme la retint d'une poigne étonnamment robuste.

— Ce qu'on peut être impatiente et sans nuance à ton âge ! J'avais oublié… Bien sûr que j'ai des choses à te dire mais aucune preuve à t'apporter.

La jeune fille ricana :

— À quoi bon ? Cela me rappelle les gosses à l'école… Eux aussi ont raconté toutes sortes d'histoires et pas une n'était vraie !

Elle était déçue, abattue. La Zita avait le cerveau dérangé. Elle aimait à inventer des fables pour se rendre intéressante. Autant partir tout de suite avant d'entendre l'une d'entre elles qui la mettrait en colère. Par respect pour ses parents adoptifs, elle ne devait pas les laisser déshonorer par la sorcière, comme elle l'appelait à nouveau en son for intérieur. Mais celle-ci reprenait, sans prendre garde à son dépit, un récit qui captiva Camille malgré elle.

— J'ai toujours parcouru les marais de long en large. Certains disent que je rôde. C'est possible. Toujours est-il que je surprends des choses que d'autres ne voient pas car je suis par monts et par vaux, le jour comme la nuit. Et j'ai des oreilles partout. Bref, j'étais dehors, la nuit où tes parents t'ont recueillie. Tout ce que je peux t'affirmer, c'est qu'il était aux alentours de minuit et que Julien et Francine n'étaient pas seuls : il y avait une femme avec eux.

— Ma mère ? souffla Camille dont les mains agrippaient si fort la table que ses jointures étaient devenues blanches.

— Une femme plus âgée… mais il y avait un air de famille.

— Comment le savez-vous ? s'enquit l'adolescente, méfiante.

— Parce que c'était la pleine lune et que je distinguais très bien ses traits.

— Pourquoi me l'apprendre maintenant ?

— Tu vas bientôt quitter les marais et je ne suis pas sûre de te revoir un jour. Vois-tu, j'ai quatre-vingt-deux ans…

La Zita la regarda et il y avait presque de la tendresse dans ses yeux.

— Cette nuit-là, Julien et cette femme sont partis ensemble avec toi.

— Ma mère ! s'écria Camille, horrifiée.

— Rien ne prouve que ce soit bien elle, à part cette similitude de visage.

— Qui était-ce ? L'avez-vous reconnue ? demanda Camille avec espoir.

— Hélas, non… Elle n'était pas de chez nous.

La jeune fille soupira.

— C'est absurde ! Pourquoi marchander ainsi sur cette terre hostile, en pleine nuit ?

— C'est à toi de le découvrir…

— Vous ne m'aidez guère…

— Contrairement à ce que beaucoup pensent, toi la première, je ne suis pas une sorcière et je n'ai pas le pouvoir de déchiffrer le passé. Je t'ai raconté ce que j'ai vu, rien de plus. Il n'y a pas une once de surnaturel là-dedans.

Camille s'efforçait de garder l'emprise sur elle-même, tout en réfléchissant. Quel intérêt aurait la Zita à mentir ? Aucun, à moins qu'elle ne racontât n'importe quoi. L'ébauche de la scène entre la femme et ses parents resterait à jamais gravée dans son cœur, même si elle n'apprenait rien de plus par la suite. Elle regarda la vieillarde avec une gravité proche du désespoir, espérant lire en elle la fausseté d'un récit qui venait de bouleverser sa vie. Mais la physionomie de la Zita était impénétrable, même si ses yeux reflétaient toujours la compassion que lui inspirait sa visiteuse. Camille savait qu'elle allait conserver ses doutes longtemps, tout en devinant aussi qu'elle ne cesserait jamais d'enquêter sur ses origines. Elle était aussi persuadée qu'elle n'aurait pas le courage de revenir voir la Zita et qu'elle devait aller au bout de ses interrogations aujourd'hui.

— Pourquoi l'avoir crié à tout le monde sur la charrette ?

Le visage de la Zita se rembrunit.

— Moi aussi, j'ai été volée à la naissance par une femme indigne, ce que Francine n'est pas, je le reconnais, elle t'a bien élevée.

Camille avait trop de soucis en tête pour s'attacher au passé de son interlocutrice.

— Il ne me reste plus qu'à interroger mes parents...

Le regard de la Zita se teinta de reproche.

— Jamais ils ne conviendront de leurs agissements. Ils prétendront que je suis folle.

Camille se demanda si cette insinuation ne dissimulait pas plus de malice qu'elle ne le soupçonnait et, tout aussi soudainement qu'elle avait adhéré au discours de la vieille femme, elle le mit en doute et s'imagina qu'elle se moquait d'elle comme ses camarades d'école autrefois. Le tourbillon de ses émotions devait se refléter sur son visage car la vieille femme se hâta d'ajouter :

— Tu vois, je ne suis pas mauvaise, je ne cherche pas à te brouiller avec tes parents adoptifs. À mon avis, tu devrais ne compter que sur toi-même.

— Non, dit la jeune fille d'une voix ferme, en rassemblant ses forces. Ils m'aiment, ils finiront par me dire la vérité.

— Oui, ils t'aiment et ils ont peur de te perdre, murmura la Zita.

Camille s'entêta et décida de prendre congé. Elle remercia la guérisseuse et partit rapidement, pressentant que la fin de cette dernière était proche et qu'elle emporterait dans la fosse commune tous les secrets qu'elle détenait sur la petite communauté des marais.

VI

La ville aux cent clochers (1935)

Honfleur ne possédait pas la renommée de Deauville. Quand Camille et Francine y parvinrent, à la pointe du jour de ce mois de juin, elles étaient pourtant impressionnées. La première favorablement : tout, dans ses gestes, son maintien, affichait le plaisir d'être là, au sein des ruelles tortueuses, dont les hautes façades multicolores à colombages offraient d'abondantes tentations qui lui arrachaient des cris de surprise et d'extase, bien qu'elle n'eût pas les moyens d'en profiter. À l'opposé était la réaction de Francine qui, n'ayant presque jamais quitté ses marais à plus de quarante ans, se trouvait désorientée par tout ce qui l'entourait et sentait un étau se refermer sur elle à l'idée qu'elle devait laisser sa fille en un pareil endroit. La saison avait commencé, entraînant un accroissement de la population sous forme de Parisiens et d'étrangers venus goûter lors des beaux jours aux distractions de la Côte fleurie. Il y avait tellement loin entre la vie que menait Francine dans sa chaumière du Marais-Vernier et le quotidien de ces plaisanciers qui se baignaient, jouaient au tennis ou au golf, pariaient sur des chevaux à l'hippodrome, hantaient les casinos ou dansaient toute la nuit au son d'un orchestre de jazz, que la mère de Camille découvrait combien elle savait peu de chose sur ce qui se passait en dehors de ses marais. Non qu'elle en éprouvât du dépit d'ailleurs, elle ne formulait qu'un vœu : retrouver au plus vite son décor familier, alors même que sa fille mesurait combien son existence était étriquée.

Francine avait décrété qu'elles se rendraient directement au fameux salon de thé où Camille avait l'espoir d'être embauchée. Elle était convaincue que la jeune fille se heurterait à un refus et rejoindrait vite son village en ayant compris qu'elle ne gagnerait rien à vouloir sortir de sa condition. Plus vite elle devrait affronter la réalité féroce d'un monde qui lui échappait, plus vite elle serait à nouveau en sécurité dans son foyer, ayant renoncé à alimenter ses rêveries. Elles demandèrent leur chemin et ne tardèrent pas à trouver la boutique avec sa façade noire et les lettres dorées de son enseigne qui confirmèrent à Francine que sa fille se faisait des illusions. Aussi était-elle déjà moins inquiète quand elle pénétra dans les lieux, alors que chez Camille l'entrain avait laissé la place à l'angoisse tant elle était consciente de l'enjeu de cette visite.

Une accorte serveuse s'avança vers elles, sentant qu'elles n'étaient pas des clientes ordinaires. Francine crut lire dans son regard un soupçon de défiance comme si elle les suspectait d'être des bohémiennes. Un coup d'œil de l'employée sur leurs vêtements la fit rougir de honte. Elles arboraient pourtant toutes les deux leur robe du dimanche.

— Puis-je vous aider ? s'enquit la jeune fille du bout des lèvres.

Camille n'avait pas deviné la mauvaise impression qu'elles faisaient. Elle s'empressa de demander :

— M. Martial Osmont est-il là ?

La serveuse parut surprise et rectifia son ton, y mettant plus d'amabilité.

— Non, il est à Paris. Que lui voulez-vous, mesdames ?

À Paris ! Camille parut anéantie. Comment allait-elle être en mesure de parler à Martial afin qu'il intercédât en sa faveur ? Cette déception acheva de la rendre vulnérable. Certes, elle avait bien envisagé que le jeune homme pût être absent mais pas ailleurs qu'à Honfleur. Alors, à Paris !...

— C'est important.

— Je peux prendre un message que je lui transmettrai quand je le verrai.

— Vient-il souvent ? l'interrogea Camille avec une sorte de supplication dans les yeux.

— Il peut se passer plusieurs mois avant son retour, déclara la serveuse, sans se douter de l'effet dévastateur de son annonce sur son interlocutrice. Excusez-moi, j'ai du travail. Dois-je prendre un message ?

— C'est inutile, s'interposa Francine. Nous allons rentrer, Camille, ajouta-t-elle en se tournant vers sa fille.

Décomposée, celle-ci ne l'écoutait pas, l'attention rivée sur la serveuse.

— M. Osmont vit donc à Paris ?

L'employée soupira. Elle fut sur le point de congédier les deux femmes inopportunes mais quelque chose de poignant dans l'expression de Camille la retint.

— Non, Rouen… Maintenant, je dois commencer mon service, pardonnez-moi, dit-elle en s'éloignant d'un pas pressé.

Francine n'était pas capable de trouver les mots pour consoler Camille. Il leur fallait retourner chez elles à présent, reprendre leur vie en oubliant cet épisode étrange. Elle s'empara de son bras afin de la mener vers la sortie, sans même admirer les lieux où l'opulence rivalisait avec l'efficacité. Le ballet des serveuses ne cessait pas et le murmure des clients s'apparentait à une douce musique de chambre. Dans la rue, une mouette poussa un cri perçant comme pour se gausser de cette ambiance mondaine et sophistiquée. Francine retrouva sa bonne humeur, soulagée.

— Allons ! Ne nous laissons pas abattre. Pour ta peine, je t'offre le restaurant. Oui, tu as bien entendu… Il y aura bien un bistrot quelque part…

— Maman, il faut que j'aille à Rouen !

Camille était en transe. Une idée l'obsédait : renouer avec Martial le fil tenu né de cette première rencontre aux marais, trois ans plus tôt. Il lui était impossible de renoncer tant qu'il existait un espoir. Loin d'elle l'idée d'emmener sa mère avec elle, elle s'armerait désormais de courage afin de vaincre seule l'adversité que le sort avait mise sur son chemin. Elle venait de comprendre que Francine souhaitait de tout cœur qu'elle échouât et la pensée lui vint que sa mère appelait si fort une débâcle de ses projets qu'elle risquait bel et bien de lui porter malheur. Camille était majeure, elle n'avait plus de comptes à rendre à personne. Avec le temps, elle avait senti sa volonté s'affermir, son assurance augmenter, même si les embûches la faisaient trébucher et douter sur l'instant. « Il n'est pas dit que je rentrerai bredouille aux marais, ce serait trop mortifiant. »

Francine était stupéfaite et ne présageait rien de bon de l'entêtement de sa fille. Ses traits tirés, ses yeux cernés par l'insomnie trahissaient ses tourments depuis l'annonce du départ de Camille pour Honfleur. Cependant, Honfleur était proche du Marais-Vernier alors qu'une bonne soixantaine de kilomètres séparaient ce dernier de Rouen. Cette pensée en déclencha une autre, plus terrible encore.

— Tu n'as pas l'intention d'aller courir à Paris, hein ?

Camille n'y avait pas songé puisqu'on lui avait assuré que Martial habitait Rouen. À elle aussi, la capitale semblait trop loin, inaccessible.

— Non. Quoi qu'il arrive, je resterai en Normandie. Mais pour commencer, tu as raison, il faut bien que je rentre chez nous. J'y préparerai mon voyage à Rouen.

Elle calculait le montant de ses petites économies afin de savoir s'il pourrait le lui payer car ses parents refuseraient probablement de le lui offrir. Pour contrebalancer son veto à la voir devenir pâtissière, Francine avait fini par lui donner sa part de la vente de ses gâteaux dont le succès ne s'était jamais démenti.

La mère et la fille étaient fatiguées. Elles pénétrèrent dans un humble café et commandèrent du cidre.

— Je me souviens la première fois que je suis allée à la mer, dit Francine. Oh, je n'étais plus une enfant, je devais avoir dix-huit ans… Mon père m'a fait entrer dans ce qu'on appelait un abri du marin. Sur les murs, des maximes rappelaient qu'on ne servait pas d'alcool. « La porte du cabaret conduit à l'hôpital », disait l'une d'elles. Tu penses, comme les cafetiers étaient contents ! Je voulais une tisane d'eucalyptus qui était servie dans une bonbonne étiquetée *Eau-de-vie* ! Il y avait une bibliothèque avec des cartes et des bouquins sur la marine et la pêche. Sous un préau, des mousses s'entraînaient aux haltères et aux anneaux... Le patron a fini par me chasser car les femmes n'avaient pas le droit d'entrer en ce lieu... (Elle soupira.) Moi, j'ai toujours accepté mon sort. Mais je n'ai pas non plus été malheureuse...

Et ce fut ainsi que, narguant le destin, Camille se retrouva apprentie serveuse au salon de thé *Osmont* du Vieux-Marché, rongée par la peur de mal agir mais aussi habitée par une force nouvelle, issue de la confiance que Martial avait placée en elle. Elle avait bien senti la brûlure du regard de cette Olivia Perrin sur elle mais, comme les eaux dormantes de ses marais, Camille était désormais double : calme en surface et capable de piéger le promeneur trop téméraire dans le tentacule de ses marécages. Du reste, si la grandeur, la flamboyance et l'animation de Rouen l'avaient impressionnée, après sa mauvaise expérience à Honfleur, elle était résolue à se conduire comme une vraie fille de la ville, même si sa mise la trahissait. Le souvenir cuisant de la scène avec la serveuse, sur la Côte fleurie, n'appelait pas les lamentations mais bien le combat. Le mépris affiché d'Olivia ravivait sa flamme au lieu de l'éteindre. Avec le temps, elle apprendrait à se vêtir avec la distinction toute relative qui était celle de la classe de sa collègue. La bonne coupe de sa robe lui conférait la moitié de l'assurance que Camille rêvait de posséder. Le décor, calqué sur celui de Honfleur car tous les salons de thé *Osmont* se ressemblaient afin de frapper les esprits et de s'imprimer dans les mémoires, les effluves de gâteaux mêlés aux parfums capiteux du personnel féminin et des clientes à l'élégance étourdissante, l'odeur de cire du parquet et du comptoir en bois, tout ici était luxe, légèreté, presque volupté.

Dès qu'elle était entrée dans ce temple de la gourmandise raffinée, la jeune fille avait avisé Martial et poussé un soupir de soulagement : elle se voyait mal le relancer à son domicile. Il ne l'avait pas reconnue tout de suite. Elle avait dû lui rappeler leur rencontre, trois ans plus tôt, lors de l'étampage du Marais-Vernier pour que disparût le froncement de sourcils qui laissait peu d'espoirs à sa requête d'être employée au salon de thé. Requête qui avait pourtant été acceptée à la condition que la jeune fille logeât dans une chambre de bonne, sous les toits de la maison qui penche, le nom de la demeure des Osmont. Martial n'avait rien perdu de la séduction qui le caractérisait et Camille, qui ne connaissait rien aux hommes, était sous son emprise. Elle en était la première surprise. Et pourtant, quand il lui annonça qu'elle habiterait à l'étage au-dessus de ses parents et non pas chez lui puisque Martial avait quitté le foyer parental pour se marier, Camille se sentit déçue.

Elle n'eut pas le temps d'analyser ses sentiments. Déjà, Martial proposait de la conduire rue de la Pie. Camille ne possédait toujours pas de valise, elle transportait un vieux sac et quelques affaires parmi lesquelles ses vêtements du dimanche qui, en ville, avaient l'air d'être portés au quotidien. Elle suivit docilement son pygmalion après qu'il l'eut présentée à Bernadette Donadieu. Camille sentit son exigence qu'elle estima juste mais aussi un certain trouble qu'elle ne s'expliqua pas. La chef des serveuses se montra aimable et économe de mots : un rapide conciliabule eut lieu entre elle et Martial d'où Camille retira quelques conseils au sujet de son apparence qui péchait par manque de chic. Bernadette Donadieu savait comment agir pour pallier ce défaut, et la jeune fille se prêta volontiers à son examen, certaine d'y trouver son compte. Elle avait hâte de ressembler aux autres employées et de s'intégrer à leur groupe. Elle accepta même la suggestion de couper ses cheveux en songeant, non sans roublardise, combien ses parents seraient scandalisés face au portrait de leur fille coiffée « à la garçonne » du nom de ce roman de Victor Margueritte qui avait ému la France en 1922. Plus de dix ans avaient passé mais, dans les marais, personne n'avait lu cet opus et les jeunes filles continuaient à porter les cheveux longs comme à la Belle Époque.

Il n'y avait pas une grande distance entre le salon de thé et la maison qui penche. Camille s'efforçait de ne pas tomber sur les pavés. Martial avait gentiment pris son sac et il l'interrogea en souriant :

— Confectionnez-vous toujours d'aussi bonnes pâtisseries ?

— Oh, oui, monsieur ! Je n'ai jamais renoncé, vous savez…

Il la considéra d'un air circonspect.

— Et votre mère ? Elle n'était pas commode. Comment a-t-elle réagi à votre départ ?

— Ni elle ni mon père ne l'ont approuvé, avoua Camille. Mais je suis majeure à présent.

— Vous avez attendu de l'être pour venir me trouver à Rouen, c'est cela ? demanda Martial, comprenant tout à coup quels avaient été le sacrifice, les attentes et la volonté de cette jeune personne dont il se souvenait à peine.

— Je suis d'abord allée à Honfleur, reconnut Camille en rougissant du côté absurde de sa situation que Martial venait de révéler et auquel elle n'avait jamais véritablement pris conscience. Vous devez me juger bien folle...

— Plutôt opiniâtre, obstinée.

Elle n'avait pas osé lui avouer qu'elle l'avait attendu le jour de ses vingt et un ans. Face à cet homme très affairé, dans cette ville pleine d'effervescence, elle saisissait soudain combien sa certitude avait été vaine et même saugrenue. Déjà, Rouen lui apprenait la vie, lui dessillait les yeux.

Ils arrivaient à destination. La demeure des Osmont ne se démarquait pas de ses voisines. Le fait qu'elle penchât de soixante-dix centimètres sur la gauche ne fut pas évident pour Camille ce jour-là et Martial n'y fit pas allusion. Il poussa un portail, après y avoir introduit sa clé, sur un minuscule jardin où quelques pots de fleurs tentaient d'investir sans succès la pierre environnante. Pour une fille des marais comme Camille, cette amorce naturaliste prêtait presque à ironiser. En revanche, quand Martial la fit pénétrer dans le vestibule, elle retint son souffle, intimidée par la magnificence de l'escalier qui semblait mener jusqu'au ciel. La première marche était en pierre, les suivantes en bois, la rampe en fer forgé, ornée d'une boule en verre qui reflétait les rayons du soleil. La jeune fille n'était jamais entrée dans une maison digne de celle des Osmont.

Surprenant son regard, Martial expliqua :

— Il paraît qu'au XVIIIe siècle cette marche se trouvait à l'extérieur, ce qui justifie qu'elle n'ait pas été fabriquée en bois. Il y avait une porte au niveau du second degré... Je vais voir si mes parents sont là. Les prochaines fois, vous prendrez l'entrée de service afin de gagner votre chambre.

Une domestique accourait. Elle leur déclara que Marcellin et Honorine Osmont étaient absents. Martial ressortit avec Camille afin de monter à son logis par un étroit escalier qui ne possédait aucune similitude avec celui qu'elle venait d'admirer. Au tout dernier étage, sous les toits, il poussa une porte sur une pièce de dimensions modestes qui comprenait le nécessaire, tout juste, un lit, un bureau, une chaise, une armoire normande, mais surtout une fenêtre, avec une vue exceptionnelle sur les toits de Rouen et même la cathédrale au loin, bien que Camille ignorât encore tout de sa réputation. Martial se hâta d'ouvrir afin de dissiper l'odeur de renfermé qui imprégnait les lieux. Les rideaux avaient besoin d'être nettoyés et une fine couche de poussière recouvrait les meubles. Des moutons se nichaient dans les coins. Il prit l'air gêné.

— Une servante va faire le ménage avant que vous vous installiez...

— Ne vous inquiétez pas, je peux m'en occuper. Ma venue n'était pas prévue.

— Très bien, dit-il en consultant sa montre. Je vous laisse aux bons soins de Lydie qui veille sur la maisonnée. Elle ne va pas tarder.

Sur ce, il referma la porte sur Camille qui se sentit soudain très seule. Les bruits de la ville lui parvenaient, atténués. Dans la demeure, le silence régnait. Elle contempla le crucifix fixé au-dessus de sa couche, espérant y puiser un réconfort qui fut vain. Au même moment, des pas retentirent dans le couloir et la jeune fille retint son souffle. On frappa. Sans attendre la réponse, la femme qui les avait accueillis tout à l'heure entra dans la chambre avec un monticule de produits et d'ustensiles destinés au ménage, ainsi que des draps, couvertures et oreillers. Camille se précipita pour l'aider.

— Merci, fit-elle avec une expression avenante qui rasséréna la jeune fille. Mon nom est Lydie Giard. Je suis servante chez les Osmont depuis dix ans maintenant. On peut se tutoyer ? Est-ce que ta chambre te plaît ? Tu vas devenir serveuse au salon de thé, c'est ça ? D'où tu sors ? Tu es normande ?

Camille comprit que cette Lydie avait la parole facile. Ses joues rubicondes, ses yeux rieurs, son corps rondelet, sa faconde étaient aptes à chasser la mélancolie qui s'emparait d'elle. Elle désirait de tout cœur devenir son amie et briser cette solitude qui lui apparaissait à l'instant insurmontable.

— Je m'appelle Camille Mercier et je viens du Marais-Vernier, dans l'Eure.

— Connais pas, bougonna Lydie en dépliant la serpillière.

Les deux femmes œuvrèrent ensemble afin de rendre l'endroit propre. Si Camille gardait le silence, Lydie ne cessait presque jamais de parler, à la grande joie de la nouvelle venue qui apprenait plein de choses sur la maison Osmont sans avoir besoin de poser des questions et de sembler trop curieuse.

— C'est Bernadette Donadieu qui va t'initier. Pas de problème à attendre d'elle. Elle est fameuse dans son travail, rien à dire. C'est une vieille fille, elle a tout consacré à l'entreprise Osmont. Tu seras collègue avec Olivia, Céline, Alice et Reine. Méfie-toi surtout d'Olivia. Ce n'est pas une mauvaise fille mais elle est de nature jalouse. Elle se croit élue de M. Osmont fils. Pourtant, il ne montre aucune préférence. Il possède tant de salons de thé en France et donc tant de personnel, comment pourrait-il ? Bon, c'est vrai qu'il habite ici et le salon de Rouen a été le premier de la liste... Bref, évite de trop te confier à Olivia, travaille et ne te fais pas remarquer.

Camille ne savait quoi penser : être redevable à Lydie de ses conseils ou lui en vouloir de l'inquiéter avec ses mises en garde ? Volubile, Lydie poursuivait son monologue :

— J'ai été jeune, je sais ce que c'est. Sache que j'ai commencé comme serveuse aussi mais ce métier ne m'était pas destiné, je n'avais pas le chic pour recevoir et servir les clientes qui m'intimidaient. Oui, je n'en ai pas l'air, mais c'est ainsi. Bref, M. Osmont père a proposé de me prendre à la maison qui penche quand sa vieille servante a dû cesser de travailler. Je m'y sens bien mieux qu'au salon de thé. Non qu'Olivia ait été dure avec moi, je ne suis pas assez jolie pour lui faire de l'ombre…

— C'est à ce point ? parvint à demander Camille comme sa compagne reprenait sa respiration.

— Tu verras bien… Voilà, nous avons terminé. Il faut que je retourne en bas. Quand commences-tu ?

— Demain matin.

— Eh bien, bon courage !

Et Lydie disparut avec tout son matériel, non sans continuer à s'entretenir avec elle-même dans le couloir et l'escalier, alors que Camille était hors de portée d'oreilles. Cette dernière sourit en contemplant son petit domaine privé, lessivé et frais. Elle sortit ses affaires de toilette qu'elle disposa sur le meuble où trônaient broc et cuvette en faïence ébréchée, ses quelques vêtements qu'elle pendit au sein de l'armoire normande, de nombreux cintres restant vides, son réveil qu'elle mit sur le chevet après l'avoir réglé sur l'heure de son lever, du papier, de l'encre et une plume afin d'écrire souvent à ses parents comme elle l'avait promis, une bible qu'elle rangea dans le tiroir du bureau, et ce fut tout. Lydie, toute bavarde qu'elle fût, avait oublié de lui montrer où étaient les commodités, l'eau pour se laver, et comment occuper cette longue journée qui s'annonçait dans une ville inconnue. De plus, elle commençait à ressentir les affres de la faim, elle qui avait voyagé très tôt le matin sans pouvoir avaler rien de plus que plusieurs tasses de café, tant elle avait l'estomac noué.

Refusant de céder à l'appréhension, elle se prépara à sortir. L'entrée de service donnait sur une autre artère que celle par laquelle elle avait pénétré avec Martial, et Camille craignait de s'égarer. Aussi avança-t-elle en notant le nom des rues et sans trop s'éloigner de son nouveau logis. Toutefois, elle faillit très vite rebrousser chemin quand un homme à l'aspect misérable, percevant peut-être sa naïveté, l'aborda à peine avait-elle progressé de quelques mètres.

— Peaux d'lapin ! Peaux !

Après un sursaut de frayeur, elle se calma. Elle se souvenait de Francine qui conservait les peaux de lapin retournées et bourrées de papier journal afin de les vendre pour quelques sous à un vieillard qui faisait profession d'alimenter les fourreurs en ville. Cet homme ne cherchait pas à l'agresser, il essayait simplement de gagner sa vie, avec son crochet qui servait à fouiller les poubelles et à y extirper son butin de déshérité. Plus d'une dizaine de peaux de lapin alourdissaient son dos et il agitait un grelot afin d'attirer l'attention.

— Désolée, monsieur, je n'ai pas d'argent, répondit poliment Camille.

— Alors, tu ne m'intéresses pas.

Il avait l'air fâché. La jeune fille crispa ses mains sur le petit sac qui contenait le paiement de son déjeuner et se détourna de lui avec une mine farouche.

Il y avait des restaurants partout mais, en parcourant les cartes affichées dehors, elle était horrifiée par les prix qu'ils pratiquaient. De surcroît, elle n'avait jamais mangé dans un tel endroit et redoutait de commettre un impair. Elle ne connaissait que la cuisine campagnarde des auberges et la connotation de certains plats la laissait perplexe. Elle renonça donc à entrer dans ce genre d'établissements et jeta son dévolu sur un marchand des rues :

— À la gui gui, à la guimauve, voici le marchand de guimauve !

Pour son premier repas en ville, Camille dut donc se contenter de guimauve à la vanille (« La vanille pour les filles », avait précisé le marchand d'un air madré, ce qui ne lui avait guère laissé le choix du parfum), avalée debout, en marchant, furieuse contre elle-même, son impécuniosité et sa faiblesse. Et soudain, alors qu'elle traversait la rue, les yeux rivés sur sa guimauve qui pendait d'une façon lamentable, elle entendit des cris et un avertisseur sonore. Elle s'immobilisa, tourna la tête vers la droite… et vit l'abominable machine arriver sur elle, avant qu'un homme ne lui attrapât le bras pour la traîner jusque sur le trottoir, tandis que le tramway passait devant eux avec de puissantes sonneries de mécontentement. Camille contempla d'un air atterré les taches de sucrerie sur la robe que sa mère avait lavée avec amour.

— Un peu plus et vous passiez sous le tramway ! s'écria son sauveur.

Un petit attroupement s'était formé. Les gens commentaient l'incident. Camille comprit en un éclair qu'elle venait peut-être d'échapper à la mort. C'était la première fois de sa vie qu'elle voyait un tramway. Une peur rétrospective et aussi un sentiment de honte face à tant de candeur et de sottise lui firent monter les larmes aux yeux, réaction que le passant mit sur le compte de l'émotion.

— Allons, mademoiselle, vous avez eu de la chance. Voulez-vous, pour vous remettre, prendre un verre à cette terrasse ?

Camille aurait bien aimé se reposer et se rafraîchir en effet, mais elle ne connaissait pas cet homme et, fût-il celui auquel elle devait la vie, elle répondit par la négative, tout en se répandant en remerciements. Il n'insista pas et la jeune fille reprit sa route un peu au hasard. « Il ne manquerait plus que je sois perdue, à présent ! »

Le tramway avait dû rouler sur la guimauve et elle en était soulagée : elle lui restait sur l'estomac. « Je l'aurais bien mieux réussie que ce marchand », songea-t-elle. Reconnaissant la rue de la Pie, elle se hâta de rejoindre sa chambre de bonne qu'elle ne quitterait pas jusqu'au lendemain matin, dût-elle aussi renoncer à son dîner.

VII

Le premier signe (1936)

On avait pris les mesures de Camille qui paradait à présent dans une robe noire à la coupe irréprochable, ornée d'un tablier blanc amidonné à dentelle et d'une coiffe assortie. Ses escarpins à talons lui comprimaient les pieds et elle trébuchait parfois, tout en conservant un sourire stoïque, tâchant surtout de ne pas renverser son plateau. Ses cheveux avaient été coupés et lui octroyaient un charme un peu canaille. La jeune fille ne connaissait pas le sens de cet adjectif prononcé par Lydie qui l'avait traduit en déclarant hilare qu'elle était encore plus jolie qu'avant. Cela faisait deux mois qu'elle travaillait au salon de thé et elle en tirait une immense satisfaction, même si les débuts avaient été parfois difficiles. En cause surtout, Olivia, qui ne lui épargnait pas les difficultés, le dépit de celle-ci croissant à mesure que sa collègue lui opposait une froide indifférence, sur les conseils de Lydie : avait-elle raison de feindre le désintérêt alors qu'elle brûlait de connaître les raisons de l'antipathie d'Olivia ? La jalousie n'expliquait pas tout mais Camille préférait se concentrer sur son travail plutôt que de sonder l'âme noire de la jeune femme. Elle aimait sa fonction, même si les marais lui manquaient. À son grand étonnement, elle ressentait déjà la nostalgie de cet espace presque vierge sur lequel tombait un silence qui l'étouffait souvent mais dont elle regrettait à présent la douceur. En compensation, il lui arrivait de trouver l'apaisement dans le calme de sa petite chambre où elle réfléchissait à de nouvelles recettes.

Grâce à Léonce Silès, le pâtissier attitré du salon de thé *Osmont* de Rouen, son existence avait pris un virage inattendu et prometteur. Cet homme avait payé à la guerre un lourd tribut en y perdant deux doigts, ce qui ne l'empêchait pas d'exceller aux fourneaux. Camille n'avait jamais osé l'interroger sur cette terrible blessure que s'infligeaient vers la fin du conflit les soldats désespérés, afin d'être exemptés de retourner au front. Lui-même ne l'évoquait jamais. Quand il découvrit combien la jeune fille était douée pour la cuisine alors qu'elle se lançait dans une recette après sa journée de travail, loin d'en prendre ombrage il proposa de l'aider à progresser. Camille accepta son offre avec une joie si vive qu'elle ne pouvait qu'exacerber la vindicte d'Olivia. La nouvelle recrue comprit qu'il lui faudrait se perfectionner hors de ses heures de service, ce qui semblait raisonnable, mais aussi de préférence quand Olivia était en congé. Le commerce ouvrant tous les jours, un roulement s'effectuait entre les employés, et il y avait toujours une journée durant laquelle Camille était débarrassée de la présence de sa rivale : elle en profitait alors pour étudier auprès de Léonce, après avoir demandé la permission à Bernadette Donadieu. Celle-ci s'était tout d'abord montrée inflexible : tant que M. Martial ne serait pas tenu au courant des dispositions de Camille, il ne pouvait être question qu'elle travaillât ailleurs qu'en salle. Il fallut donc attendre son approbation. Il y consentit aussitôt. Se souvenant combien il avait été étonné par le don de la jeune fille, il se disait, en homme d'affaires avisé, que ce talent amélioré et bien exploité pourrait profiter à son entreprise et servir ses intérêts. Après quelques semaines, il s'ouvrit même à Léonce de ses espérances et celui-ci ne lui cacha pas combien elles étaient légitimes :

— Je suis surpris par le professionnalisme de cette campagnarde. Son père est roselier, agriculteur et éleveur, sa mère fait les marchés et aide son mari… Rien dans son hérédité qui puisse justifier une telle prédisposition. Elle m'a déjà aidé pour la garniture de certaines pâtisseries et, croyez-moi, je n'ai presque rien eu à retoucher.

— Vous savez que j'ai des soucis avec le cuisinier de Honfleur…

Léonce lissa sa moustache, signe chez lui d'embarras.

— Ça pourrait se faire mais pas avant au moins une année…

Martial grimaça.

— Impossible d'attendre si longtemps avant de licencier ce bougre. J'ai appris qu'il buvait en cachette.

— Camille est habile et sérieuse. En revanche, la technique, celle qu'on apprend dans les écoles, lui fait défaut… Elle est née dans un milieu modeste. Sa tarte aux pommes est délicieuse et ne déméritérait pas dans votre vitrine mais elle n'a jamais entendu parler d'un vacherin et n'a pas d'idée sur la façon dont on confectionne une pièce montée. Elle a encore beaucoup à apprendre, par exemple sur la notion de décoration culinaire. Sa cuisine est goûteuse mais rustique et… un peu étouffe-chrétien !

La jeune fille s'éduquait de bien des façons. Elle ne craignait plus le froid dans cette ville enserrée par les hautes maisons qui la protégeaient du vent, où la neige fondait vite sur les pavés et se transformait parfois en boue, au lieu de tapisser les prés et de glacer les os, mais elle souffrait de la chaleur au sein du salon de thé où l'air frais était rare en période estivale. Sa vie ressemblait au rêve qu'elle avait entretenu pendant tant d'années : animée, surprenante, pleine de découvertes. Les heures passaient vite quand elle travaillait, ne cessant jamais ses allées et venues dans les salles, entre la table à roulettes sur laquelle étaient exposées les pâtisseries présentées aux clients, le comptoir où les notes étaient préparées et les cuisines où Léonce élaborait des merveilles dont il lui faisait partager les secrets. Le soir, souvent, elle sortait avec Lydie, son mari et leurs deux enfants, ou Alice dont l'âge était plus proche du sien. Ces veillées en ville, après des journées bien remplies, achevaient de combler sa soif de nouveautés. Par souci d'économies, elle dînait rarement dehors mais, une fois son repas avalé, elle accompagnait Alice à la terrasse d'un café aux beaux jours, à l'intérieur l'hiver, afin d'y déguster un jus de fruits ou un chocolat chaud en bavardant et en observant les passants, spectacle dont elle ne se lassait pas.

En la matière, Alice ressemblait à Camille, bien que la ville l'eût policée au fil des années. Née dans la campagne du pays de Caux, au sein d'une famille modeste de cultivateurs de lin, elle avait toujours eu envie de s'établir en ville. Quand elle avait été embauchée chez les Osmont, sa candeur égalait celle de sa jeune collègue. Elle n'avait jamais fréquenté de garçon, tout comme Camille, ce qui les rapprochait encore. Cette dernière aimait bien Lydie mais elle se sentait parfois de trop entre son époux, qui travaillait au port de Rouen à l'exemple de celui d'Olivia, et sa progéniture. Alors qu'en compagnie d'Alice, elle pouvait se livrer à des confidences qui seraient bien reçues puisque familières à son amie. De plus, celle-ci logeait aussi chez les Osmont, à quelques mètres de la chambre de Camille. Cette proximité leur permettait de rentrer ensemble le soir, sans redouter les mauvaises rencontres, et elles se rendaient service avec confiance et sympathie.

Face à cette nouvelle alliance, Olivia enrageait, mais elle avait vite compris qu'elle ne devait plus extérioriser ses sentiments, ce qui finissait par la desservir aux yeux de tout le personnel, y compris Bernadette Donadieu qui ne voyait pas d'un bon œil les dissensions parmi ses employées. Aussi affichait-elle à son tour une indifférence trompeuse, tout en fourbissant ses armes. À l'opposé de Camille, l'existence qu'elle menait ne lui semblait plus si enviable. Depuis son union avec Gildas, quelque chose avait changé mais pas de la manière dont elle l'avait envisagée quand elle avait répondu favorablement à sa demande. Le fait d'habiter le quartier Eau-de-Robec assombrissait sa vie. Elle insistait auprès de Gildas pour qu'ils déménagent mais ce dernier ne le souhaitait pas : il était né là et ne concevait pas de vivre ailleurs. De surcroît, il ne possédait pas les moyens de s'exiler dans un faubourg plus coté comme l'en suppliait Olivia. Il lui arrivait de regretter de s'être mariée avec un homme tel que Gildas qui manquait d'ambition et considérait sa petite vie avec une satisfaction qui mettait les nerfs de sa femme à l'épreuve. Elle avait fait une erreur en épousant un individu qui était son contraire. Son amitié avec son frère Jules les avait rapprochés, le fait que Gildas fût beau garçon aussi, et puis il avait été le premier homme à véritablement s'intéresser à Olivia au point d'envisager une vie commune et la naissance d'enfants. La jeune femme aurait dû faire preuve de patience. Elle était assez lucide pour ne pas espérer un mariage fastueux mais elle restait à présent convaincue qu'elle aurait pu espérer mieux que cet homme souvent taciturne, pas le moins du monde habité par la volonté qu'Olivia, sans le savoir, partageait avec Camille, de gravir les échelons de la société.

On était en février et, à peine huit mois après son arrivée, déjà la jeune fille se distinguait en prenant des leçons de cuisine auprès de Léonce. Le désir impérieux d'être un jour reconnue en tant que pâtissière avait pesé lourd dans la décision de Camille car elle se souvenait du conseil de Lydie : ne pas se faire remarquer. Dans la balance, la volonté de parvenir à son but avait davantage compté que le ressentiment d'Olivia. La première fois qu'elle fut surprise dans les cuisines, en train de préparer des petits gâteaux Frivolités sous les yeux critiques de Léonce, Camille soutint sans ciller l'œil ténébreux d'Olivia sur ses mains qui s'affairaient à pétrir la pâte. La jeune femme ne fit aucun commentaire mais, comme elle quittait la pièce avec du thé et un baba au rhum, Camille déserta quelques secondes son plan de travail pour la surveiller. Elle la vit déposer son chargement à la bonne table puis s'approcher de Bernadette Donadieu, sans doute pour l'aviser de ce qui se tramait entre Camille et le chef. La jeune fille ne décela tout d'abord rien des sentiments de sa patronne qui, bien entendu, était au courant. Bernadette Donadieu n'était pas du genre à céder aux éclats de voix ou à un simulacre de scène en public. Puis son expression devint hostile et un tantinet méprisante, nota Camille, non sans satisfaction. Elle dit quelque chose à Olivia que la jeune fille n'entendit pas mais elle vit le visage de la serveuse changer, passant de la colère à la soumission teintée d'amertume. Camille se hâta de retourner à son ouvrage et se garda bien de dévisager sa rivale quand elle fit sa réapparition dans les cuisines.

La jeune serveuse ne pouvait nier qu'elle cherchait à s'élever dans la société, mais pas aux dépens des autres, comme Olivia en répandit la rumeur afin que sa réputation en pâtît parmi le personnel du salon. Toutes les semaines, elle achetait *Le Journal de Rouen* pour se tenir au courant de ce qui se passait dans sa ville et, plus généralement, en France. Sa lecture était parfois laborieuse pour quelqu'un comme elle, sans instruction, mais elle s'obstinait, et ses efforts finissaient par payer : elle prenait plaisir à présent à s'informer alors qu'au début parcourir la revue s'apparentait plus ou moins à un apprentissage de plus. C'est ainsi qu'en mai elle s'intéressa au résultat des élections législatives qui vit la victoire du Front populaire dont le programme avait pour slogan « le pain, la paix, la liberté », ce qui la laissa rêveuse car, si elle ne parlait jamais de politique avec ses parents ou Mathieu, elle appartenait à une classe modeste que ce parti représentait. Le pays tout entier ne tarda pas à se mettre en grève.

À peine Camille avait-elle commencé à travailler qu'elle obtenait donc le droit de ne le faire que quarante heures par semaine et de prendre des congés payés. Elle en fut éblouie mais le visage renfrogné de Marcellin Osmont l'empêcha d'exprimer trop ouvertement son allégresse. Quant à Martial, il était plutôt favorable à ces mesures, ce qu'il traduisit dans un discours adressé à son personnel, tout en espérant que les choses n'aillent pas trop vite car il craignait que sa petite entreprise ne pût suivre, sans dommages, la voie de l'humanisme. Olivia l'écoutait, gênée, Gildas étant l'un des piliers de la grève sur les docks, de même que son frère, très remonté contre le patronat, ce que Martial ne pouvait ignorer. Les usines, les grands magasins, les tramways, les mariniers, tous les secteurs importants de l'économie rouennaise avaient été en grève, mais celle des gens du port se révélait être la plus longue. Près de vingt-cinq mille personnes avaient défilé en ville lors du grand rassemblement populaire du 15 juin, Olivia soutenant Gildas et Jules. Le salon de thé *Osmont* de Rouen avait continué de fonctionner, alors que celui de Paris, ouvert depuis quelques mois, cessait ses activités, faute de personnel. Comme les revendications des plus modestes avaient été entendues, la reprise du travail ne tarda pas au grand soulagement de tout le monde, à l'exception de quelques irréductibles, comme Gildas. Olivia lui découvrait avec surprise une nature farouche et vengeresse.

Camille s'efforçait donc de pratiquer une activité manuelle sans pour autant négliger son esprit qui avait eu peu l'occasion de s'exercer dans les marais. Mais elle demeurait sur ses gardes car sa position n'était pas si affermie qu'elle pût ignorer avec dédain l'inimitié dont elle faisait l'objet de la part d'Olivia. Au fil des mois, elle avait fini par comprendre ce qui la motivait : son attachement envers Martial Osmont qui s'accompagnait d'une jalousie féroce contre quiconque attirait son attention, à l'exception de Bernadette Donadieu, trop âgée et trop quelconque pour faire figure de concurrente. Camille aurait pu en rire et même s'en expliquer avec Olivia si elle n'éprouvait pas aussi une affection particulière pour le même homme. Son émoi la trahissait à chaque fois qu'elle se trouvait en sa présence et Olivia ne devait pas être dupe, elle qui vivait un trouble semblable. Camille ne se faisait aucune illusion puisque Martial appartenait à un milieu favorisé et était marié à une jolie femme qui lui avait donné deux enfants déjà, mais elle ne pouvait se défendre contre l'émotion qui l'assaillait quand elle pensait à lui, bien trop souvent pour son bien. Elle se jugeait toutefois plus excusable qu'Olivia qui avait un époux et dont le ventre commença à s'arrondir avec le printemps.

Plusieurs fois par semaine, un membre de la famille Osmont venait prendre un thé, un café ou un chocolat, accompagné d'une douceur sucrée. Les serveuses rivalisaient alors de sourires mielleux, sauf Bernadette Donadieu qui supervisait tout d'un regard dénué de la moindre obséquiosité. Au début, Camille se sentit observée et en fut mal à l'aise mais, au bout de quelques semaines, elle avait déjà perdu l'attrait de la nouveauté et elle put assurer son service d'une façon plus détendue.

Et même, ce fut à son tour de contempler les Osmont avec curiosité, tout en affichant une discrétion de bon aloi, maintenant que leurs regards ne la transperçaient plus, celui d'Iris en particulier. Camille avait cru qu'elle s'intéresserait plutôt à l'épouse de Martial ou à son père, qu'elle avait croisé plusieurs années auparavant bien qu'elle n'eût jamais osé le lui rappeler, surtout quand elle se rendit compte, en voyant Honorine Osmont à ses côtés, qu'il n'était pas escorté, à l'époque, de la même femme. Si l'épouse de Martial éveilla tout d'abord son attention, elle fut vite déçue. Ursula Osmont était jolie et douce. De prime abord, elle serait facilement passée inaperçue sans l'évidente distinction de sa mise qui trahissait la classe supérieure. Et puis, l'assurance que donnent la naissance et la bonne éducation ne tardait pas à émaner de ses gestes, de ses paroles, de son maintien, et Camille songea, non sans rancœur, qu'elle avait affaire à ce qu'on appelait « une grande dame ». Bien différente était Iris, l'une des deux sœurs de Martial, qui vivait à Paris mais venait souvent voir sa famille à Rouen. Piquante, pétillante, moqueuse, capricieuse, tels pouvaient être quelques-uns des adjectifs la qualifiant. Camille la jugea ensorcelante, peut-être parce que sa nature semblait plus accessible que la réserve d'Ursula Osmont. Les deux jeunes femmes ne tardèrent pas à échanger quelques phrases banales puis à bavarder plus amicalement. Iris n'ignorait pas l'ambition de celle qu'elle nommait « la protégée de Martial ».

Ce fut aussi à la même époque que Camille fit de réels progrès dans l'élaboration de ses recettes. Léonce lui faisait découvrir tant de nouvelles saveurs qu'elle se jugeait à présent bien ignorante. Mais, au lieu de la décourager, la certitude qu'il lui faudrait plusieurs années avant d'acquérir une solide expérience lui donnait la force de poursuivre sa longue formation avec patience et sérieux. Léonce l'avait tout d'abord introduite dans le monde mystérieux des épices. Certes, elle préparait jadis des plats avec les plantes aromatiques du potager, tels le romarin, la ciboulette ou le persil, certes elle utilisait la vanille et la fleur d'oranger pour ses gâteaux, mais que savait-elle de la cannelle, du cumin, de la coriandre, du gingembre, de la cardamome, du safran ?... Non content de lui révéler des assaisonnements inédits, il aimait aussi à être son professeur de théorie et n'hésitait pas à émailler ses explications d'histoires aussi savoureuses sur les origines d'un ingrédient : route des épices, Christophe Colomb, les Indes, Pierre Poivre, l'Orient, le cap de Bonne-Espérance devinrent des mots récurrents qui nourrirent d'autres rêves, autant de chimères car la jeune fille n'ignorait pas qu'elle n'aurait jamais les moyens de voyager et de connaître ces lointaines contrées que des hommes illustres avaient découvertes et d'où ils avaient rapporté les épices dont elle usait maintenant sans parcimonie.

— Et dire que je ne savais pas ! s'exclamait Camille, comme si on lui révélait l'existence de Dieu.

Elle se sentait presque fiévreuse. Sa rencontre avec Léonce avait emporté tous ses doutes : grâce à cette transmission de connaissances, elle était certaine de dénouer un jour les lanières de son tablier de serveuse pour mettre sur son crâne une toque de pâtissière.

* *
*

La petite fenêtre de sa chambre était ouverte sur les premiers frémissements du printemps, un ciel où les traînées de nuages consentaient à se déchirer pour laisser passer du bleu et même un timide soleil dont les rayons venaient comme à dessein miroiter sur la lettre et la photographie que tenait Camille d'une main tremblante. La jeune femme était hypnotisée par ce que le facteur avait apporté ce matin chez les Osmont à son attention. Sa mère lui écrivait régulièrement, des mots brefs, truffés de fautes d'orthographe, qui exprimaient son affection sous couvert de raconter le quotidien. Camille lui répondait toujours en la rassurant, sans pour autant tout lui dévoiler de sa vie, en particulier ses sorties nocturnes qui auraient inquiété les paysans qu'étaient ses parents. Ces derniers avaient compris que Camille ne comptait pas pour le moment revenir définitivement aux marais, même si elle leur avait rendu visite une fois avec des gâteaux Osmont qu'ils avaient dégustés en silence, impressionnés par tout ce qu'ils représentaient au-delà de leur originalité et de leur qualité gustative : un monde dont ils ignoreraient à jamais les codes et que leur fille fréquentait pourtant tous les jours. Elle leur avait échappé mais elle donnait souvent de ses nouvelles.

Voilà pourquoi, quand elle aperçut l'enveloppe glissée sous la porte de sa chambre, la jeune fille fut convaincue que sa mère en était l'auteur. Elle se baissa pour la ramasser : l'écriture inconnue la détrompa sur-le-champ. Qui pouvait bien s'adresser à elle, hormis sa famille ? Elle n'avait jamais eu d'amie au Marais-Vernier. À vrai dire, nul n'avait eu d'échange épistolaire avec elle en dehors de Francine. Elle ouvrit la fenêtre et un air doux pénétra dans la pièce en même temps que les prémices du printemps. Prenant place sur la chaise du bureau, elle contempla l'enveloppe avec perplexité : il n'y avait ni le nom ni l'adresse de l'expéditeur derrière. En revanche, le timbre indiquait que la missive avait été postée à Rouen. Camille était intriguée mais pas inquiète. Elle se figurait avoir une bonne surprise.

Elle déchira l'enveloppe avec précaution et en sortit une feuille blanche qu'elle déplia. Y était griffonnée au crayon une phrase qui la pétrifia, bien qu'elle n'en comprît pas encore l'interprétation : *C'est ce qu'on appelait une famille heureuse ?* Son cœur manqua un battement car le mot « famille » se rattachait d'une manière choquante aux mystères de ses origines qu'elle n'avait pas renoncé à percer, même si la vie à Rouen l'avait happée et détournée de ce but. Qu'allait-elle découvrir d'autre ? Elle avait peur à présent. Pour reculer le moment de savoir, elle tenta de découvrir l'identité de l'auteur de ce message qui n'était pas signé. Les lettres étaient affirmées, plutôt grandes, sans grâce... Elles semblaient provenir de la main d'un homme. Elle imagina un individu plutôt âgé, penché sur une table, une lampe à pétrole déversant un cerceau de lumière sur la rage qui l'habitait en formulant ces termes sibyllins... Posant le mot sur le bureau avec un soin infini comme s'il recelait un pouvoir magique, Camille extirpa de l'enveloppe une photographie. Cette lettre anonyme puis le carton sépia, datant sans doute d'avant-guerre et représentant une assemblée de personnes au sourire figé et à l'allure contrainte, certaines arborant une expression franchement hostile face à l'objectif qui les intimidait, que signifiaient-ils ? Parmi ces gens dont la majorité lui était inconnue, la jeune fille crut voir son père. Une réplique de Julien Mercier en plus jeune qui lui fit brusquement tourner la photo et lire la date, notée d'une écriture qui n'était pas celle de la lettre l'accompagnant : 1913. Camille savait qu'elle était née en 1914 et parfois son abandon lui semblait explicable par l'imminence de la guerre. 1913, 1914...

La jeune fille se mit à observer attentivement chaque visage mais aucun ne lui était intime à l'exception de celui qui lui rappelait Julien. Elle prit alors conscience qu'elle n'avait jamais vu son père en photo jusqu'à aujourd'hui, alors que Francine conservait souvenirs de classe, de mariage ou de banquet de fin de moissons. Une pensée en entraînant une autre, elle réalisa que le passé de son père, de sa famille et de ses aïeux n'avaient jamais été dupliqués par ce biais non plus. Ou alors Julien en avait effacé les traces ? Camille savait que ses grands-parents paternels n'étaient pas nés dans les marais mais sur l'autre rive, du côté de Tancarville. Ces inconnus étaient-ils les ancêtres de Camille ?

Elle parcourut à nouveau le message : *C'est ce qu'on appelait une famille heureuse ?* y décelant de l'ironie. L'expéditeur voulait sans doute dire que les gens qui posaient, membres d'après lui d'une même dynastie, dissimulaient un mal-être ou un secret qui les empêchait d'être sereins. Après sa visite à la Zita, Camille avait décidé de ne pas parler à ses parents, suivant en cela les conseils de la guérisseuse. Elle avait appris depuis, par une lettre de sa mère, que la vieille femme avait été retrouvée morte dans les marais, un matin à l'aube. Elle avait vraisemblablement traîné la nuit dans la zone humide comme celle durant laquelle elle avait surpris Francine et Julien avec le nourrisson qu'était encore Camille. Cette dernière n'avait pas été étonnée par la nouvelle. Elle avait pressenti qu'elle ne reverrait pas la Zita, à croire qu'elle possédait un don de voyance elle aussi.

La sorcière enterrée et une nouvelle preuve d'un mystère en main, Camille ne pouvait plus reculer : il lui faudrait évoquer le sujet avec Julien et Francine quand elle aurait l'occasion de les revoir. Il était trop grave et trop long à expliquer pour qu'elle le traitât par lettre, ce qui laisserait en sus à ses parents le temps de se ressaisir et d'élaborer un plan pour la tromper. En attendant, elle se plongea dans un examen encore plus approfondi de la photographie, tentant d'y trouver un indice susceptible de la guider : le responsable de cet envoi cherchait peut-être à l'aider ?

Camille n'avait jamais connu ses grands-parents paternels mais il existait sur cette image un indéfinissable air de famille entre quelques protagonistes. Elle en compta vingt et un. Chacun d'entre eux étrennait sa tenue du dimanche, gâchée par l'expression morose du visage qui surgissait du col trop serré. À quelle occasion s'étaient-ils ainsi prêtés à l'art de la photographie ? Pas d'un mariage, d'un baptême ou d'une communion, il n'y avait pas trace d'une robe blanche. Plutôt pour célébrer la fin des moissons, le décor champêtre d'une cour de ferme corroborant cette hypothèse. D'ordinaire, les paysans se voyaient immortalisés lors du repas clôturant les longs mois de travail dans les champs mais, cette fois-ci, le photographe avait opté pour une vision plus traditionnelle en obligeant le clan à se regrouper comme sur les marches d'un château. Seuls quelques enfants affichaient des mines réjouies et naturelles. Certes, cette scène n'offrait pas la vue d'une famille heureuse, ainsi que l'auteur de la lettre persiflait, mais c'était le cas de la plupart des photographies de l'époque, quand on demandait à l'assemblée de plastronner et que le résultat était qu'elle avait l'air de s'attrister sur son sort à grand renfort d'expressions fermées, de fronts plissés et de lèvres serrées. Presque amusée tout à coup, malgré sa détresse, Camille vérifia que l'assistance n'était pas habillée de noir comme pour un enterrement. Mais non. Elle reposa la photo en se frottant les yeux, épuisée soudain par l'émotion. Ce soir, elle ne sortirait pas et se coucherait tôt. Elle avait besoin de réfléchir.

VIII

Une odeur de pommes et de cannelle (1937)

— NOUS ALLONS LE SERVIR en salle…

— Quoi ? balbutia Camille.

Léonce Silès fronça les sourcils.

— Comment ? reprit la jeune fille en se sentant rougir.

— Pardon serait une expression encore plus policée.

— Pardon ? répéta-t-elle machinalement.

— Nous allons servir ton gâteau en salle à nos clients.

Un mélange d'excitation et d'angoisse se transmit à la jeune pâtissière en voyant son gâteau de bananes s'éloigner sur la desserte à roulettes, poussée par une Olivia aux yeux flamboyant de rage. Léonce lui avait interdit de proposer elle-même sa confection, craignant qu'elle ne commît quelque sottise dans son émotion, mais il ignorait l'antipathie qui régnait entre les deux serveuses.

Camille aurait préféré qu'Alice ou n'importe quelle autre collègue qu'Olivia transportât sa première œuvre culinaire à la disposition de la clientèle du salon de thé *Osmont.*

Pour contenir son trouble, elle lut à nouveau fébrilement sa recette, comme si elle redoutait à présent d'avoir omis d'y intégrer un ingrédient, alors que Léonce avait bien entendu goûté le dessert avant de le juger digne de figurer dans la vitrine.

Faites cuire huit à dix bananes coupées en deux dans un peu de vin blanc sucré. Faites cuire 130 grammes de semoule dans du vin sucré et légèrement aromatisé de cannelle. Ajoutez trois jaunes d'œufs et les trois blancs battus en neige ferme. Dans un moule largement beurré, mettez une couche de semoule, une couche de bananes. Passez le gâteau pendant quelques minutes au four modéré. Laissez bien refroidir. Arrosez-le de quelques gouttes de kirsch.

Convaincue de ne pas avoir fait d'erreur, elle ne put se retenir de jeter un œil hors des cuisines, vers la salle où elle distingua Olivia en train d'attendre près de l'exposition de douceurs sucrées qu'un jeune couple installé à une table fît son choix. C'était exceptionnel qu'elle se perfectionnât en cuisine alors qu'Olivia était présente. Et voilà précisément que Léonce choisissait ce jour pour l'introniser en quelque sorte sous les yeux jaloux de sa rivale dans le cœur de Martial. Encore que le jeune Osmont ignorât autant Olivia que Camille, son intérêt pour cette dernière se portant uniquement sur ses progrès en matière de cuisine car il n'avait pas renoncé à la placer à Honfleur où un nouveau pâtissier ne montrait pas plus d'envergure que l'alcoolique qui avait été licencié.

— Alors ? s'enquit Léonce, égayé par son impatience qui lui rappelait celle de ses propres débuts.

— Je n'arrive pas à voir ce qu'ils ont pris ! protesta Camille en se haussant sur la pointe des pieds.

Quand Olivia revint avec le plateau, elle arborait une mine triomphante :

— Ils n'ont pas choisi ton gâteau, souligna-t-elle.

— Quelqu'un le fera durant la journée, assura le cuisinier devant la mine défaite de sa protégée.

— Vous avez raison. Et je vais confectionner le plum-cake, ce gâteau anglais dont vous m'avez parlé.

— Répète après moi : plum-cake. Tu as un accent épouvantable, Camille.

— Je peux vous parler en patois, si vous préférez, dit la jeune fille en riant tandis qu'Olivia quittait les cuisines en proie au doute : cette complicité entre Camille et Léonce ne cachait-elle pas un sentiment amoureux ?

Dans ce cas, elle avait tort de considérer la jeune fille comme une concurrente, bien que la perspective qu'elle nouât des liens plus tendres avec quelqu'un d'aussi important que le pâtissier des lieux avait de quoi la faire frémir : elle pourrait chercher alors à prendre le pouvoir sur Olivia et même menacer son emploi.

— Tu dois battre les œufs avec le sucre pendant au moins vingt minutes, précisa Léonce à son élève. Puis tu ajoutes le beurre, la farine, et tu mélanges le tout durant encore quinze minutes, tu m'entends ?

— Oui, soupira Camille.

Tout en s'appliquant à bien mêler les ingrédients avec son fouet, la jeune fille s'efforçait de ne pas prêter attention à ce qui se passait dans la salle. Mais Alice déboula bientôt au sein de la cuisine, le sourire aux lèvres.

— Toute une famille a mangé ton gâteau et je les ai entendus dire combien il était bon !

Le visage de Camille arbora une telle joie qu'Alice s'empara de ses mains et voulut l'entraîner dans une ronde. Le regard de Léonce les arrêta alors qu'elles s'apprêtaient à danser près du plan de travail.

— Retournez immédiatement à vos postes, ordonna-t-il d'un ton sans réplique.

Alice obtempéra tandis que Camille massait ses bras endoloris par l'exercice de battre la préparation du plum-cake. Elle jeta un œil curieux à son mentor et fut rassurée par son expression adoucie.

— Félicitations, Camille. Mais il n'est pas question pour autant de se comporter ainsi.

— Oui, chef ! répondit la jeune fille en regrettant sa conduite.

Cependant, elle éprouvait un grand soulagement et se demandait déjà quelle serait la prochaine étape.

Martial fut rapidement mis au courant de son exploit. Il tint à venir en personne au salon de thé afin de goûter au gâteau de bananes qu'il couvrit d'éloges. C'est que Léonce lui avait confié que les progrès de Camille se révélaient plus rapides que prévu et le fils Osmont était ravi par la nouvelle. En définitive, il renonça à faire travailler la jeune fille à Honfleur : sa cuisinière personnelle, que la ville rendait taciturne, devait le quitter bientôt car elle se mariait et retournait dans son village du pays d'Auge. Son épouse avait commencé à prospecter afin d'en trouver une nouvelle jusqu'à ce que Martial lui suggérât l'idée d'embaucher Camille, si elle acceptait de quitter le salon de thé. Ursula Osmont réserva sa réponse. Elle demanda à déguster plusieurs mets élaborés par la jeune fille et pas seulement des pâtisseries. Elle l'examina aussi d'un regard appréciateur, non sans une pointe d'agacement qu'elle ne s'expliqua pas et qui la fit répondre par l'affirmative à la proposition de son mari parce qu'elle détestait sentir l'emprise de l'incertitude, surtout si elle était irrationnelle, dans sa nature bien affirmée. Restait à convaincre Camille que sa nouvelle place serait plus avantageuse. Ursula était bien consciente qu'elle lui offrirait moins d'échanges et d'animation, aussi crut-elle bon d'en augmenter les gains, ce qui emporterait la décision de celle qui n'était, après tout, qu'une paysanne.

Camille fut bouleversée par un tourbillon de sentiments contradictoires quand Martial lui fit part de son offre, en ajoutant qu'elle pourrait poursuivre ses cours de perfectionnement auprès de Léonce : plaisir de travailler dans sa maison, directement sous ses ordres (qu'elle tempéra quand elle réalisa que son employeur serait plutôt Ursula), déception de quitter le salon de thé, dont elle adorait l'atmosphère, et ses collègues, soulagement d'échapper à la jalousie d'Olivia et de continuer son apprentissage avec Léonce... Elle ne savait quelle décision prendre car elle craignait, en refusant, de vexer Martial et de tout perdre. « Tente ta chance ! », lui intimait une voix. Elle avait peur de trop comprendre le sens de cette sommation. Sa tendresse pour le fils Osmont n'avait cessé d'augmenter au diapason de son intérêt pour la pâtisserie. Elle lui vouait une admiration sans borne. Autant Camille pouvait se montrer d'une redoutable volonté quand il s'agissait de son travail, autant elle se révélait d'une candeur désarmante au sujet des sentiments amoureux. À vingt-trois ans, elle n'avait même jamais embrassé un garçon. En ville, quelques jeunes de son âge lui avaient laissé entendre qu'elle leur plaisait mais aucun n'avait su éveiller en son cœur autre chose qu'une simple amitié. Au fil des mois, Martial avait pris toute la place et personne ne se révélait digne de lui. Il y avait quelque chose de l'émerveillement chez Camille quand elle contemplait le fils de Marcellin, si élégant, si brillant, si cultivé. Les pauvres ouvriers ou employés qui prétendaient rivaliser avec lui n'étaient pas à la hauteur et abandonnaient vite face à l'indifférence puis, s'ils insistaient, à la froideur de la jeune fille.

Toujours dans l'expectative, au lieu de se confier à Alice comme elle en avait eu l'intention, elle résolut de demander conseil à Léonce qui, de vingt ans son aîné, possédait à ses yeux l'expérience de la vie qui lui faisait défaut. Cependant, la réaction du cuisinier ne fut pas celle qu'elle attendait. Au lieu de lui prodiguer son soutien, il parut stupéfait et la rage se lut clairement sur ses traits, ce qui fit reculer Camille comme si on la giflait.

— Tu veux déjà nous quitter ? aboya-t-il.

À son ton féroce, elle opposa des explications confuses :

— Mais non. C'est M. Osmont qui m'a fait cette proposition et... enfin, je me demandais si... je devais l'accepter ou pas... Qu'en pensez-vous ?

— Tu as donc envie de partir ? demanda Léonce, hanté par son idée.

— Non, avoua Camille.

En prononçant cette phrase, la jeune fille réalisa qu'elle avait sa réponse : non, elle ne souhaitait pas rompre avec le salon de thé, même si l'offre de Martial était flatteuse et que le poste promis la rapprocherait de lui.

— Mais j'ai peur de fâcher Martial, ajouta-t-elle, sans même prendre conscience qu'elle appelait son patron par son prénom.

— Je lui parlerai, dit le cuisinier d'un ton plus aimable.

Il lissa sa moustache, signe chez lui de gaucherie.

— Demain soir, je vais à la piscine avec quelques amis. Veux-tu te joindre à nous ? J'ai remarqué que tu étais liée avec Alice... Elle peut venir aussi.

Camille était très étonnée de cette volte-face, autant que de l'invitation qui suivit, mais elle masqua son sentiment sous un sourire. Elle comprit que Léonce incluait Alice afin de respecter les convenances. La sortie était tentante mais, tout à coup, elle se souvint qu'elle ne savait pas nager. Rien de plus risible pour une fille des marais et de la Seine mais il fallut bien le dire. Et aussi qu'elle ne possédait pas de maillot de bain. Léonce éclata de rire.

— Ma sœur t'en prêtera un. Et puis, ce sera peut-être l'occasion d'apprendre, non ?

Camille baissa les yeux sans répliquer : elle se sentait gênée tout à coup par la tournure de la conversation. Elle espérait que Léonce agissait uniquement par amitié pour elle. Elle n'ignorait pas qu'il n'avait jamais été marié, ce qui d'ailleurs lui inspirait de la pitié : « Si je continue comme cela, songea-t-elle, non sans effroi, moi aussi je vais devenir vieille fille ! » Cette pensée la décida à répondre qu'elle acceptait de l'accompagner avec Alice. Elle supplia son amie de ne pas se dérober car elle était intimidée. Contrairement à elle, cette dernière évoluait dans l'eau comme un poisson.

Depuis 1933, le gouvernement avait entamé un mouvement national en faveur de la natation en faisant construire des piscines dans les grandes villes de France. Les préfets avaient reçu l'ordre de promouvoir la natation chez les jeunes. En un an à peine, une soixantaine de piscines fleurirent dans les départements et trouvèrent leurs habitués. Sur les plans de l'architecte Thurin, celle de Rouen fut inaugurée en 1935. La piscine

Gambetta, où Camille et Alice devaient retrouver Léonce, était l'une des plus modernes du pays. Camille avait essayé le maillot de bain de la sœur du cuisinier en maugréant : pour une première sortie avec Léonce, elle allait lui montrer ses cuisses !... Aussi préféra-t-elle y renoncer car elle heurtait sa pudeur.

À la place, Léonce l'emmena à l'Omnia-Pathé, inauguré en 1910, voir *L'Affaire du courrier de Lyon* de Claude Autant-Lara. Cette salle de cinéma avait été créée à la place du légendaire Alhambra qui, dans un cadre luxueux, proposait des spectacles de music-hall. La particularité de la bâtisse résidait dans sa tour d'angle couronnée par un dôme sur lequel, au travers de hublots, un phare projetait sur Rouen ses rayons de lumière, le fruit d'un ingénieux système dissimulé au sous-sol. Le style Art nouveau imprimait la façade du bâtiment qui pouvait contenir jusqu'à mille six cent cinquante spectateurs. Jadis, sur la verrière du premier étage, la représentation d'une bacchante dénudée avait fait scandale et, comme souvent chez les Français, fait naître des chansons :

Elle restera, la femme de la verrière
Tant pis pour ceux à qui ça déplaira
S'ils n'veulent pas passer d'vant l'Alhambra,
Ils passeront par-derrière !

La sémillante créature périt sous une bombe allemande durant la Première Guerre mondiale et fut remplacée par un tableau moins paillard qui comprenait, dans un pêle-mêle étonnant, Jeanne d'Arc, Pierre Corneille, un poilu de 14-18 et un Gaulois !

Là encore, pour Camille, c'était une première qui l'impressionna et la ravit. Elle fut projetée dans un monde hors du temps pendant les deux heures que dura la séance. Léonce lui promit de renouveler souvent l'expérience. Après le septième art, il lui proposa de déjeuner à la *Brasserie de l'Opéra*, rue des Charrettes, derrière le théâtre des Arts, dans une immense salle à fresques peintes, colonnes, moulures tarabiscotées et miroirs, typiquement 1900, qui lui procura d'autres émotions. Cependant, elle ne se laissait plus intimider par la distinction des serveurs, comme à ses débuts à Rouen, parce qu'elle connaissait l'envers du décor. De plus, la rue des Charrettes n'était guère impressionnante avec ses bars à matelots dans lesquels s'encanaillaient les Rouennais.

Camille ne pouvait contester la stature de Léonce qu'elle découvrait sous un autre angle : elle l'avait toujours admiré pour ses talents en cuisine, mais l'homme n'éveillait rien en elle. Et voilà qu'il lui faisait découvrir un univers qu'elle croyait réservé aux nantis. En fait, elle se rendait compte qu'il n'en était rien : des ouvriers, des employés allaient au cinéma et au restaurant, à condition que l'addition dans ce dernier fût raisonnable. Mais pas des paysans. Leurs loisirs étaient liés aux repas de famille, aux fêtes de village, aux réunions au café, car on ne trouvait ni piscine, ni salle de cinéma, ni brasserie dans les campagnes. Ce n'était pas tant une question de goût qu'un problème géographique qui les éloignait de ces distractions devenues communes dans les villes de l'importance de Rouen.

Comme il l'avait promis, Léonce avait parlé à Martial et ce dernier avait compris combien sa proposition gênait Camille qui désirait demeurer à sa place au salon de thé. Bien que déçu, il s'était montré compréhensif et n'avait pas insisté, d'autant plus qu'il avait vite trouvé une cuisinière qui lui donnait toute satisfaction. L'histoire, sans que l'on sût comment, s'était répandue parmi les employés. Olivia s'était sentie écrasée par la confiance que le fils Osmont témoignait à Camille. Le fait qu'elle eût refusé son offre sans subir de représailles lui semblait encore plus mortifiant. Elle détestait plus que jamais la jeune fille.

Un soir, Léonce la conduisit à l'*Océanic-Bar*, un lieu emblématique, rendez-vous des artistes, des écrivains, des journalistes et des étudiants. Camille s'y sentit aussitôt mal à l'aise sans comprendre pourquoi, comme si un sixième sens l'avertissait d'un danger. Se détournant légèrement, elle avisa Olivia, assise à quelques mètres d'elle, en compagnie de deux hommes. Léonce lui avait expliqué que l'endroit, situé non loin du port, était aussi le refuge de nombreux matelots. Camille, qui connaissait le métier du mari et du frère de sa collègue, comprit pourquoi elle la croisait ici. Olivia avait accouché d'un garçon, Oscar, quelques mois auparavant et son caractère ne s'était pas amélioré en devenant mère.

Olivia adorait son fils mais sa présence entravait un peu plus sa liberté. Elle se sentait comme emprisonnée dans les filets de la médiocrité, habitant un des quartiers les moins enviables de Rouen et ayant encore dû réduire ses prétentions car l'entretien d'un enfant coûtait cher, sans compter la surcharge de travail qu'il lui occasionnait, alors même que Camille se pavanait à présent au bras de Léonce qui la traitait comme une princesse… C'en était vraiment trop ! Quand elle avisa sa rivale dans l'*Océanic-Bar*, Olivia crut qu'elle allait se jeter sur elle pour la battre, tellement la colère l'étouffait au point qu'elle tint son verre d'alcool avec tant de force qu'il faillit se briser dans sa main aux jointures trop blanches. Des générations de femmes avant elle avaient éprouvé ce même sentiment de jalousie obsédante à propos d'une rivale leur disputant le cœur du même homme. Olivia était cependant mariée et Camille semblait vouloir officialiser une relation avec un homme qui n'était pas Martial. Alors pourquoi se tourmenter ainsi pour un être de toute façon inaccessible ? Si elle avait bien réfléchi, la jeune femme aurait compris que ce n'était pas seulement à cause de Martial qu'elle n'aimait pas Camille mais aussi en raison de cette liberté dont la jeune fille bénéficiait encore et qu'elle, Olivia, avait en partie perdue, par sa faute en plus, en épousant Gildas, cet homme sans ambition sauf celle de défendre les droits des pauvres aux dépens de son propre bien-être et de celui de sa famille.

Indifférent au petit drame qui se jouait entre les deux femmes, Léonce devisait au sujet du lieu avec ce savant mélange d'humour et de connaissances qui le caractérisait et que Camille appréciait chez lui, comme c'était le cas de tout ce qui lui donnait à progresser dans la vie.

— Avant 1900, ce café était connu sous le nom du *Père Lapin*. Sa clientèle était constituée de marins, certes, de gens qui travaillaient au port de Rouen, mais aussi de clochards. Le propriétaire savait heureusement se faire respecter de ce monde haut en couleur. Il servait sa spécialité, une mixture digne d'un tord-boyaux qu'il avait lui-même inventée. Son enterrement eut pour cadre la cathédrale, avec pour honorer sa mémoire un tas d'ivrognes en guenilles mais qui, tous sans exception, portaient une cravate blanche en l'honneur du tenancier. Tous les ans, lors de son anniversaire, ce dernier offrait à ses fidèles une pièce en argent à l'effigie de Napoléon III. Ce qui n'était qu'un bouge devint alors célèbre, un peu comparable à un café de Montmartre à la grande époque… On y croise souvent Pierre Mac Orlan… l'écrivain, ajouta gentiment Léonce devant l'absence de réaction de sa jolie compagne.

Camille était complexée. Elle se rendait bien compte qu'elle manquait de culture et d'éducation. Pour faire diversion, elle se mit à contempler les œuvres d'art qui ornaient les murs du café, les revues et tableaux qui étaient proposés à la vente. Elle n'aurait pas assez de toute sa vie pour acquérir la moitié du savoir de Léonce.

Celui-ci ne se permettait pas encore de familiarités mais elle n'était pas naïve au point de croire qu'il ne pousserait pas bientôt son avantage. Elle ne saurait comment répondre. La forte carrure, le teint rose et le rire communicatif dessinaient l'image d'un homme bon vivant mais ne comportaient guère d'attraits aux yeux d'une jeune fille romanesque. Toutefois, le regard était direct, franc, les mains pouvaient être si douces quand elles manipulaient des denrées délicates, et surtout le visage de Léonce arborait une expression très tendre quand il pensait observer Camille à son insu. Et puis, cet homme partageait sa passion pour la cuisine, il était son mentor et son double à la fois. Avec lui, ses forces seraient décuplées. Il comprenait son besoin de reconnaissance professionnelle et le travail exigeant de la pâtisserie n'avait plus de secret pour lui. Camille lui faisait confiance. Sans le connaître véritablement, elle pressentait qu'il ne lui ferait jamais de mal. Le mariage (car Camille en honnête campagnarde n'envisageait pas d'autre destin) était un moyen de rompre avec une solitude qui lui pesait de plus en plus, même si elle en était l'instigatrice.

Autant de raisons qui pouvaient l'inciter à dire oui quand il se déciderait à lui demander sa main. Elle n'évoquerait jamais son béguin pour Martial car elle se doutait, en revanche, que Léonce serait d'un tempérament jaloux : il était plus âgé qu'elle et les éloges parfois très marqués des jeunes gens de la ville avaient ouvert les yeux de Camille sur sa beauté. Rester éternellement célibataire ou finir par s'unir à un employé ou un ouvrier de son âge ne la mèneraient nulle part. Oui, vraiment, ces épousailles étaient ce qu'elle pouvait espérer de mieux. Même si elle n'éprouvait pas d'amour pour Léonce. Et pire, encore, si elle continuait à alimenter le rêve chimérique d'être remarquée par le patron, cet homme qu'on disait pourtant attaché à sa femme. En dépit de son bon sens paysan, le cœur de Camille raisonnait à contre-courant et battait pour un homme marié, père de famille, son patron de surcroît. Pour couronner le tout, à l'image d'une midinette, elle s'était construit tout un roman dans lequel Martial succombait à sa jeune, jolie et si talentueuse employée…

Au sein de ce bouge devenu le refuge d'artistes, Camille contempla la main de Léonce avec tendresse : elle l'avait interrogé sur la perte de ses doigts mais il s'était montré évasif. Son père aussi avait combattu lors de la dernière guerre et c'était un sujet qu'il passait sous silence, allant jusqu'à se fâcher si on insistait. La jeune fille avait donc respecté la volonté de Léonce de ne pas s'expliquer, même si elle était intriguée.

Alors qu'elle songeait à tout cela, Léonce avisa la présence d'Olivia. Il connaissait aussi Gildas et Jules. Sans penser à mal, il les interpella afin de les inviter à leur table, sans demander l'avis de Camille qui se serait bien dispensée de cette réunion. Elle vira d'ailleurs vite à la confrontation quand Olivia obtempéra, bien obligée par l'empressement des deux compères qui appréciaient Léonce et se levèrent aussitôt pour changer de place, curieux de l'identité de sa compagne aussi, lui qu'ils n'avaient jamais vu seul avec une femme, à l'exception de sa sœur. Camille abandonna tout espoir d'une paisible soirée quand Olivia la vrilla d'un regard noir comme si elle avait pour ambition de lui voler son mari. Alice l'avait prévenue : « Olivia fera tout pour te porter préjudice. Elle est aigrie. Et il n'y a rien de pire qu'une femme amère. »

Après les présentations, Léonce qualifiant Camille « d'amie », une discussion sur la situation internationale s'amorça. Ce n'était pas la première fois que la jeune fille entendait parler d'Hitler puisqu'elle lisait désormais la presse mais le débat qui eut lieu lui en apprit davantage que tous les écrits de ces derniers mois qui montraient les relations entre la France et l'Allemagne sous un jour plutôt optimiste. Les hommes, Léonce y compris, avaient le regard voilé quand ils évoquaient le nom de celui qu'on appelait le chancelier du IIIe Reich.

Camille remarqua que Gildas ne lésinait pas sur l'alcool et, à mesure que la serveuse opérait un va-et-vient entre leur table et le bar, ses yeux flamboyaient d'une colère mal contenue, chassant la peur et la tristesse.

— Tous les peuples vont se soulever, le peuple français, le peuple allemand, tous les peuples unis afin de lutter contre ce dictateur fou !

— Quel utopiste tu fais, Gildas… Regarde ce qu'a donné la victoire du Front populaire, objecta Léonce.

Le mari d'Olivia n'aimait pas se rappeler la cuisante défaite de Léon Blum, la dissolution de son gouvernement, la fin sans gloire d'un grand élan de solidarité qui avait bousculé les valeurs établies depuis des siècles par la bourgeoisie dirigeante. Le déclenchement de la guerre civile en Espagne n'avait pas fait dévier Léon Blum dans sa décision de ne pas intervenir. L'économie se dégradant, le président venait de démissionner à l'orée de l'été. Désorienté, déçu, presque désespéré après avoir baigné dans l'espoir d'un monde meilleur durant l'année 36, Gildas ingurgitait de plus en plus d'alcool, bien qu'il s'en défendît quand Olivia le lui reprochait. Elle s'inquiétait pour leur avenir et, sans le lui avouer, usait de méthodes secrètes pour ne pas tomber à nouveau enceinte : et si Gildas, déjà mal vu par ses patrons depuis les dernières grèves, finissait par être licencié à force de boire ? Engluée dans une masse de problèmes qui n'étaient plus seulement dus à son sale caractère, ses seules joies lui venant à présent de son métier et de son fils, Olivia avait envie d'exploser à entendre son époux discourir à propos d'un homme qui n'était même pas français, alors que les vrais problèmes il en remettait la résolution à plus tard comme si ses priorités étaient bien établies : le Parti d'abord, sa famille ensuite. Gildas lui semblait un égoïste sous des abords humanistes. Il était en train de contaminer Jules et la rendait si malheureuse que, sans la peur d'être mise au ban de la société, elle aurait envisagé le divorce. Après tout, son salaire lui rapportait suffisamment pour vivre seule, à condition qu'elle fît attention à ses dépenses.

La jeune femme darda sur Camille un regard circonspect. Comment faisait-elle pour que tout lui sourît ? Un léger sentiment d'admiration l'effleura qui campa une Camille ayant opté pour les bons choix professionnels et personnels. Sa réussite naissante n'était qu'une question de bon sens. Lorsqu'Olivia le comprit, elle fut tentée de se rapprocher de celle qui n'avait, après tout, joué aucun rôle dans ses déboires. C'était sans compter avec le hasard qui plaça Léonce dans la position du trouble-fête en faisant état des qualités de Camille. Olivia ne s'était même pas rendu compte que la conversation avait pris une tournure plus légère mais elle ne supporta pas d'entendre les louanges de Léonce. Le charme de l'instant, qui aurait pu changer le cours de bien des destins, fut rompu.

— Nous avons établi une liste des gâteaux de Camille dignes de figurer sur la carte du salon. Il y en a trois pour le moment : celui aux bananes, le…

— Cela ne vous dérange pas que Camille brigue votre poste ? l'interrompit Olivia d'un ton cinglant comme un coup de feu.

Un silence suivit cette stupéfiante question. Jules contemplait sa sœur, la mine effarée par cette sortie intempestive qu'il ne s'expliquait pas. Gildas, auquel son épouse se confiait parfois, devina ce qui motivait son agressivité. Malgré tout l'alcool qu'il avait ingurgité depuis plusieurs heures, il se sentit lucide au point de soupeser les risques que prenait Olivia en s'exprimant ainsi face à celui qui était son patron après Martial et Bernadette Donadieu. Bon sang ! Elle perdait la tête. Les traits de Léonce exprimaient déjà la désapprobation, même s'il ne voulait pas faire de scandale et gâcher la soirée. Il répondit donc d'une voix calme :

— Je suis convaincu que ce n'est pas le but de Camille. Nous formons une bonne équipe.

Gildas était prêt à intervenir si Olivia persistait à lui chercher querelle. Mais elle parut prendre conscience de son insolence et se tut, le visage renfrogné. Des images fugaces de la jeune fille qu'il avait épousée lui revinrent en mémoire : elle arborait alors cet air épanoui qu'il ne lui voyait plus désormais comme si la vie avec lui, Gildas, s'était acharnée à lui ôter un à un tous les espoirs que cette union avait trompeusement fait naître. Le jeune homme en était surtout désolé pour elle. Il ne lui avait rien promis qu'il ne pût pas tenir. Son métier lui plaisait, en particulier la camaraderie et la solidarité qui existaient entre les hommes des docks. Il avait à cœur de fonder une famille et de défendre les droits des pauvres contre l'oppression des nantis, ainsi était son idéal de vie qu'il ne partageait pas avec Olivia. Ils auraient dû en parler avant de se marier mais, emportés par un tourbillon de sentiments nouveaux et enivrants, ils avaient oublié de vérifier s'ils étaient véritablement faits l'un pour l'autre. Or, force était de constater que non : Olivia aurait été plus heureuse avec un employé du salon de thé *Osmont* et Gildas avec une fille qui brandissait des bannières dans les défilés contre le patronat. Sans en convenir, Olivia aurait aimé pénétrer dans le milieu même que son idéaliste de mari combattait. Rien ne les rattachait plus l'un à l'autre que leur petit garçon. Que faire ? Comment échapper à cette situation complexe autrement que par la tache infamante du divorce qui marquerait à jamais leur enfant ? En dépit de ses opinions politiques, Gildas prônait des théories sur la vie qui étaient proches de celles de la bourgeoisie : la famille était sacrée. Il regardait avec mépris les couples pratiquant l'amour libre dont certains même n'hésitaient pas à proclamer qu'ils ne souhaitaient pas se reproduire. Gildas dissimulait mal son agacement face à une telle conduite : il était choqué mais les railleries l'empêchaient de s'exprimer avec sincérité. Alors, il se défendait en déclarant que la masse ouvrière avait besoin de nouveaux bras pour acquérir encore plus de poids. Cet argument sonnait juste aux oreilles, sans pour autant être le reflet réel de ses convictions qu'il gardait pour lui de peur d'être assimilé à ces bien-pensants contre lesquels le Parti luttait.

Perdu dans ses tristes pensées, il oublia de surveiller Olivia. Elle avait repris contenance. Ignorant l'avertissement muet de son mari qui se doutait de ce qui allait suivre, elle attaqua :

— Camille, je n'ai rien contre toi personnellement. Mais enfin, il y a de quoi s'interroger... Si jeune, si novice... Qui aurait songé, en te voyant, si godiche à ton arrivée au salon, que tes pâtisseries auraient l'honneur de la vitrine ? (Elle se pencha vers l'oreille de sa voisine, figée par la stupéfaction, pour lui chuchoter : De là à penser que tu as été pistonnée...)

La jeune fille rougit jusqu'à la racine des cheveux, honteuse de la scène que lui faisait Olivia face à Léonce et aux deux hommes qu'elle voyait pour la première fois : qu'allaient-ils imaginer en entendant ces insinuations ?

— Comment oses-tu me parler ainsi ? s'exclama-t-elle avant que le cuisinier pût intervenir.

Elle tenait à régler le différend qui l'opposait depuis longtemps à Olivia, même si elle aurait préféré le faire sans témoin.

— J'en ai le droit : je travaille depuis bien plus longtemps que toi chez les Osmont.

— Je ne vois pas le rapport... C'est donc la jalousie qui te fait déblatérer contre moi ?

— Pfff ! Tu plaisantes ? Mon ambition n'a jamais été de confectionner des gâteaux.

— Alors, je ne comprends pas, avoua Camille, non sans mauvaise foi.

Elle n'ignorait pas que sa collègue s'était amourachée de Martial Osmont.

Acculée, Olivia réalisa son erreur. Les trois hommes la regardaient comme des juges. Jules ne savait pas que les relations entre les deux femmes étaient mauvaises et son visage traduisait une surprise teintée de reproche. Les traits de Léonce étaient pétrifiés par la colère, même s'il se taisait. Or Léonce était son patron… Quant à Gildas… Son mari exprimait la même attente que Camille : celle de connaître enfin la raison qui incitait Olivia à se rendre odieuse en prenant le risque de harceler Camille en public.

La jeune femme peinait à répondre. La serveuse survint à bon escient pour la délivrer de la torture qu'elle s'était elle-même infligée. Elle apportait une nouvelle chope de bière pour Gildas. Quelque chose se brisa en Olivia quand elle vit son mari se ruer sur la boisson comme s'il était assoiffé après un périple dans le désert. Elle-même avait ingurgité davantage d'alcool que d'ordinaire et cela n'était pas étranger à l'agressivité qu'elle sentait monter à l'égard de tous ceux qui, à cette table, lui semblaient brimer sa vie d'une façon ou d'une autre.

— Je voudrais rentrer… N'as-tu pas assez bu ?

Gildas releva la tête, étonné. Puis il prit un air narquois.

— N'as-tu pas assez fait ton cinéma, ce soir ? J'ai honte de toi.

— N'est-ce pas plutôt moi qui devrais avoir honte de m'être mariée avec… avec… un ivrogne !

On perçut la voix faible de Jules qui tentait de calmer les esprits :

— Je vous en prie, soyez…

— Tais-toi ! cria Olivia qui éclata brusquement en sanglots. Tu ne sais pas combien je suis malheureuse…

« Quelle soirée ! », songea Camille tandis que Léonce faisait signe à la serveuse qu'il voulait vite payer pour toute la tablée.

— Partons, déclara-t-il à l'intention de Camille qui se leva aussitôt, pas fâchée de quitter les lieux.

Elle se demanda comment Olivia allait gérer ce qui venait de survenir quand elles se retrouveraient toutes les deux au salon de thé demain. Sans doute feindrait-elle d'avoir oublié les péripéties grotesques de la veille.

Tandis que le jeune couple continuait à régler ses comptes sous l'œil horrifié de Jules, Léonce et Camille sortirent dans l'air frais de cette nuit avancée.

— Je suis désolé, dit-il, penaud.

— Ne le soyez pas, ce n'est pas de votre faute. Quelle curieuse chose que le mariage ! ajouta la jeune fille en secouant la tête.

Léonce poussa un léger soupir.

— Parfois, oui, convint-il, désemparé par cette sortie si peu romantique.

Il n'était pas seulement dépité parce que la soirée avait été gâchée par Olivia. Ce soir, il avait cru pouvoir enfin concrétiser l'attirance qu'il éprouvait envers Camille. Pour autant, il ne souhaitait pas tenter quelque chose maintenant. Ses sentiments pour la jeune fille étaient du ressort de l'amour et ne souffraient pas d'être exprimés après un tel fiasco. La rigidité de Léonce n'était qu'apparente. Il était tombé amoureux de Camille, tout simplement, et en homme honnête et sérieux il souhaitait lui demander sa main.

IX

Le secret dévoilé
(1938)

Lorsque Camille retourna voir ses parents, après un an d'absence, elle se sentait très différente de la jeune fille qui les avait quittés pour s'installer à Rouen. Aussi fut-elle très déçue de l'exclamation poussée par son père qui l'attendait sur les bords de Seine, à sa descente du bateau :

— Camille ! Tu es toujours la même…

Elle aurait voulu lui en imposer un peu. Sa moue désappointée la trahissait et Julien se contredit aussitôt, tout contrit :

— Enfin, non… Tu es tellement élégante ! Une vraie dame, ma foi…

Camille ne lui tint pas rigueur longtemps. Elle était si heureuse de le revoir. Elle avait tant de choses à lui raconter, mais voilà que Julien commençait à parler, lui qu'elle avait connu si taciturne, évoquant les marais, les roseaux, la ferme, et elle ne put qu'esquisser un vague portrait de son existence en ville. Le récit décousu et parfois sans intérêt de son père lui fit comprendre que, s'il y avait bien quelque chose qui n'avait pas changé durant son séjour à Rouen, c'était la vie au Marais-Vernier. Julien en faisait partie intégrante, il était comme endoctriné par les lieux. Bien que dégrisée, Camille le laissa s'épancher, réalisant soudain combien il avait vieilli et qu'il fallait respecter ses lubies. Elle brûlait pourtant de lui narrer les nouvelles récentes, celles qu'elle n'avait pas couchées sur le papier à l'intention de sa mère.

Ils prirent la barque comme autrefois. Ce n'était toutefois plus le même homme aux commandes. Elle identifia un garçon du village qui la reconnut aussi et rougit sans raison. Camille se plut à penser que son apparence se révélait plus saisissante que son père voulait bien l'admettre.

Le paysage lui restituait tous ses souvenirs. Le modernisme, le progrès semblaient impuissants à trouver leur place ici. Elle nota même que Julien avait profité du trajet pour se procurer de la graisse d'équarrissage à l'usage de sa barque. En ce mois de septembre, la nature explosait encore de couleurs, du rouille à l'écarlate, de l'ocre au jaune vif. Sensible aux odeurs comme toute bonne cuisinière, Camille respirait à pleins poumons, consciente qu'en dehors du salon de thé, Rouen n'offrait pas des senteurs si agréables. Elle avait parfois souffert des relents de pots d'échappement, d'égouts et du bitume ruisselant de chaleur, la sueur humaine la dérangeant moins car elle lui rappelait celle des ouvriers agricoles ramassant les betteraves à sucre à l'automne, des moissonneurs maniant la faux en été ou des roseliers se frayant un passage dans l'eau l'hiver. Ici, les végétaux humides sécrétaient une senteur qui n'avait pas d'équivalent ailleurs que dans les marais : on la retrouvait en Camargue, dans le Poitou, la Bretagne du côté de la Brière...

La jeune fille fut interrompue dans ses pensées par le harcèlement d'une guêpe. Son père éclata de rire.

— Comme tous les ans, à la même époque, elles sont folles avec l'odeur du moût. Elles sont si enivrées qu'elles en deviennent inoffensives.

— La récolte de pommes a-t-elle été bonne ? s'enquit-elle, renonçant pour le moment à se lancer dans la narration de ses aventures.

— Excellente. Francine a préparé de la compote pour toi. Elle n'a pas osé faire un gâteau, la pauvre, maintenant que tu es meilleure qu'elle en pâtisserie.

La nuance de rancœur n'échappa pas à la jeune fille qui comprit que son père, peut-être même toute sa famille, n'avait toujours pas accepté l'idée qu'elle quittât les marais, même si Julien saluait sa réussite à Rouen. Il sous-entendait aussi qu'elle s'était accomplie au détriment de sa mère. Elle haussa les épaules, résolue à ne pas se laisser mystifier par un tel argument.

— C'est grâce à maman que j'en suis là. Elle m'a tout appris.

Elle enjolivait un peu la réalité pour faire plaisir à son père qui retrouva le sourire.

— C'est vrai, approuva-t-il. (Il changea brusquement de sujet.) Nous ne sommes pas à plaindre. Le père Jean a perdu presque tout son troupeau à cause de la fièvre aphteuse et le nôtre n'a même pas été touché.

L'image d'une fillette esseulée, contrainte de garder les bêtes dans les pâtures, hanta soudain Camille qui se sentit désemparée.

— Tu sais, dit-elle sans logique apparente, j'ai appris qu'il y avait désormais un cinéma à Pont-Audemer. Depuis quand ? Tu y as emmené maman ?

Son père la considéra avec perplexité.

— Non, je l'ignorais. Je ne crois pas que ce soit pour nous. Ça ne nous intéresse pas, ces histoires inventées…

Sur la défensive, Julien avait envie de parler d'autre chose. Il avait menti, tout à l'heure, en prétendant qu'elle n'avait pas changé. Certes, son visage était resté le même, à part les cheveux coupés qui l'avaient choqué, mais il avait été troublé par l'assurance et la distinction de sa fille.

Il s'y attendait d'ailleurs. Elle s'était affranchie, elle avait trouvé sa voie, elle était libre à présent. Redoutant que la conversation s'enlisât, il avait beaucoup parlé pour empêcher le silence de s'installer, ce qui n'était pas dans son habitude.

— À Rouen, je me rends souvent au cinéma. C'est fantastique, papa, tu devrais essayer. Pont-Audemer, ce n'est pas si loin puisque c'est là que vous vendez vos produits sur le marché !

Julien fut dispensé de répondre car la barque accostait. Camille reprit ses esprits. Il ne fallait pas qu'elle s'emportât contre son père. Pour se calmer, elle observa les marais, si familiers et si lointains à la fois. Une armée de nuages masquait le soleil, le vent s'était un peu levé, et la jeune fille frissonna sous sa veste trop légère. Elle avait oublié les retournements météorologiques, propres à la campagne normande, en ville où la couleur du ciel revêtait moins d'importance et où les immeubles retenaient les intempéries comme des remparts les ennemis. Le chant des oiseaux la prit au dépourvu. Des souvenirs de son enfance et de son adolescence défilèrent au son amical et bucolique qui lui avait manqué à Rouen où seuls les glapissements des mouettes et les roucoulements des pigeons perçaient parfois le brouhaha ambiant.

L'herbe était encore humide de rosée et Camille s'en voulut d'avoir mis sa plus belle robe pour impressionner sa famille. Ils se mirent à marcher, son père frappant le sol à l'aide de son bâton afin de chasser les vipères, geste qui la replongea une nouvelle fois dans le passé. Elle en fut touchée et s'empara de son bras avec affection.

— Alors, tu ne m'interroges pas sur mon existence à Rouen ?

Il hésita puis s'avoua vaincu. Le malentendu s'en fut.

— Si. Dis-moi comment c'est la vie là-bas...

— C'est merveilleux, déclara Camille avec une telle mine gourmande que son père sut qu'il l'avait perdue à jamais. Je progresse si bien dans mon métier que plusieurs de mes pâtisseries font partie de la carte du salon de thé. J'en éprouve une grande fierté. Je crois être prête à laisser ma place de serveuse pour seconder Léonce en cuisine.

— C'est ce que tu veux ?

— Oh, oui ! De plus...

Camille eut un sourire malicieux.

— Je sais que je devrais attendre que maman soit là pour te l'annoncer mais je ne peux pas résister... Voilà : je vais me marier !

Le bras de son père tressaillit contre le sien. Elle sentit son émotion et l'appréhension qui le gagnait à l'idée de ne rien savoir de l'homme qui avait volé le cœur de sa fille, aussi le rassura-t-elle très vite :

— Avec Léonce, le cuisinier du salon de thé. Il est gentil, travailleur, courageux, plein de talent… Je ne pouvais trouver mieux.

Il releva que Camille n'avait pas parlé d'amour mais il était trop pudique pour évoquer ce sujet. Il espérait que Francine s'en chargerait à sa place. De toute façon, ce sentiment comptait assez peu dans les unions souvent arrangées entre paysans, du moment que le couple se respectât et s'entendît bien. Cet homme, Léonce, avait une situation enviable et, à première vue, il ne pouvait que se féliciter de ces épousailles.

Autre chose apaisait Julien : en dépit de sa nouvelle vie, Camille restait une jeune fille spontanée qui ne réussissait pas à patienter avant d'annoncer la nouvelle. Cette immaturité prouvait que la ville n'avait pas tant modéré son caractère.

— Ta mère va être contente. Quand comptes-tu nous le présenter ?

Camille n'ignorait pas qu'il fallait respecter les convenances.

— Bientôt… Je désirais vous en parler de vive voix au préalable, pas par lettre. Et puis… ajouta-t-elle dans un aveu teinté de retenue, j'avais besoin de revenir seule tout d'abord… Pour renouer avec tout cela, dit-elle avec un grand geste des bras en direction des marais.

Julien en fut heureux. Il comprenait ce que sa fille exprimait.

Déjà, les premières chaumières se dessinaient dans le lointain et leur intimité allait être rompue. Les longères à colombages et toit de chaume offraient une vision de carte postale. Camille fut saisie par leur beauté sous le soleil à nouveau maître du ciel. Elle avait oublié que le paysage pouvait être si vert et le silence si profond, brisé seulement par instants par les cris des coqs ou des canards et quelques aboiements. L'animation et le tapage de la ville semblaient si loin dans la fraîcheur du petit matin. À voir les portes s'ouvrir pour livrer passage à des connaissances qui la bombardaient de questions, Camille se fit la remarque que les Normands n'étaient pas si taiseux que la réputation qu'on leur prêtait. Elle ne lisait que bienveillance dans les regards posés sur sa silhouette, même si la curiosité était le motif premier de cet intérêt qui convergeait vers elle. Elle prenait plaisir à répondre, se gardant toutefois d'évoquer ses noces prochaines puisque sa mère n'était pas encore au courant. Pierre, son ancien prétendant, avait épousé la fille cadette d'un roselier et elle lui souhaita tout le bonheur possible, soulagé qu'il l'eût oubliée. Gisèle, qui l'avait aidée lorsque sa mère avait failli perdre son bébé, s'extasia sur la tournure de sa robe et toucha ses cheveux comme si elle s'attendait à tomber sur une perruque. Camille nota que quelques jeunes femmes avaient succombé à cette mode, sans pour autant oser la vraie coupe à la garçonne. Elle avait cependant cru bon de renoncer au maquillage, en particulier au rouge assez vif dont elle soulignait ses lèvres, et en observant les visages nus de ses compagnes elle comprit qu'elle avait eu raison.

Francine se tenait sur le perron de la ferme, flanquée de Nicolas qui ne put se contenir à la vue de sa sœur et courut vers elle, manquant de s'affaler sur le sol dans sa précipitation. Le petit garçon lui avait tellement manqué ! Elle le reçut comme une décharge de chevrotine en pleine poitrine et vacilla sous son poids tant il avait grandi et forci. La jeune fille le souleva quand même et le porta jusqu'à sa mère.

— Maman… balbutia-t-elle, intimidée tout à coup.

— Tu es revenue…

Camille tressaillit.

— Ne t'inquiète pas, reprit Francine en essuyant ses mains sur son tablier. Je sais que c'est seulement pour quelques jours. Tu as ta vie là-bas.

Les deux femmes s'embrassèrent et Camille renoua avec le parfum de sa mère, mélange d'effluves de savon et de nourriture. Elle était en train d'éplucher des légumes pour un pot-au-feu, comme le constata la jeune fille en pénétrant dans la cuisine. Elle remarqua l'ampoule nue qui pendait du plafond, privée de sa suspension. Francine surprit son regard et se hâta d'expliquer :

— Mathieu l'a cassée avec l'escabeau. Nous ne l'avons pas encore remplacée.

— Comment va-t-il ? demanda-t-elle.

— Bien. Il est aux champs en train de récolter les betteraves.

Camille se doutait que rien, jamais, ne changerait dans l'existence de son demi-frère et elle ne chercha pas à en savoir plus. Fatiguée, elle s'assit tandis que Francine lui servait un verre de cidre. Quelques voisins se tenaient sur le pas de la porte, incapables de comprendre que la jeune fille aspirait à retrouver sa famille dans le calme et sans observateurs. Camille aurait voulu les chasser comme elle le faisait des maringouins, ou moustiques, qui hantaient les marais. Francine continuait à s'activer, priant les gens de rentrer, et sa fille lui en voulut de cette politesse qu'elle croyait leur devoir. Son regard s'obscurcit encore quand elle remarqua les vilaines veines bleues et boursouflées sur les jambes de sa mère. Cette dernière paraissait exténuée et Camille allait lui créer de nouveaux soucis en lui montrant la lettre et la photo reçues à Rouen : il n'existait pas d'autre moyen afin de s'approcher de la vérité. Ses parents étaient les mieux placés pour l'éclairer sur ses origines. Mais elle avait peur de les bouleverser.

Quand les amis des Mercier désertèrent enfin les lieux après plus d'une heure de bavardage ininterrompu, Camille put annoncer à sa mère son mariage avec Léonce. Apprenant qui était l'élu, Francine fut délivrée en partie de ses inquiétudes : le cuisinier, d'après les lettres de sa fille, paraissait quelqu'un de sérieux. De plus, elle avait craint que Camille s'émancipât au point de vouloir rester célibataire, c'est-à-dire vieille fille selon les critères du marais. La ville ne lui avait pas tourné la tête, elle possédait encore suffisamment de bon sens pour rentrer dans le rang et mener une vie normale, même si elle avait quitté sa terre de naissance. À cette pensée malheureuse, Francine manqua se taillader le doigt avec son couteau. Son assurance faiblit. Ces brusques rappels de leur forfait passé, c'était comme des épines qu'on lui plongeait en plein cœur.

Typhon et Scarlett vinrent aussi aux nouvelles. Ils attendirent que l'assemblée se fût clairsemée pour humer l'ourlet de la robe de Camille. Rassurés par les odeurs familières, ils se frottèrent aux mollets de leur maîtresse retrouvée qui nicha son visage dans leur pelage soyeux.

— Il faudra les traiter contre les puces, observa-t-elle.

Son père se mit à rire.

— Quelle idée extravagante !

Camille rougit. Alice avait un chat qu'elle n'hésitait pas à soigner et à cajoler comme un enfant. La jeune fille avait oublié que les paysans considéraient leurs animaux domestiques comme utiles et ne déboursaient pas un centime pour les débarrasser des petits tracas de l'existence. Ses parents aimaient sincèrement Typhon et Scarlett, mais à quoi bon faire appel au vétérinaire quand on convoquait déjà rarement le médecin ?

— Nous sommes invités à souper chez ton oncle et ta tante, déclara Francine. Mathieu va aller chercher des champignons après sa journée. Je lui fais confiance pour en dénicher pour tout le monde, il a le don. Et Basile aura du poisson, bien sûr !

Camille sourit, notant que sa mère continuait à dire « souper » pour « dîner ». Le meunier était un fameux braconnier qui ne craignait pas la maréchaussée, aidé en cela par son métier. Il fermait en effet les vannes de son moulin, réglant ainsi l'eau du canal, ce qui favorisait ses prises. Basile était devenu le fournisseur des personnalités du coin, du sous-préfet aux cadres de la gendarmerie en passant par le docteur, mais il ne s'en vantait pas avec raison. Camille se remémora l'image de son oncle attirant les poissons avec des tripes de volailles coupées puis les retenant prisonniers au moyen d'un épervier, filet de pêche tout en rondeur dont les bords étaient soulignés par du plomb.

Avisant un bol de mûres sur la commode, elle y plongea les doigts et engloutit une poignée de ce fruit sauvage qui lui barbouilla la main et les lèvres comme lorsqu'elle était enfant et qu'elle le cueillait dans les haies.

— Je rapporterai quelques petites choses pour le salon de thé.

— Si tu veux, dit Francine d'un ton dubitatif qui sous-entendait que les Osmont n'avaient certainement pas besoin de charité.

Elle était aussi contrariée que sa fille évoquât déjà son départ.

— Pour Léonce, précisa Camille.

— On le rencontrera bientôt ?

— La prochaine fois, je ne viendrai pas seule, promit-elle.

Le couple se demandait comment leur Camille concevait l'existence à Rouen. Avec cette liberté préconisée par les femmes à présent, entretenait-elle déjà des rapports intimes avec ce Léonce ? Francine risqua un œil circonspect sur son ventre plat. Elle semblait plutôt avoir maigri que grossi.

— Peut-être, convint Camille, gênée, quand sa mère en fit la remarque. Tu sais… Eh bien, c'est la mode des femmes maigres.

— N'importe quoi ! bougonna Julien en se levant. Bon, je m'en vais travailler au lieu d'écouter de telles bêtises !

Camille le regarda s'éloigner avec un pincement au cœur. C'était le bon moment pour évoquer le sujet si redouté et espéré à la fois de la photo et de la lettre anonyme. Elle les sortit de son sac tandis que sa mère se mettait en devoir de couper les morceaux de bœuf pour le déjeuner. Absorbée par sa tâche, elle ne prêta attention aux gestes de sa fille que lorsque celle-ci lui tendit le paquet.

— Qu'est-ce que c'est ? J'ai les mains toutes sales, Camille, cela ne peut pas attendre ?

— Je crains que non.

Quelque chose dans la voix de la jeune fille fit plier Francine. Elle se lava les mains, s'assit sur une chaise paillée face à la table de ferme, chaussa ses lunettes sur son nez et commença à parcourir la feuille et la photo. Camille ne la quittait pas des yeux, guettant sa réaction. Elle se doutait que sa mère parviendrait à se composer une expression impénétrable mais elle serait vraiment douée pour la dissimulation si elle y arrivait à l'instant même où son regard se posait sur la photo. Et en effet, quand elle découvrit le cliché, l'épouvante se peignit sur les traits de Francine. On aurait dit qu'elle découvrait le résultat catastrophique d'un examen médical. C'était bien plus que n'escomptait Camille. Francine ne pourrait plus nier qu'elle reconnaissait les personnes de la photo, son expression et ses gestes parlaient pour elle. Ses mains tremblaient, ses joues avaient pris la couleur de la cendre. Ébranlée, la jeune fille attendait. Elle avait pensé qu'il serait plus facile d'interroger l'un ou l'autre de ses parents seul. Ainsi, il serait plus démuni et se dévoilerait davantage, ne puisant pas dans l'autre la force de démentir. Francine semblait loin de pouvoir le faire : elle paraissait n'avoir plus de recours possible. Ce fut d'un ton las et déjà résigné qu'elle demanda :

— Où as-tu trouvé cela ?

— On me l'a envoyé.

— Qui ?

— Je l'ignore. Peut-être pourras-tu me l'apprendre…

Sa mère soupira. Elle paraissait soudain plus vieille que son âge.

— Que sais-tu exactement ?

Camille avait eu le temps de réfléchir à cette confrontation. Elle répondit sans l'ombre d'une hésitation :

— Je sais que les conditions de ma prétendue adoption ne sont pas claires. Que vous m'avez menti, papa et toi.

Francine ne chercha pas d'échappatoire. Toute sa vie, depuis le jour où elle avait recueilli

Camille, elle avait craint qu'une telle chose se produisît et elle pressentait que son mari partageait ses angoisses. Julien souffrait même sans doute davantage car il était plus concerné. Acculée, Francine se résolut à faire la lumière sur la naissance de sa fille, ou de celle qu'elle avait toujours considérée comme telle dès que Julien la lui avait déposée dans les bras.

Pour aider sa mère qu'elle devinait très vulnérable, Camille quitta son ton accusateur :

— C'est la famille de papa ?

— Oui... Tu as reconnu ton père, c'est ça ? Il devait avoir dix-huit ans à l'époque, pas davantage. À droite, la jeune fille, c'est Maryse, sa sœur. Tu as remarqué que Julien ne parle jamais de sa famille ? Tout le monde le fait hormis ceux qui ont trop souffert à cause d'elle et qui croient l'oublier en la passant sous silence... D'un côté, il y avait Maryse enceinte d'un voyou, de l'autre nous qui désirions un second enfant sans succès depuis tant d'années... Nous n'avons pas volé le bébé de Maryse, c'est le hasard qui l'a mis sur notre chemin...

Camille était à présent très pâle.

— Le bébé de Maryse, la sœur de papa, c'est...

— C'est toi, oui, confirma Francine, vaincue.

Il y avait de la colère dans la voix vibrante de Camille quand elle s'écria :

— Mais il s'agit bien d'un vol !

— C'est plus compliqué que cela... Maryse avait quinze ans, te rends-tu compte ? Elle était tombée amoureuse d'un garçon qui avait déjà fait de la prison pour vol. Je suis désolée de t'apprendre qu'il s'agit de ton père. Dès l'annonce de la grossesse, il a disparu, bien sûr. Maryse était fragile et ses parents... mes beaux-parents... (Francine hésita puis se ressaisit car elle ne pouvait pas soustraire la vérité à Camille, plus maintenant.) Ils étaient outrés, bouleversés, sensibles à la rumeur et au scandale, ils avaient honte, ils ne voulaient pas entendre parler de cet enfant conçu hors mariage. Maryse est allée accoucher dans un couvent en Bretagne. Tu es donc en réalité bretonne et non pas normande. Ta grand-mère t'a ramenée tout de suite puis elle t'a déposée, avec notre aide, sur les berges de la Seine, sans se faire connaître. (Camille repensa à la scène décrite par la Zita, de nuit, dans les marais : ainsi, la femme qu'elle avait cru être sa mère était sa grand-mère.) Julien a feint de te trouver au matin. Tu as été placée dans un orphelinat à Rouen puis nous t'avons adoptée.

— Ma mère était-elle d'accord ? Et d'abord qu'est-elle devenue ? s'enquit Camille, au bord de la nausée.

Pour la première fois depuis le début de l'échange, Francine baissa la tête, incapable de soutenir le regard de sa fille.

— Maryse n'était pas au courant, du moins à ma connaissance. Quant à ta seconde question… nous n'en savons rien.

— Comment cela ? s'exclama Camille.

— Après t'avoir mis au monde, elle s'est enfuie.

Désemparée par la nouvelle, la jeune fille protesta :

— Impossible ! Elle avait quinze ans !

— Seize ans alors, mais peu importe. Tu penses que toute la famille a entrepris des recherches sans résultat.

Francine remua la lettre entre ses mains et le cœur de Camille s'emballa.

— Tu crois que… commença-t-elle, incapable de formuler sa question.

— Je suis persuadée que c'est Maryse l'auteur de cet envoi. Qui d'autre, sinon ? Ton père est mort, Camille. Sylvain Mobi a déserté en 1917 et il a été fusillé. Je suis vraiment si peinée de devoir t'annoncer tout cela… ajouta-t-elle, bouleversée.

Camille avait rarement vu Francine pleurer et elle ne voulait pas que cette scène lui en offrît l'occasion. Même si elle était blessée, elle reconnaissait que sa mère adoptive l'avait élevée et aimée, elle ne souhaitait pas que les liens entre elles deux soient rompus, ni même distendus. Aussi s'efforça-t-elle au calme :

— Il ne reste donc que Maryse.

— Elle désire visiblement te revoir. Je voulais ajouter aussi… Ton don pour la cuisine, tu le tiens d'elle. Maryse excellait surtout en pâtisserie.

— C'est la raison pour laquelle ce talent vous a toujours gênés.

— Oui, surtout ton père. Il avait l'impression d'un rappel constant de sa faute quand il te surprenait les mains dans la farine comme Maryse autrefois. Pour lui, c'était terrifiant.

La jeune fille était si perturbée qu'elle oublia toute prudence. Ouvrant son sac à main, elle en sortit un paquet de Gauloises et un briquet, sous les yeux pleins de blâme de sa mère. Un brouillard ne tarda pas à envelopper la visiteuse dont les doigts tenaient la cigarette avec des tremblements dus à son trop-plein d'émotions. L'habitude de ce geste pouvait se calculer à l'aisance avec laquelle elle aspirait la fumée en dépit du trouble qu'elle ressentait à l'annonce que sa vraie mère était sans doute à l'origine de la photo et de la lettre. Francine accrocha son regard hagard. Elle ne savait comment réagir. Elle aurait dû se récrier face à cette nouvelle preuve de son émancipation qui paraissait néanmoins bien dérisoire en comparaison de sa faute à elle, Francine. Elle se contenta donc de constater :

— Tu fumes ?

Camille sursauta comme si on la tirait d'une profonde songerie. Elle contempla une seconde sa cigarette d'un œil éteint puis s'empressa de l'écraser dans un bol qu'elle lava aussitôt pour faire disparaître toute trace de son délit. Elle avait commencé pour imiter Alice et y avait pris goût. Loin de s'excuser, elle reprit sa méditation, épuisée par le voyage et meurtrie par cette scène. Maintenant qu'elle était au courant du principal, elle souhaitait interroger son père mais Francine parut effrayée quand elle lui fit part de sa décision.

— Non, Camille, non ! Il ne pourrait pas le supporter. Il ne s'est jamais pardonné la disparition de sa sœur, il en a éprouvé encore davantage de remords que moi. Ce serait trop dur pour lui.

— Crois-tu ? Après tout, je vais lui annoncer que Maryse est vivante…

Francine réalisa tout à coup ce que cela impliquait.

— Tu as raison…

— Je n'évoquerai pas le sujet pour le moment, promit soudain Camille, si tu me jures de m'avoir dit tout ce que tu savais et si tu m'assures que papa n'en sait pas davantage que toi.

— Merci. Je te le jure. Et à ma connaissance, ton père ne peut pas t'en apprendre davantage. Que comptes-tu faire à présent ? Tenter de retrouver Maryse ?

La jeune fille ne désirait pas la mettre au parfum de ses projets. Quelque chose en elle avait envie de crier son dégoût et sa rage, d'exiger des excuses, de partir sans jamais revenir, de déverser sur elle l'intolérable chagrin qui était le sien... Mais la maturité lui montrait aussi combien ses parents l'aimaient et étaient désolés de ce qui était arrivé, de cet enchaînement fatal de faits.

Avec un soupir, Camille rassembla ses affaires et se dirigea vers sa chambre sous le regard chagriné de sa mère. En passant, dans un geste miséricordieux, elle lui caressa le bras avec douceur pour lui signifier qu'elle lui pardonnait, même si cela lui coûtait. Il semblait à Francine qu'une tempête venait de souffler dans son foyer et d'emporter beaucoup de choses essentielles qui jamais ne reviendraient en dépit du mouvement charitable de Camille. Il devait en être ainsi un jour. Elle et Julien n'auraient pas pu y échapper à jamais. Elle s'y attendait mais la tragédie n'en était pas moins difficile à supporter. Lorsque la jeune fille referma la porte sur sa douleur, Francine, qui détestait l'imprévu, s'interrogea : « Qu'est-ce que l'avenir nous réserve ? Serons-nous capables de surmonter ce drame du passé et de faire face à nos démons ? De revoir un jour Maryse et d'obtenir son absolution ? »...

Troisième époque

LES ANNÉES DE PLOMB

X

La débâcle (1939-1941)

Comme la majorité des Rouennais, Camille, Olivia, Léonce et Gildas avaient prôné le pacifisme et salué Daladier et Chamberlain à leur retour d'Allemagne, après la signature des accords de Munich. De même que des centaines d'hommes et de femmes englués dans de fausses certitudes, Camille et Léonce avaient signé le livre d'or disposé à la mairie, en hommage au Premier ministre britannique, indifférents aux paroles de Churchill : « Entre la honte et la guerre, vous avez choisi la honte et vous aurez la guerre. » Et maintenant… L'ordre de mobilisation générale venait d'être décrété.

Camille avait épousé Léonce en catastrophe, sans même avoir le temps de lui faire connaître le Marais-Vernier. La situation internationale, autant que la sienne propre, l'exigeait : Léonce n'était certes pas mobilisable en raison de son handicap à la main mais il tenait à protéger la jeune femme si quelque chose lui arrivait en ces temps incertains. De plus, Camille attendait leur enfant. Ce matin-là, elle se tenait le ventre d'un mouvement inconscient, ce dernier n'étant pas encore visible, en contemplant la cathédrale de Rouen dont le portail était couvert de sacs de sable par crainte des bombardements. On avait aussi déposé les vitraux, remplacés par des planches et des carreaux, et évacué vers l'Ouest les œuvres majeures des musées, non seulement à cause des bombes mais aussi des pillages. Des tranchées avaient été creusées un peu partout afin d'abriter les civils lors d'éventuels assauts : à Léonce, elles évoquaient celles de 14, guerre pendant laquelle Rouen n'avait guère souffert, et elles lui inspiraient une répulsion qu'il ne s'expliquait que trop bien. Il avait ordonné à Camille de se réfugier, en cas de péril, dans la cave du salon de thé *Osmont*, aménagée à cet effet et ouverte au public comme la loi le réclamait. Des papillons avaient été apposés aux quatre coins de la ville, indiquant l'asile le plus proche au promeneur en danger. Une distribution de masques à gaz fut la suite logique de ces mesures préventives qui entretenaient un climat de peur.

La jeune femme, qui avait arrêté de fumer, s'efforçait de ne penser qu'à son bébé. Mais, effectuant le chemin du domicile de Léonce, qui était devenu le sien, à la place du Vieux-Marché, elle ne pouvait longtemps feindre d'ignorer le nouveau décor dans lequel naîtrait son fils ou sa fille d'ici huit mois. Déjà la nuit, tous les éclairages, publics ou pas, étaient filtrés, et les phares des voitures masqués. C'est ce qu'on appelait le « black-out », d'une expression anglaise que Camille s'était fait traduire par son mari qui possédait quelques rudiments de cette langue. Le salon de thé avait compté parmi sa clientèle quelques Anglais autrefois. À présent, pendant cette « drôle de guerre », mélange d'angoisse et de sérénité trompeuse à l'image de cette chanson sur toutes les lèvres : *On ira pendre notre linge sur la ligne Siegfried*, les Britanniques qui le fréquentaient étaient des militaires. Sa façade avait subi quelques transformations bien malgré elle : Camille et ses collègues y avaient collé d'affreuses bandes de papier censées la protéger contre le souffle des déflagrations. Elles avaient aussi pris soin de boucher l'aération de la cave afin de se protéger contre les émanations de gaz dont les malheureux combattants de la Première Guerre avaient connu les méfaits.

Si Mathieu n'était pas venu au mariage de Camille et Léonce, Francine, Julien et Nicolas s'étaient déplacés jusqu'à Rouen pour y assister, faisant enfin la connaissance de leur futur gendre et oncle par alliance. Il y avait fort peu d'invités : les collègues de Camille, Olivia comprise, les amis et la sœur de Léonce... La famille Osmont avait offert le repas au sein du salon de thé. La guerre paraissait inévitable et le temps n'était pas aux réjouissances. Francine et Julien avaient apprécié Léonce et étaient repartis apaisés dans leur campagne, même si, par prudence, ils avaient insisté pour que leur fille les rejoignît quand elle leur avait annoncé sa grossesse. Camille refusa : elle ne voulait pas quitter Léonce en dépit des événements et elle tenait à conserver son indépendance grâce à un métier et à un salaire. Même quand la mobilisation fut déclarée, elle préféra continuer à travailler. Si la situation s'envenimait, elle pourrait toujours changer d'avis. Certes, le charbon s'était raréfié et il arrivait que les sirènes mugissent, semant l'effroi, mais il s'agissait toujours de fausses alertes. Puis en mai, tout s'accéléra avec l'invasion allemande au nord, et l'exode des premiers réfugiés, hagards, affolés, ayant tout perdu, alors que déjà certains Rouennais choisissaient aussi de fuir, sentant la menace trop proche.

Terrifiés par les bombardements et la menace allemande, les premiers réfugiés pénétrèrent dans Rouen : tout d'abord, on vit arriver des automobiles sur le toit desquelles un matelas pouvait à la fois servir de couchage et de protection dérisoire contre les attaques ennemies. Leurs occupants se devinaient sous un enchevêtrement de bagages qui constituait tout ce qu'ils avaient pu emporter de leur maison abandonnée. Puis des cyclistes entrèrent à leur suite, plutôt incongrus dans la pagaille comme s'ils allaient se mettre à siffloter, un brin de blé entre les dents. Les charrettes venaient ensuite, tirées par un cheval ou un bovin, aussi surchargées que les voitures. Enfin, en dernier, ceux qui ne disposaient pas de moyen de transport et allaient à découvert sur les routes, ayant laissé beaucoup derrière eux, visiblement découragés et harassés.

Martial, Camille, Léonce, Bernadette et tous les employés se tenaient sur le trottoir à les regarder passer d'un air presque aussi hébété qu'eux. Des secours furent vite organisés. Martial ouvrit le salon de thé aux gens en exode qui souhaitaient faire une pause et se sustenter. Les pharmacies étaient prises d'assaut par les blessés, soldats hollandais, belges, français, ou civils. Ceux qui s'arrêtaient chez les Osmont étaient surtout épuisés et affamés. Martial dut fermer la porte à clé quand la foule envahit son commerce, de crainte que le confinement et la surpopulation ne provoquent des malaises chez ces personnes déjà affaiblies. Camille se chargea de distribuer des gâteaux aux enfants qui retrouvèrent vite le sourire avec cette faculté de récupération propre à la jeunesse. Sur le visage des adultes se lisait une histoire trop terrible pour être oubliée avec des desserts. Cette horde de réfugiés, qui souhaitait continuer sa route pour échapper à l'avancée allemande, allait bientôt grossir avec la multitude de Rouennais voulant aussi quitter une ville qui serait de toute évidence occupée d'ici plusieurs jours ou semaines.

Camille donnait du lait à un bébé quand Martial se pencha vers elle :

— Besoin de quelque chose ?

— Du linge. Et les toilettes ne sont pas assez nombreuses… Les enfants n'arrivent pas à se retenir. Il faudrait que quelqu'un nettoie. Je peux le faire…

— Je vais ouvrir celles de la cour et prévenir Reine qu'elle lave le sol.

Elle leva les yeux vers lui pour le remercier. Leurs regards se croisèrent et, l'espace d'une seconde, Camille crut y lire un sentiment qu'elle ne s'expliqua pas, comme une tendresse cachée qui s'apparentait à… « Tu rêves, ma fille ! » Elle revint au nourrisson en se morigénant tout bas. Il y avait bien assez à s'occuper sans ajouter un trouble qui n'existait que dans son imagination. L'émotion était à son comble et Martial devait lui être redevable de son efficacité. C'était tout.

Camille n'avait pas l'intention de fuir. Elle était heureuse auprès de son mari, elle s'y sentait en sécurité. Elle soupçonnait bien un peu de tiédeur de sa part à elle dans leurs relations mais refusait d'y prêter trop d'attention, s'estimant satisfaite de son sort. La simplicité tranquille de leur union, dénuée de passion, lui suffisait. Son béguin pour Martial n'en persistait pas moins. Cependant, l'attente de son bébé était une joie malgré l'incertitude de l'avenir. Elle continuait à progresser en pâtisserie. Olivia lui tenait toujours rigueur de sa situation privilégiée mais, Gildas et Jules ayant été mobilisés, elle avait d'autres soucis. Quant au petit appartement de Léonce, situé dans un quartier correct, Camille y avait vite trouvé sa place. Elle y avait mis son empreinte féminine grâce à quelques changements tels l'ajout de tissus, de fleurs, de bibelots achetés dans les boutiques de Rouen. Léonce n'avait pas protesté, aux prises avec une femme qui avait besoin d'imprimer sa marque sur un décor typiquement masculin, trop dépouillé et austère à son goût. Il n'était pas compliqué et son épouse estimait ce trait de caractère.

Un soir, quand Camille ouvrit la boîte à lettres de son domicile, elle tomba sur une enveloppe qui la laissa sans force, démunie face à cette nouvelle épreuve qu'elle espérait et redoutait à la fois. La jeune femme n'avait pas caché à Léonce l'histoire de sa naissance. S'il devait y avoir le moindre doute qui compromettrait leur union, elle préférait le savoir avant qu'ils signent l'acte officiel. Léonce se montra compréhensif et n'émit pas de réserve. Il n'encouragea cependant pas Camille à entamer des recherches, arguant que c'était là source de préoccupations. Toute à sa nouvelle vie, et surtout à son futur rôle de mère, la jeune femme l'approuva. Cet envoi changeait les perspectives. Elle savait qu'elle ne pourrait agir comme s'il n'existait pas.

Jeter l'enveloppe sans l'ouvrir ? Impossible. Elle s'en empara et monta l'escalier d'un pas lourd. Léonce travaillait jusqu'à la fermeture du salon et elle disposait de quelques heures devant elle pour prendre connaissance des feuillets. Sans même retirer sa veste et ses chaussures, elle déchira l'enveloppe et en sortit une photo. Elle représentait une jeune fille enceinte. Camille reconnut la sœur de Julien, Maryse, sa mère... Le choc fut tel qu'elle dut s'asseoir, prise de faiblesse. Maryse la portait. Maryse attendait Camille. Cette dernière se contemplait dans le ventre de sa vraie mère. C'était à la fois merveilleux et insupportable. De quel droit Maryse se comportait ainsi avec sa fille, lui infligeant des émotions néfastes dans son état ? Ignorait-elle donc qu'elle-même allait accoucher ou bien l'envoi était-il justement destiné à lui rappeler que la grossesse de Maryse avait été moins sereine que la sienne ? Maryse, cette femme inconnue et si proche en même temps, était-elle une amie ou une ennemie ? Son ventre proéminent jaillissait tel un obus de son corps à la limite de la maigreur. Au vu de son extrême pâleur, de ses traits tirés, de son air accablé, tous ces signes qui n'apparaissaient pas sur la photo précédente, on pouvait deviner que sa grossesse n'était pas de tout repos. Pire encore, elle portait une robe noire comme pour honorer un deuil – celui de son amour ? Francine n'avait pas dressé un portrait très honorable de Sylvain Mobi, le père de Camille, mais si Maryse en avait été amoureuse au point de succomber, c'est qu'il possédait certainement quelque chose d'attrayant. Camille retourna le cliché et lut : *1914, c'est la guerre en France et en moi*. Il n'y avait pas de lettre accompagnant la photo comme la première fois.

La clé tourna dans la serrure et la jeune femme sursauta. Se pouvait-il qu'elle fût restée immobile à contempler la reproduction de sa mère et à réfléchir pendant des heures, sans mesurer le temps, sans même se changer ? Léonce entra dans la pièce et elle se demanda s'il entendait les battements de son cœur, s'il percevait sa tristesse... Puis, elle se ressaisit et se leva avec précipitation afin d'avoir l'air normal. Mais Léonce ne fut pas dupe :

— Que se passe-t-il ?

Renonçant à la dissimulation, Camille lui tendit la photo. Le cœur déchiré, elle attendit sa réaction.

— Je ne comprends pas pourquoi elle agit ainsi, soupira-t-il en la reposant sur un meuble avant d'ôter sa veste.

— Moi non plus, avoua Camille.

— Pourquoi ne vient-elle pas te voir puisqu'elle t'espionne au point de savoir que tu t'es mariée et que tu as changé d'adresse ?

— C'est vrai, reconnut la jeune femme en regardant l'enveloppe sur laquelle son nom d'épouse, et non plus de jeune fille comme sur le premier envoi, apparaissait. C'est désagréable de savoir qu'elle… qu'elle m'épie…

— Je suis désolé de devoir te peiner mais Maryse est peut-être dangereuse. Qui sait si elle n'a pas perdu l'esprit avec tous ces drames ? N'oublie pas notre enfant…

Camille n'y avait pas pensé. Son expression soucieuse témoigna de ses sentiments.

— Que puis-je faire ?

Léonce hésita.

— Te rendre à la police, dit-il enfin. C'est une solution sensée, il me semble. Ils la rechercheront et régleront le problème.

— Tu crois vraiment qu'avec la guerre ils auront le temps de s'occuper de mon sort ?

Léonce fut dépité.

— Tu as raison, ma proposition est stupide. Je suis fatigué, Camille. Nous y verrons plus clair demain.

Léonce dînait toujours au salon de thé. Il rentrait tard pour se coucher. Aiguillonnée par la culpabilité, Camille s'empressa de tout remettre en ordre dans l'appartement et de rejoindre son mari dans leur lit. Il dormait déjà. Bien qu'exténuée, elle mit longtemps à trouver le sommeil, confrontée à une impasse. Au moins, elle savait maintenant avec certitude que l'auteur anonyme était Maryse Mercier.

Juin aurait dû embaumer. Au lieu de l'habituelle odeur de fleurs à son apogée, les environs de Rouen empestaient le pétrole brûlé. La guerre était perdue, les Allemands approchaient. Ce qui se passait laissait tout le monde stupéfait, à la limite de la folie : comment une telle déconfiture avait-elle pu se produire ? La terreur autant que l'humiliation étaient dans tous les cœurs. Des choses délirantes avaient lieu que les Rouennais contemplaient les yeux écarquillés, fiévreux, encore incapables de concevoir une telle débandade, un tel drame aux portes de leur ville bien-aimée, au sein de ce pays vainqueur du dernier conflit. Les Allemands étaient en France. Ils avaient pénétré en France, ils avançaient sur Rouen, et cette pensée était insoutenable, aussi insupportable que la mort de ces sept innocents, parmi lesquels deux enfants, dans la destruction du pont transbordeur, afin d'empêcher la progression ennemie. Aussi intolérable que ce gigantesque nuage de crasse et de suie qui s'élevait dans le ciel de Rouen, dû à l'incendie volontaire des réservoirs de pétrole afin que les Allemands ne puissent s'en emparer.

Camille était enceinte de huit mois quand l'armée allemande passa sous ses fenêtres le 9 juin 1940. La stupeur et la terreur régnaient. Dès 10 heures, malgré les ponts tous détruits, la Wehrmacht envahissait la ville. Deux chars s'étaient seulement affrontés, explosant et mettant le feu au quartier médiéval du sud de la cathédrale. Camille ne se doutait pas que sa ville serait l'une des plus lourdement occupées de France en raison de sa proximité avec l'Angleterre et qu'elle subirait nombre de dommages irréparables. Elle ignorait encore combien elle-même paierait un grave tribut à cette barbarie, combien son existence tout entière en serait bouleversée. Pour le moment, elle se cachait derrière les rideaux de sa chambre, regardant furtivement cette armée conquérante qui avait hissé la croix gammée sur l'hôtel de ville. Ses jambes se dérobaient, la jeune femme dut s'asseoir. Comment allait-elle s'en sortir alors qu'elle était sur le point d'accoucher dans une ville en proie au chaos ? Si les contractions commençaient, que devait-elle faire ? Mettre au monde son enfant seule comme jadis ? Sortir dans la rue et supplier un soldat allemand de l'aider en perdant les eaux ? Une sueur froide l'inonda, la respiration lui manqua. « Calme-toi, cela n'arrivera pas. Il te reste un mois de délai. D'ici là... » Elle ne savait pas si, dans ce laps de temps, sa situation se serait améliorée ou bien si, au contraire, elle aurait empiré : mieux valait d'ailleurs ne pas réfléchir à la question. Et Léonce qui était au salon de thé ! Quelle idée lui avait pris de s'y rendre aujourd'hui ?... Sans doute Camille aurait-elle dû écouter ses parents et se réfugier au Marais-Vernier mais, depuis qu'elle connaissait les structures médicales de Rouen, les méthodes du Dr Galet ne lui inspiraient plus autant confiance qu'autrefois.

Une nouvelle explosion secoua les vitres de l'appartement. Elle poussa un cri de pure épouvante. Il n'y avait peut-être plus un seul hôpital, tous avaient été bombardés. Aucun endroit dans cette ville n'existait désormais afin de l'accueillir, elle et son nourrisson. Elle allait mourir ici, oubliée de tous, alors que les ennemis se rendaient maîtres des lieux. Léonce la retrouverait le soir même et il n'aurait pas assez de toute sa vie pour expier son absence. « Arrête ! Arrête ! », s'invectiva la jeune femme en tournant nerveusement dans la pièce. Elle ne réussissait pas à se détendre ni à se reposer. Soudain, la solution lui apparut, si logique et si simple qu'elle faillit éclater de rire de soulagement : il lui fallait trouver refuge chez un voisin. Ce serait mieux que d'être à la merci de ses angoisses. Aussitôt, elle sortit sur le palier et frappa à la porte de droite. Sa voisine la plus proche était une femme de soixante-dix ans qui refusa d'ouvrir, ne la reconnaissant pas dans son égarement. Camille eut beau claironner son nom, rien n'y fit, la vieille dame croyait peut-être avoir affaire à un Allemand et elle laissa sa porte close. Celle de gauche s'ouvrit alors, livrant passage à une frimousse apeurée.

— Venez, madame Silès.

Camille s'engouffra dans l'appartement sans demander son reste.

En raison de leurs horaires décalés, elle et Léonce n'entretenaient pas de relations suivies avec leurs voisins. Face à la jeune femme de son âge qui l'arrachait à sa solitude, elle se sentit aussitôt rassurée. Quoi qu'il se passât maintenant, elle pourrait compter sur le conseil d'une personne plus avisée, du moins l'espérait-elle. Dans son état, aller sans soutien à la rencontre de cette journée lui semblait impossible, voire périlleux. Certes, elle déplaçait simplement son anxiété dans un autre lieu et sur les épaules d'une femme qui lui paraissait soudain aussi perdue qu'elle... Le bruit des déflagrations était de la même intensité ici et Camille lisait sur les traits de celle qui s'appelait Inès l'identique terreur dont elle ne parvenait pas à se débarrasser. Elle apercevait des flammes au-dessus des toits de Rouen : pourquoi les pompiers n'intervenaient pas ? Les Allemands osaient-ils le leur interdire ? Elle ignorait que le quartier allait brûler toute la journée et une nuit encore avant que l'ennemi consentît à laisser les travailleurs du feu sauver la cathédrale.

Inès se mit à préparer du café pour s'occuper. Elle se refusait à opter pour le refuge de la cave, comme elle l'expliqua à Camille.

— Je ne supporte pas d'être enfermée dans le noir. S'il doit arriver quelque chose, au moins, ce sera sous la lumière du jour... (Elle jeta un œil au gros ventre de sa visiteuse.) Dans votre état, cependant, il est peut-être préférable que vous descendiez...

— Non, je reste avec vous ! s'écria Camille qui avait peur d'être ensevelie vivante sous l'immeuble tout entier.

Elles vivaient toutes les deux au cinquième et avant-dernier étage. Si leur habitation devait s'écrouler, pensa Camille, non sans humour, seules les chambres de bonne leur tomberaient dessus.

Camille s'assit sur une chaise face à la table et commença à boire lentement son breuvage, bien qu'elle sût qu'il n'était pas recommandé : son cœur battait déjà assez vite, proche de l'explosion lui aussi… Inès venait tout juste de se marier avec Ghislain, un employé des postes. Ils n'avaient pas encore d'enfant et, au regard de la situation, Camille pensait que c'était une bénédiction. Elle contempla l'appartement, meublé avec simplicité et une pointe de raffinement qu'elle approuva. Elle s'était tellement consacrée à son travail durant ces derniers mois, même enceinte, qu'elle n'avait pas pensé à se faire une amie d'Inès. Le regrettait-elle ? Comme souvent, quand le drame surgit dans une vie, Camille se dit qu'elle changerait d'existence si elle s'en sortait indemne avec Léonce et leur bébé. Elle se préserverait davantage, elle penserait davantage à sa famille…

Les deux femmes parlèrent beaucoup durant cette interminable journée. Léonce et le mari d'Inès finirent par rentrer et Camille regagna son logis, rassurée par la présence de son époux. Les hommes dressèrent un triste portrait de la ville martyrisée.

— Que va-t-il advenir de nous ? demanda Inès.

— Il n'y a plus d'espoir, répondit Léonce. C'est l'occupation. Les Allemands sont les maîtres et il va falloir nous soumettre.

— Nous soumettre ? répéta Ghislain, presque agressif. Je suis sûr que tout le monde ne sera pas de votre avis.

Camille le regarda sans comprendre. Ces paroles visaient à apaiser l'orgueil blessé de Ghislain mais elles ne menaient nulle part. Les deux couples promirent de se soutenir à l'avenir. Le mot « résister » ne vint pas aux lèvres de Ghislain qui contemplait le ciel embrasé de Rouen comme s'il ne pouvait s'en détacher.

À peine Camille eut-elle réintégré son appartement que les douleurs commencèrent comme si elles avaient attendu un cadre familier pour se manifester. Léonce, qui s'était installé sur le sofa où il comptait faire une petite sieste, se leva d'un bond et se précipita vers sa femme qui se tenait le ventre en gémissant, pliée en deux. L'affolement se peignit sur son visage et Camille comprit que l'heure était grave.

— Je vais m'allonger. Cela va peut-être passer...

Il ne répondit pas, trop terrifié pour trouver des paroles de réconfort. Lui qui avait arpenté les rues en proie au chaos savait qu'il ne fallait pas espérer de secours de ce côté-là. Et pourtant... Si Camille accouchait avant terme, il faudrait bien chercher une sage-femme ou un médecin pour faire sortir l'enfant dans les meilleures conditions. Léonce ne se voyait pas remplir cette tâche. Si des complications survenaient, il serait incapable de les affronter avec méthode. Elle ne devait accoucher qu'un mois plus tard et elle choisissait précisément ce jour… Quelle déveine ! Léonce aida Camille à s'installer sur le lit. Il posa délicatement une couverture sur elle malgré la chaleur qui régnait dans le logis, encore aggravée par la proximité des incendies. Il lui parla. Le ton calme de sa voix, les mots apaisants qu'il employa exercèrent leur pouvoir salvateur sur la jeune femme qui se sentit un peu mieux… jusqu'à ce que survînt une seconde crise.

— Cette fois-ci, pas de doute, c'est le bébé ! Je viens de perdre les eaux…

Après une seconde d'hésitation, Léonce la somma de demeurer allongée.

— Je vais voir si une personne dans l'immeuble peut nous prêter assistance.

Il savait qu'aucun médecin ne vivait là mais peut-être y avait-il quelqu'un qui saurait faire face, mieux que lui, à une naissance ? N'importe qui pourvu qu'il ne se retrouvât pas seul avec Camille et la perspective de mettre leur enfant au monde…

Il ne fut pas longtemps absent. Camille leva vers lui un regard chargé d'espoirs quand il revint après une poignée de minutes, accompagné, contre toute attente, de la vieille dame qui avait refusé de lui ouvrir sa porte.

Elle paraissait à la fois désolée et très sûre d'elle.

— Excusez-moi pour ce matin. Je ne vous ai pas reconnue.

Léonce l'avait croisée sur le palier. Il ne lui avait pas demandé ce qu'elle faisait là. Elle l'avait suivi sans protester quand il lui avait expliqué l'état de son épouse.

— J'ai été sage-femme pendant quarante ans. Même si les conditions ne sont pas idéales, ne vous inquiétez pas.

Étrangement, elle, si craintive quelques heures plus tôt, semblait à présent avoir recouvré toute son assurance. C'était un miracle qu'une ancienne sage-femme fût leur voisine aujourd'hui. Et l'on était en juin, la nuit tombait tard, un nouveau miracle, compte tenu de l'électricité qui était coupée. Cependant, dans ces conditions, Camille avait intérêt à accoucher vite.

— Tout d'abord, je vous suggère de vous changer, dit la vieille dame en se présentant sous le nom de Baptistine Thévenet. Mettez-vous à l'aise si vous le pouvez. Monsieur, faites chauffer de l'eau…

— Nous n'avons plus d'eau, l'interrompit Léonce qui prit une nouvelle fois la mesure de la situation improbable dans laquelle ils allaient devoir sauver la mère et l'enfant sans le secours des choses les plus élémentaires.

— Exact, j'avais oublié… Bien, donnez-moi du linge propre, des serviettes… madame…

— Appelez-moi Camille, dit la jeune femme en enfilant sa chemise de nuit.

— Je vais vous demander, Camille, d'écarter les jambes. J'ai besoin de voir votre col…

La jeune femme obéit tandis que Léonce obtempérait à la première demande de Baptistine dont l'apparente habilité le rassurait un peu.

— Il est bien dilaté, la délivrance est proche, déclara-t-elle, employant un terme désuet qui aurait fait sourire Camille dans d'autres circonstances.

— C'est mieux, non ? demanda-t-elle, si désireuse d'entendre une réponse affirmative. C'est mieux que j'accouche tout de suite, avant que la nuit tombe ?

— En effet, répondit la vieille dame sans plus de précision.

— Est-ce que l'enfant se présente mal ? demanda la jeune femme, inquiète.

— Il faut pousser, maintenant, Camille, déclara Baptistine sans répondre à sa question.

Léonce revenait avec des serviettes de toilette et il était contrarié de devoir les présenter à la sage-femme car elles étaient encore humides.

— Je ne trouve rien, balbutia-t-il, tout empoté.

Baptistine le prit en pitié. Il est vrai que cet accouchement avait l'air sorti d'un autre siècle. Léonce contempla d'un air horrifié la robe souillée de Baptistine qui, ayant retroussé ses manches, se préparait à la bataille, le front presque aussi couvert de sueur que celui de Camille. Elle avait l'air d'une matrone au chevet d'une sacrifiée. C'était là une vision de cauchemar. Le pauvre homme pensa qu'il allait tout perdre, sa femme et son enfant, tandis que la ville était à feu et à sang.

D'un geste prompt, Baptistine l'expédia à l'autre bout de l'appartement, pas bien loin malheureusement, puisque la surface de ce dernier était modeste. Si bien qu'il entendit les gémissements puis les hurlements de Camille tandis que le travail commençait. Léonce ne savait quoi faire en attendant. Il arpenta la petite cuisine de long en large jusqu'à en devenir fou. Il aurait bien voulu puiser du réconfort dans la compagnie de Ghislain mais il n'osait pas quitter l'appartement au cas où l'accoucheuse aurait besoin de lui. Il aurait l'air d'un lâche s'il en demandait la permission et, par conséquent, il restait là, s'agitant vainement, hagard, stupéfait que les choses aient pu aussi mal tourner en si peu de temps : Rouen occupée, Camille entre la vie et la mort peut-être...

Pendant ce temps, Baptistine encourageait la jeune femme de la voix, un peu songea Camille, dans un éclair de lucidité, comme elle l'aurait fait d'un cheval sur l'hippodrome. Le corps balayé par des vagues de douleur, la jeune femme n'eut guère le loisir d'apprécier ce trait d'humour. Mais, alors que la souffrance semblait intolérable et qu'elle était sûre que la mort serait préférable à ce martyre, elle sentit quelque chose glisser entre ses cuisses et elle sut que son enfant respirait le même air qu'elle – du moins, l'espérait-elle et guetta-t-elle son cri. Il ne tarda pas, un faible cri certes, mais un cri qui prouvait qu'il était bien vivant. Léonce le perçut aussi et bondit dans la chambre.

— C'est une fille, l'entendit-elle annoncer.

Camille ferma un instant les yeux : ce serait donc Ella. Puis elle la prit contre elle après que la sage-femme eut coupé le cordon ombilical et enveloppé la petite dans une serviette.

— Tout va bien ? s'enquit-elle, encore angoissée.

— Votre petite fille a l'air en forme, fit Baptistine qui souriait.

— Oh, merci ! Sans vous...

— Je suis heureuse d'avoir été utile. À mon âge, on a l'impression de ne plus pouvoir l'être un jour...

Elle n'ajouta pas qu'elle avait eu très peur. Si elle était au bord de l'épuisement, son moral n'avait jamais été aussi bon, même si la France était en train d'agoniser. Il serait temps plus tard de s'alarmer à cause des Allemands. Pour le moment, il fallait seulement se réjouir de cette naissance au cœur de la tempête, comme un pied de nez aux événements dramatiques qui se déroulaient en dehors de l'appartement.

C'était aussi ce que pensaient Camille et Léonce qui contemplaient le bébé, déjà blond comme sa mère, avec ravissement. Ils entretenaient le mince espoir que sa venue s'accompagnât d'un destin tranquille, malgré la tourmente. Il ne serait pas simple de s'occuper d'un nourrisson dans ce contexte mais ils formaient le vœu de faire le maximum pour lui donner un début de vie aussi normal que possible. Comme pour les contredire, une nouvelle explosion ébranla les murs mais Ella ne broncha pas. Elle dormait, lovée dans les bras rassurants de sa mère, couvée d'un regard protecteur par son père. Baptistine avait quitté l'appartement sans même qu'ils s'en rendent compte.

* *
*

La vaste maison cossue de Marcellin et d'Honorine Osmont fut réquisitionnée afin de loger des Allemands, de même que l'appartement de Martial et d'Ursula. Certes, l'occupant se montrait pour le moment correct mais il n'en prenait pas moins des libertés jugées inacceptables par les Rouennais. Il s'octroyait ce qu'il y avait de meilleur, aussi bien dans le secteur du logement que des denrées, et il avait institué une série d'interdits qui compromettaient la liberté du peuple français. Les drapeaux allemands, avec leur croix gammée, et les inscriptions germaniques fleurissaient partout, aux carrefours, sur les places, à tous les coins de rue. Ce maudit drapeau ornait même la façade de la maison qui penche, au grand dam de la famille Osmont qui ne la considérait plus comme sienne. Des mesures, certaines sensées, d'autres absurdes, mais toutes critiquées quoique silencieusement, virent le jour comme l'obligation de marcher dans le même sens sur les trottoirs. Gare aux contrevenants qui devaient payer la somme de 10 à 20 francs sur-le-champ ! Une autre loi avait prohibé les rideaux sur les vitres des cafés, et celle-ci frappait le salon de thé *Osmont* où les employées avaient dû retirer les jolis tissus qui participaient au charme du lieu. Des affiches de propagande étaient collées sur les murs, proclamant la souveraineté des Allemands mais aussi visant à rassurer le peuple vaincu : *Populations abandonnées, faites confiance au soldat allemand !* disait l'une d'entre elles, montrant un militaire souriant qui portait des enfants visiblement ravis de cette compagnie.

La routine s'installa à nouveau avec le travail mais plus rien n'était comme avant. Léonce reprit son emploi aux cuisines alors que Camille, affaiblie, bénéficiait de quelques semaines de repos. Un médecin avait fini par venir la voir à domicile après quelques jours. Il avait salué la compétence de Baptistine à laquelle Léonce rapportait parfois des gâteaux, encore que les ingrédients pour leur préparation commençaient à manquer. La jeune femme écrivit la nouvelle de la naissance à ses parents et elle reçut sans surprise la proposition insistante de revenir aux marais avec sa fille afin d'y trouver la sécurité qui faisait défaut en ville. Cette fois, Camille hésita : elle n'était plus seule en cause. Le danger était existant, elle le faisait partager à Ella en s'obstinant à rester à Rouen. Elle parla de son idée à Léonce qui l'approuva. En effet, quand elle reprendrait sa place, Camille devrait trouver une nourrice pour Ella. Dans ce cas, n'était-il pas préférable que sa grand-mère occupât cette fonction, même si Camille était désemparée de devoir se séparer si vite de son bébé qu'il faudrait, de plus, sevrer très vite ? La petite serait protégée au Marais-Vernier, sa mère pourrait se consacrer à son travail.

Beaucoup d'enfants de tout âge avaient déserté Rouen pour la campagne, envoyés dans la famille ou chez les amis. Camille regrettait surtout de perdre les premiers mois de vie de sa fille. Elle ne pourrait pas aller la voir souvent. La jeune femme ne savait quelle décision prendre, elle avait l'impression d'être aussi lente d'esprit que faible de corps. Léonce finit par trancher en déclarant qu'il fallait avant tout penser à Ella et à ce qui convenait le mieux pour elle. À n'en pas douter, c'était les parents de Camille et les marais. La jeune femme se rangea à son avis, non sans désespoir. Un sort injuste la privait de son nouveau-né et le temps avec lui ne se rattraperait jamais. Mais s'il arrivait quelque chose à Ella, sa mère ne se le pardonnerait pas. Toutefois, rien ne se passa comme prévu. La circulation des Français étant très surveillée et réglementée, Camille n'obtint pas l'autorisation de quitter Rouen pour le moment. Inès, qui ne travaillait pas, accepta avec joie de garder Ella, ce qui lui procura un petit revenu non négligeable. Puis le salon de thé fut aussi réquisitionné par les Allemands : seul l'occupant eut le droit de s'y sustenter.

— Nous allons donc travailler pour nos ennemis ! s'exclama Olivia.

Gildas et Jules étaient revenus sains et saufs de la guerre. Depuis leur retour, ils étaient moroses et complotaient quelque chose, en laissant une Olivia très inquiète dans l'ignorance.

— Qui ne travaille pas pour eux ? souligna Camille avec un haussement d'épaules fataliste.

— Je ne peux pas m'habituer à voir tous ces uniformes, à entendre cette langue si laide et si vulgaire !

— Moi non plus, tu sais…

Martial avait rassemblé tout le personnel. Un gradé allemand parlait pour lui, quelqu'un traduisait. Tout semblait aller au mieux selon les Allemands qui auraient l'exclusivité des lieux. Les salaires seraient versés, rien ne changerait. Martial dut acquiescer d'une voix qui contenait mal sa colère. Camille lui lança un regard l'avertissant du danger. Il se calma. Elle le trouvait toujours aussi beau, aussi brillant, mais elle avait appris à dissimuler l'admiration et l'affection qu'elle lui vouait par égard pour Léonce et par peur d'une remarque sarcastique d'Olivia, bien que toutes les deux soient dans la même situation délicate, mariées et amourachées d'un autre homme que leur époux. Camille considérait ce sentiment comme un béguin qui se diluerait avec les années et ne prêtait pas à conséquence dès l'instant que ni Martial ni Léonce n'étaient au courant. D'ailleurs, durant cette réunion, Martial éclipsait si manifestement l'officier allemand que celui-ci ne s'attarda pas à ses côtés, préférant rallier une compagnie qui le mettait plus en valeur.

Et c'est ainsi que les employées du salon de thé *Osmont* durent s'habituer à répondre aux souhaits de la clientèle allemande masculine qu'elles fréquentaient tous les jours, tandis que Martial et sa famille préféraient déserter les lieux, ayant déjà à supporter la présence ennemie chez eux, le matin, le soir et durant la nuit.

Les restrictions commencèrent mais Camille et ses collègues avaient la chance d'œuvrer au sein d'un endroit où la nourriture ne manquait pas, puisqu'elle était destinée aux Allemands. Ces derniers fermaient les yeux sur le discret trafic qui s'instaura afin que chacun pût manger à sa faim, alors que la majorité des Rouennais patientaient de longues heures pour un maigre butin.

Tandis qu'elle travaillait dans une ambiance pesante, Camille assistait parfois à des parades musicales, les Allemands vouant une admiration sans borne à la musique, que les badauds ignoraient avec rancune. Quant à la première fois qu'elle s'offrit à nouveau une sortie avec Léonce, lorsque le Sélect Cinéma, rue du Gros-Horloge, rouvrit ses portes, ce fut pour y voir un film français, mais précédé par des actualités allemandes : elle se jura de ne plus y retourner, choquée par les images de propagande.

Gildas aussi obéissait aux Allemands, comme le lui avoua Olivia avec laquelle, vu les circonstances, les rapports s'étaient radoucis. La première réalisation des conquérants fut de reconstruire les ponts. À cet effet, les péniches avaient été réquisitionnées et Gildas avait été l'un de ceux qui avaient aidé à rétablir la communication entre les deux rives. Il n'en démordait pas. Il se refusait à baisser la tête face aux Boches.

— Qu'est-ce que tu mijotes encore ? s'écria Olivia, dépassée. N'oublie pas que tu as une femme et un enfant !

— Justement ! C'est pour toi et Oscar que je veux me battre.

— Te battre tout seul contre l'armée allemande ? Tu te crois invincible ou doté de pouvoirs surhumains ?

— Il y a d'autres moyens… bougonna le jeune homme en coupant court à la conversation.

Olivia ne comprenait pas. Face au mutisme de son mari, elle entreprit d'interroger son frère qui montra la même réticence à se confier. Un sentiment d'angoisse s'empara de la jeune femme. Camille nota qu'elle commettait des erreurs de service, alors qu'Olivia, malgré toutes les tares dont sa collègue pouvait la taxer, n'avait presque jamais été prise en faute au sein de son emploi. Évidemment, la présence continuelle des Allemands, même s'ils n'abusaient pas trop de leur pouvoir, était un facteur d'anxiété qui les influençait toutes. Alice et Camille se virent même en butte à des compliments appuyés de leur part, auxquels elles ne surent comment réagir jusqu'à ce qu'un gradé intervînt, sommant ses hommes de se reprendre. Il existait la rue chaude des Cordeliers, à Rouen, pour calmer leurs pulsions !

Sévèrement tancés, les militaires redevinrent civilisés. Une rue avait en effet été réservée à leurs ébats, sous le contrôle de médecins bien entendu germaniques. Pas de doute, tout le monde était contraint de se plier au travail sous la férule allemande…

Le 11 novembre 1940, Gildas amputa sa journée d'une heure. Non pas qu'il fût malade : il avait à faire quelque chose de très important, de symbolique, de dangereux peut-être, mais jamais il n'y renoncerait. Il n'en parla pas à Olivia, ni même à Jules qu'il avait peur d'entraîner dans la clandestinité. Ce fut ce jour-là, en effet, qu'une cinquantaine d'élèves de Join-Lambert se réunirent devant le monument de la Victoire afin d'y déposer des fleurs, alors que les Allemands interdisaient manifestations ou commémorations, tout ce qui ressemblait de près ou de loin à un rassemblement, même peu suivi. S'il n'était pas étudiant, Gildas avait été prévenu de l'acte de résistance par un contact et il n'hésita pas à se glisser parmi la foule qui honorait ses morts et la débandade des vainqueurs d'aujourd'hui. Tout se déroula dans le calme, il n'y eut pas de représailles, le sang ne fut pas versé. Mais cette réunion, qui passa inaperçue de bien des Rouennais, marqua suffisamment Gildas pour qu'il n'eût plus qu'une idée, une obsession même : faire en sorte d'agir dans l'ombre contre l'occupant. C'était possible, il suffisait d'être assez nombreux et motivés. Il ne savait pas encore de quelle manière mais il se donnerait les moyens de parvenir à ses fins.

Olivia ignora toujours cet acte de rébellion de son mari. En revanche, elle apprit avec stupeur les mesures antijuives instituées par les Allemands : tous les israélites devaient se faire connaître et se dénoncer via le papillon « Entreprise juive » qui les excluait du reste de la population.

— Mais pourquoi les Allemands s'attaquent aux juifs en particulier ? demanda-t-elle à Gildas.

Il avoua son ignorance. Personne n'imaginait alors ce qui se passait dans les camps, de l'autre côté du Rhin. Camille et Léonce étaient aussi surpris de cet acharnement visant une religion.

— Crois-tu qu'ensuite ils s'en prendront aux catholiques ? Même si les Allemands sont chrétiens, une partie d'entre eux n'est-elle pas protestante ?

— Je ne sais pas, avoua Léonce qui se sentait las. Ils ont perdu l'esprit peut-être et rien n'est plus redoutable pour l'humanité que des fous qui la dirigent…

Camille frissonna. Elle eut si froid qu'elle se réfugia près du poêle qui diffusait sa chaleur reconstituante en ce début d'hiver très rigoureux. Elle jeta un œil par la fenêtre. On déblayait la ville. Des pièces d'or et des ossements avaient même été mis au jour durant les travaux.

Camille était ébranlée dans ses convictions. Comme tout le monde, elle avait d'abord soutenu Pétain qui mettait fin à la guerre. Son esprit n'était pas assez aiguisé pour saisir l'ambiguïté de la situation. Au fil des mois et comme les Allemands dévoilaient leur vrai visage, elle commença à douter. Le culte du Maréchal n'était-il pas au contraire un leurre, pire une trahison ? Des voix s'élevaient pour le dénoncer mais elles étaient encore de faible puissance. Camille avait surpris Gildas critiquant Pétain avec une telle haine qu'elle l'avait crue inspirée par la boisson. Mais l'époux d'Olivia, s'il buvait toujours trop, était intelligent et surtout avisé. Il semblait savoir des choses que d'autres méconnaissaient. Il avait l'air de discerner, au-delà des apparences, des possibilités qui échappaient à l'attention de ses voisins. Olivia détestait quand il se comportait ainsi. Camille comprenait son sentiment mais elle ne pouvait s'empêcher de saluer le courage et la perspicacité de Gildas, ce courage et cette perspicacité qui semblaient cruellement leur faire défaut à tous.

Sa collègue ne lui cacha pas combien elle était soulagée que les Allemands poursuivent les travaux de canalisation du Robec, d'où Gildas refusait toujours de partir, entrepris en 38 et qui devaient s'achever en 41. Indifférente aux problèmes d'insalubrité du quartier d'Olivia, Camille laissa percer un léger agacement :

— Je croyais que tu ne pouvais pas les supporter ?

— Mes sentiments n'ont pas changé, riposta-t-elle.

— As-tu remarqué ces V sur les murs de Rouen ? chuchota Camille en surveillant les abords.

Olivia sursauta. Elle hésita à répondre, attira la jeune femme dans un coin et lui murmura :

— Oui... Tu as entendu parler de la radio de Londres ?

— Non, dit Camille, perplexe. De quoi s'agit-il ?

— Écoute, je ne peux pas parler ici et maintenant. Il faudrait qu'on se voie chez toi ou chez moi.

— D'accord. Cela dit, les Allemands ont rétorqué par leurs propres V.

— Je les ai vus. Preuve qu'ils craignent les nôtres, non ?

Si Camille fut surprise par l'emploi du pronom possessif, elle n'en laissa rien paraître et se tut. Le printemps 41 approchait. L'hiver avait été si rude que la glace avait emprisonné la Seine, provoquant la rupture des deux ponts de bateaux nouvellement édifiés. Rouen était occupée depuis presque un an. Si les Français circulaient à présent plus librement, Camille avait renoncé à emmener sa fille au Marais-Vernier. Ella s'épanouissait avec Inès et sa mère ne voyait plus de raison de s'inquiéter pour sa survie dès l'instant où elle avait chaud, où elle était nourrie, et où elle bénéficiait de l'amour de deux femmes tombées sous son charme car c'était une enfant ravissante qui savait déjà circonvenir les adultes avec des mimiques attendrissantes et une malice bien au-dessus de son âge.

XI

Quelqu'un disparaît (1941-1942)

— MARTIAL FAIT PARTIE du réseau.

Camille sursauta. Le visage de Léonce exprimait la stupéfaction.

— Tu ne dois absolument pas donner de noms ! intervint Gildas, furieux.

— Excuse-moi, murmura Olivia en baissant la tête d'un air contrit.

Ils étaient réunis dans l'appartement du couple. Ils parlaient bas, se méfiant de l'adage qui prétendait que « les murs ont des oreilles », même s'il leur paraissait absurde en cette occasion : qui irait espionner des amis qui dînaient ensemble, alors qu'un enfant d'un an sommeillait dans son berceau ? Il était tard cependant. Camille et Léonce devraient dormir ici. Oscar avait trouvé refuge chez ses grands-parents maternels, à La Bouille, sa sécurité n'étant pas assurée à cause des activités de ses parents, même si ces derniers avaient donné d'autres raisons pour justifier cette séparation.

La lumière s'était modifiée au sein de la salle à manger, faisant naître des ombres sur les murs, autant de nouvelles sources d'angoisses pour Camille. Son assiette était à moitié pleine, les mets avaient refroidi depuis longtemps. Il était hors de question qu'elle et Léonce se laissent entraîner dans un quelconque acte de résistance contre l'occupant les mettant en danger. Camille se félicitait que la collaboration fût rare à Rouen. Elle était fière de sa ville. Pour rien au monde, elle ne se serait rendue coupable d'un tel forfait – « quoique, si la vie de mon enfant était en jeu, comment réagirais-je ? », se demanda-t-elle soudain, préférant ne pas explorer la question. De là à entrer en résistance... Elle n'était pas assez téméraire. Sous la torture, elle ne résisterait pas, elle parlerait aussitôt. C'était trop dangereux : si elle était arrêtée et tuée, Ella serait orpheline de mère. Nerveusement, elle fouilla son sac à la recherche d'une cigarette qu'elle alluma d'une main tremblante et dont elle exhala plusieurs bouffées rapides comme si c'était de l'oxygène. Elle darda sur Léonce un regard noir, l'exhortant à surenchérir. Était-il possible qu'il ne fût pas de son avis ? Il avait l'air d'hésiter. Les hommes étaient fous décidément, de vrais gamins inconscients !

— Ella peut aussi être orpheline de père, dit-elle d'une voix acide.

Léonce parut s'éveiller d'un long sommeil.

— Je suis d'accord avec toi, c'est trop aléatoire. J'ai l'impression d'être un lâche mais…

— Pas du tout, le contredit Gildas. J'ai peur tout le temps, tu sais… Nous sommes peu nombreux pour le moment, même si nos effectifs grossissent de mois en mois. Mais je ne peux pas rester sans agir : les Allemands chez nous et ce régime de Vichy qui leur obéit corps et âme…

— Je t'admire, avoua spontanément Léonce avec l'accent du regret.

Camille croisa le regard ironique d'Olivia. Elle manqua s'étrangler de rage. Le voici le moment de triomphe de sa rivale ! Pour rien au monde, elle ne lui déclarerait qu'elle l'admirait comme l'avait proclamé Léonce à Gildas d'une façon grotesque. Si Olivia était prise et emmenée en prison pour y être torturée et violée, elle ferait moins la fière… À cette pensée, Camille sentit la honte l'envahir. Ce fut si violent qu'elle en rougit. Les larmes affleurèrent. Elle était bouleversée. Cette guerre perdue avait tout chamboulé. Olivia se révélait une héroïne alors que Camille se rangeait du côté de ceux qui n'osaient rien pour défendre leur patrie. Pourtant, son choix était toujours le même par peur de perdre la vie et de priver Ella de sa mère. Et elle espérait de tout cœur que Léonce suivrait la même voie.

Même s'il avait honte, ce dernier ne se sentait pas de taille à entrer dans la Résistance dont il ignorait à peu près tout. Gildas avait mentionné le nom de de Gaulle sans qu'il réagît. Après avoir écouté les explications succinctes du mari d'Olivia, Gildas précisant que moins il en disait, moins il prenait le risque de mettre ses camarades en danger, le cuisinier déclina l'offre en arguant qu'il plaçait sa famille au premier plan. Il sous-entendait ainsi que, sans Camille et Ella, il aurait peut-être accepté : l'honneur était sauf. Si Gildas opina de la tête et changea de sujet sans tenter de rallier son ami à sa cause, Olivia commenta la décision de Léonce d'un ton pincé qui reflétait le mépris qu'il lui inspirait désormais. Sa voix et son expression ramenaient encore une fois Camille à la pensée que Léonce semblait pleutre. Elle ne pouvait le supporter, sans pourtant oser intervenir car, au fond d'elle-même, une pointe de culpabilité ne se laissait pas chasser si facilement par le bon sens. Aussi refusa-t-elle de rester plus longtemps auprès de ce noble couple auprès duquel elle et Léonce faisaient piètres figures. Ella était le prétexte idéal pour rentrer avant que le couvre-feu commençât. Ce n'était pas prévu au départ, mais sans doute Olivia et Gildas avaient-ils cru tout d'abord que leurs compagnons les rejoindraient dans leur rébellion souterraine. Leur nouvelle amitié, née d'un faux espoir, dégonflait comme un ballon crevé.

Quand ils furent dans la rue, pressant le pas pour ne pas être arrêtés, un lourd silence s'installa, chacun d'entre eux souhaitant le briser car il devenait embarrassant, mais ne sachant quel thème aborder : fallait-il revenir sur leur désertion, ou ce qui devait avoir été vu comme tel par Olivia et Gildas, ou au contraire parler de tout autre chose en oubliant cet épisode peu glorieux ?

Camille se décida la première, chuchotant par prudence :

— Je trouve Gildas irresponsable. Et Olivia se leurre. Elle a toujours jugé son existence de femme mariée terne et elle croit avoir trouvé un dérivatif à cette monotonie en ayant une double vie.

— Peut-être... Il n'empêche que c'est courageux, répondit Léonce dans un murmure.

Camille se renfrogna.

— Je pense qu'elle ne se rend même pas compte des dangers encourus, déclara-t-elle, butée, le souffle saccadé car l'heure du black-out approchait et ils couraient presque à présent, tout en veillant à ne pas réveiller Ella qui dormait dans les bras de son père.

Ils arrivaient face à leur immeuble.

— Martial aussi a une famille, fit remarquer Léonce.

— Une erreur de la part d'Olivia de nous avoir livré son nom, observa Camille dont le cœur se serra.

Martial avait une femme et des enfants. Il était riche et, quand les Allemands regagneraient leur pays, car cela arriverait forcément un jour, il pourrait reprendre sa vie aisée et passionnante d'avant : pourquoi, dans ces conditions, se lancer dans une aventure aussi périlleuse ? Camille lui en voulait. Il venait moins souvent au salon et sa présence lui manquait. Si elle devait ne plus le voir du tout, elle serait très triste. Prenant conscience de la profondeur de ses sentiments, la jeune femme poussa un petit cri comme si elle s'était fait mal. Elle souffrait en effet mais pas physiquement.

— Ça va ? demanda Léonce, inquiet.

Ils montaient l'escalier dans le noir.

— Oui, j'ai manqué tomber, mentit Camille, bouleversée par ce qu'elle venait de découvrir sur elle-même : son béguin, comme elle l'appelait, était-il un autre nom pour l'amour ?

Dès lors, les choses se compliquèrent encore plus. Bien qu'hostile à la Résistance pour Léonce chez lequel elle voyait avant tout un père et un mari, Camille ne put se retenir d'écouter Radio

Londres. Elle n'y comprenait rien, c'était le but, mais ces phrases codées la laissaient rêveuse et faisaient naître en elle un nouvel espoir : était-il possible que la défaite des Allemands ne fût plus une vaine espérance ? À mi-chemin entre la confiance et la désillusion, car les temps étaient de plus en plus durs, la jeune femme s'efforçait de tenir, comme tous les Rouennais dont une minorité seulement s'était engagée dans la Résistance, même si dès 41 quelques actes de sabotage avaient eu lieu tels des déraillements de train et l'explosion d'une bombe dans la vitrine d'une librairie nazie, rue Jeanne-d'Arc. Des appels à la délation avaient suivi, lancés par les Allemands et le gouvernement français, créant un climat lourd de suspicion.

Au quotidien, les denrées commençaient à manquer, même au salon de thé, du moins concernant la consommation des employées car l'ennemi ne subissait aucune privation, alimentaire ou autre. La ville avait été déblayée mais, durant l'année 42, elle devait être le théâtre de bombardements encore plus dévastateurs. 42... Jamais Camille n'y penserait à l'avenir sans avoir envie de pleurer. 42 et les années suivantes jusqu'à la Libération... Un pan entier de sa vie s'écroula tandis qu'un autre s'érigeait, pierre après pierre, sans pour autant faire oublier le premier...

Le 17 août 42, un bombardement de la RAF atteignit les quartiers de Boulingrin, du Champ de Mars, d'Eauplet et de Sotteville. Camille travaillait au salon de thé quand les bombes furent lâchées sur des innocents. Olivia était là aussi, ainsi que Martial qui se faisait plus rare : les deux collègues en connaissaient la raison mais ne l'évoquaient évidemment jamais. Depuis l'entrée des Allemands dans Rouen, Camille avait renoncé à se perfectionner en cuisine : Martial ne l'aurait pas permis. Il fallait feindre de se fondre dans la masse des Français forcés de servir l'occupant, sans prendre la moindre initiative personnelle, sans se démarquer. Elle était en train de débarrasser une table où des militaires avaient ripaillé, prise de nausée dans les effluves de leurs cigarettes de luxe, agacée par leur accent guttural et même cette blondeur dont elle était pourtant aussi pourvue. Dans un mauvais français, ils lui avaient manifesté leur contentement d'être servis par une belle Normande aux cheveux et aux yeux clairs, comme les *fräuleins* de leur patrie. N'ayant jamais entendu le terme « aryenne », la jeune femme n'avait pas relevé l'allusion qu'elle avait prise au premier degré, non sans en être outragée car un compliment de l'occupant avait valeur d'insulte à ses yeux. Même si elle avait compris le message implicite, elle n'aurait de toute façon pas répliqué : quelle marge de manœuvre lui laissaient-ils pour les rabrouer ? Baissant les yeux, sans répondre, elle était vite partie avant de faire l'objet de nouvelles flatteries qui lui donnaient envie de vomir.

Les mains et les bras encombrés par des assiettes sur lesquelles surnageaient les miettes des desserts auxquels les Rouennais n'avaient plus droit, elle opérait un retour vers la cuisine quand la silhouette de Gildas se profila derrière la vitre du salon de thé. « Stupéfiant qu'il soit là… », songea Camille, troublée. Gildas, membre actif de la Résistance, ne venait plus jamais en ce lieu fréquenté par ceux qu'il combattait. Ce fut aussi la pensée d'Olivia qui, sans précipitation, sortit sur le trottoir pour discuter avec lui comme n'importe quelle femme avec son mari qui viendrait la chercher à son travail. Camille renonça à les surveiller et regagna son antre où elle vaqua à ses occupations habituelles en attendant le retour de sa collègue.

Quand Olivia revint, elle semblait bouleversée. Elle s'avança vers Camille qui était inquiète, sans plus, ne s'attendant pas du tout à ce que quelque chose de grave la concernât. Olivia lui prit les mains, geste si inattendu de sa part que Camille comprit qu'elle se trompait, que la nouvelle, mauvaise sans aucun doute, la touchait de près. Elle pensa aussitôt à son bébé et vacilla d'angoisse.

— Ella ?… demanda-t-elle d'une voix étranglée.

— Non, non ! répondit vite Olivia.

Puis comme si elle aussi était soulagée que ce ne fût pas Ella, elle lâcha d'un coup :

— C'est Léonce. Il était dans l'un des quartiers de Rouen qui a été bombardé. Je suis désolée, Camille. Léonce a été retrouvé mort.

Le cœur battant à tout rompre, Camille contemplait sa collègue sans réagir. Elle avait du mal à faire le lien entre le discours d'Olivia et le décès de son mari. On aurait dit qu'elle n'avait pas encore compris, qu'elle attendait une traduction.

— Je suis si désolée… répéta Olivia, indécise.

Elle se secoua et entreprit de faire asseoir Camille, toujours pétrifiée. Puis elle lui versa une bonne rasade de whisky, boisson réservée aux Allemands, mais elle s'en moquait bien sur le moment. Camille commença à la boire, s'étrangla, se mit à tousser. Et tout à coup, cela devint clair dans son esprit : Léonce était mort. Olivia était là pour lui annoncer la disparition de son mari sous les bombes. Léonce n'était plus. Camille n'avait plus d'époux et Ella plus de père : ce qu'elle avait tant redouté quand Gildas avait voulu entraîner Léonce dans la Résistance. Et le drame avait quand même eu lieu comme une ironie du destin.

Olivia se hâta de verser un verre d'eau à la jeune femme qui ne parvenait pas à reprendre son souffle. Sur ces entrefaites, Alice pénétra dans la cuisine. Avisant la bouteille remplie d'alcool, elle s'exclama :

— Vous êtes folles !

— Camille vient d'apprendre la mort de Léonce, déclara Olivia d'une voix sévère.

Alice la regarda, bouche bée, puis courut réconforter son amie, après avoir déposé son fardeau de plats sales dans l'évier.

— Mon Dieu, quelle horreur ! Ma pauvre Camille…

— Léonce… murmura la jeune femme qui avait couché son visage entre ses mains, sur la table.

Elle sentit les bras d'Alice l'envelopper en un geste fraternel. Des pas se firent entendre, une autre personne entrait alors que Camille souhaitait être seule avec sa douleur. Soudain, une pensée s'imposa à elle et elle releva la tête : les larmes avaient tracé des sillons noirs de maquillage sur ses joues.

— En es-tu sûre, Olivia ? Il y a peut-être confusion…

— Certaine, répondit sa collègue d'un air contrit, comme si elle s'excusait de devoir confirmer la mort de Léonce. Gildas a vu le… le… Léonce.

Camille comprit qu'elle avait failli appeler son mari « le corps » et qu'elle s'était ravisée, songeant que le terme risquait de choquer sa veuve. Veuve, elle était veuve de guerre, désormais, veuve de guerre en temps de paix.

— Où est Gildas ?

— Il ne pouvait pas rester.

La jeune femme démêlait mal les raisons de ce départ prématuré : tout à son chagrin, elle avait oublié ses activités illégales.

Leur absence avait dû se ressentir en salle car Bernadette Donadieu, qui ne pénétrait presque jamais ici, fit son apparition.

— Que diable…

Voyant les traits décomposés des trois employées, elle s'interrompit.

— Léonce est mort, répéta Olivia telle une litanie.

Bernadette Donadieu s'assit comme si le poids de la nouvelle était trop lourd à supporter debout. Elle s'affaissa littéralement, les épaules ployées, tremblantes, le visage courbé et déformé par une grimace que nul ne sut comment interpréter jusqu'à ce que les gémissements se fassent entendre. Malgré sa propre peine, Olivia était très surprise : jamais elle n'avait pris sa patronne en flagrant délit de faiblesse. La jeune femme calcula alors que Léonce travaillait au salon de thé depuis plusieurs décennies et, vu l'âge de Bernadette, elle devait l'avoir connu à ses débuts. Cette femme ne s'était jamais mariée, n'avait pas enfanté, on ignorait tout de sa vie. Personne n'avait un soir attendu Bernadette à la fin de sa journée de travail pour la raccompagner chez elle. Olivia réalisa soudain qu'elle ne se souvenait même plus où elle habitait : elle avait établi une distance que ses employées respectaient parce qu'elle reflétait leur différence de statut. Mais peut-être existait-il une raison plus triste à cette solitude qui semblait être la compagne de son existence ? Peut-être Léonce avait-il représenté bien davantage qu'un collègue ? Un ami ? Un substitut de frère ? Camille avait-elle la réponse ? Elle était loin de ces considérations à présent. Toujours prostrée, elle ne pensait même pas à demander des précisions sur l'accident qui avait coûté la vie à son mari ou à s'enquérir de l'endroit où ce dernier avait été transporté. Olivia décida donc de prendre les choses en main.

— Camille, je vais t'accompagner à la morgue, si tu veux...

De la salle provenaient des rires d'hommes et des paroles dans cette langue étrangère détestable qui les firent toutes sursauter.

— Oui, répondit la jeune femme avec un peu d'hésitation. Ella... Il me faut prévenir Inès que je vais rentrer plus tard que d'habitude...

Bernadette Donadieu se ressaisit vite. Elle avait trop l'habitude de la maîtrise d'elle-même pour ne pas se rendre compte qu'elle venait de se donner en spectacle mais, au regard des circonstances dramatiques, sa perte de contrôle avait dû passer inaperçue. D'une voix dépourvue d'émotion, l'expression à nouveau neutre, elle suggéra qu'Alice se rendît chez la voisine de Camille afin de lui faire part de la tragédie et de la prier de garder Ella jusqu'au lendemain matin. Puis elle émit l'idée de mettre au courant les Allemands qui se vautraient dans la salle. De toute façon, il faudrait bien avoir affaire à eux pour approcher Léonce : s'adresser à ceux qui fréquentaient les lieux tous les jours permettrait de gagner du temps. Camille se révélant incapable de la moindre initiative, ce fut sa patronne qui avertit la tablée. Elle poussa un soupir de soulagement en remarquant que ses occupants n'étaient pas trop alcoolisés. D'ailleurs, les rires s'éteignirent, les mines se firent graves, les ordres fusèrent : Bernadette songea que la discipline avait parfois du bon, même si avec les *Boches* elle s'opérait presque toujours à mauvais escient.

Le capitaine Dieter Rach s'informa du lieu où le corps de Léonce avait été déposé. Il proposa ensuite d'y conduire Camille dans un véhicule blindé de l'armée. Voyant cela, Olivia renonça par prudence à l'escorter. Devant sa mine apeurée, Bernadette Donadieu n'insista pas, monter dans cette voiture semblant peut-être à Olivia le premier pas vers le centre d'accueil de la rue Poisson, avant le STO. Elle n'imagina pas une seconde qu'Olivia pût appartenir à la Résistance.

Par chance, le côté frivole et parfois écervelé de la jeune serveuse la rendait insoupçonnable.

Tandis qu'un bras se tendait pour aider Camille à se hisser dans l'habitacle, cette dernière apprit que Léonce n'avait pas été enseveli sous les décombres et que son corps, intact, avait pu être rapidement conduit à la morgue. Elle en fut un peu soulagée. Le véhicule se mit en marche et partit en pétaradant dans les rues de Rouen. Si sa douleur n'avait pas tout surpassé, Camille aurait eu honte d'être vue en compagnie des Allemands, l'arrière ne comportant qu'une bâche qui était demeurée ouverte, dévoilant sa présence aux passants. Beaucoup d'entre eux détournaient les yeux. Peur ou colère ? La prenait-il pour une collabo, une prostituée pourquoi pas, acquise à l'ennemie, ou bien au contraire la plaignait-il en la croyant victime d'une rafle ? Camille se désintéressait de ce qu'ils pensaient d'elle. Elle songeait à Léonce. Ils étaient mariés depuis à peine trois ans… Elle avait l'impression de ne pas l'avoir véritablement connu, de n'avoir pas eu assez de temps pour cela… Les Allemands respectaient son silence.

À leur arrivée à la morgue, tout se passa très vite : Camille identifia Léonce puis elle demeura quelque temps près de lui afin de se recueillir. Il avait l'air de dormir. La jeune femme ne souleva pas le drap qui recouvrait son corps de peur d'y trouver des blessures.

On lui fit signer des papiers administratifs qu'elle ne prit pas la peine de lire et elle apprit qu'une cérémonie aurait lieu à la cathédrale à la mémoire des victimes des derniers bombardements. Elle allait être raccompagnée chez elle dans le même véhicule de l'armée quand Martial, le visage décomposé, se présenta sur le trottoir.

— Je viens d'apprendre pour Léonce… J'ai souhaité le voir une dernière fois, si vous le permettez. Vous rentrez avec les Allemands ?

— Je n'ai pas le choix.

— Ma voiture est garée tout près. Venez avec moi.

— D'accord.

Le capitaine ne fit aucune difficulté. Camille attendit Martial. Il reparut assez vite et se garda de tout commentaire, ce dont elle lui sut gré. Ils marchèrent en silence jusqu'à son automobile qui fonctionnait au gazogène en raison de la rareté de l'essence. Elle était soulagée de rentrer avec Martial et non pas avec les Allemands.

Quand ils furent hors de portée d'oreilles, il lui proposa de dormir chez lui, une fois qu'elle lui eut expliqué que sa voisine allait garder Inès jusqu'au lendemain. La jeune femme hésita : n'avait-elle pas plutôt envie de laisser libre court à sa douleur dans la solitude de l'appartement ?

Mais il s'agissait du lieu qu'elle avait partagé avec Léonce et dans lequel elle retrouverait toutes ses affaires…

— Et votre épouse, ne va-t-elle pas juger ma venue…

— Nous sommes séparés, la coupa Martial d'une voix plus sèche qu'il ne l'aurait désiré.

— Je suis désolée, répondit Camille machinalement.

Elle avait du mal à compatir au malheur des autres en cet instant, pourtant l'idée d'être seule avec Martial durant la nuit lui déplaisait. Comme s'il lisait dans ses pensées, il s'empressa d'ajouter :

— Iris est en revanche à la maison.

— Je veux rentrer dans la Résistance, déclara soudain Camille d'une voix ferme.

Martial se tourna vers elle, plein de compassion.

— C'est une grave décision. Vous êtes sous le choc de la mort de votre mari. Laissez passer plusieurs mois, reconsidérez les choses et nous aviserons. Je ne peux pas vous recommander au réseau dans l'état où vous êtes. Ce serait dangereux pour vous, pour moi, pour tous ceux qui œuvrent dans l'ombre…

La jeune femme soupira. Elle se sentait très lasse. Il avait raison, bien entendu. Elle ne devait pas s'engager sous l'emprise du chagrin et par volonté de venger le décès de Léonce. Sans compter qu'elle avait oublié, l'espace d'une seconde, combien sa fille aurait besoin d'elle. Pourtant, l'idée germait. Redoutant de nouveaux bombardements, elle était à présent résolue à mettre Ella en sécurité au Marais-Vernier. Elle serait ainsi plus libre pour servir une cause juste. Mais elle écouterait les conseils de Martial.

Dans un état second, Camille pénétra dans le hall de l'immeuble. Brisée par le drame qui venait de la frapper, épuisée par cette tragique journée, elle ignora le décor majestueux, tout en marbre, et l'ascenseur doté de boiseries qui les conduisit à l'appartement de Martial. La porte s'ouvrit sur un majordome auquel il dit quelques mots. Aussitôt, la jeune femme fut introduite dans une vaste et confortable chambre. Le lit était un appel à l'oubli. Dormir semblait la meilleure façon d'effacer temporairement la réalité. Elle entendit Martial évoquer le dîner puis la voix trop aiguë d'Iris perça ses tympans... Enfin, elle sombra dans un sommeil que nul cauchemar ne vint troubler.

Quand Camille ouvrit les yeux, elle se demanda où elle était. Puis la pensée terrible la poignarda, l'affreux souvenir se rappela à elle : Léonce était mort. Elle eut l'impression de hurler mais seul un gémissement s'échappa de ses lèvres comme celui d'un chiot. Embrassant le décor du regard, elle vit la lumière forcer le barrage des rideaux et comprit que le matin était déjà là, ce qui signifiait qu'elle avait dormi longtemps. La douleur la submergea à nouveau, la laissant sans force, mais elle devait affronter cette journée, ne serait-ce que par politesse envers Martial et parce que le devoir lui dictait de récupérer sa fille. En dehors du salon de thé, c'était la première fois que Camille se trouvait dans un endroit aussi fastueux mais elle avait du mal à éveiller sa curiosité au décor. Quitter son lit, marcher jusqu'à la salle de bains, tous ces gestes anodins lui réclamèrent un effort. Des bas pendaient sur un fil, avachis comme des peaux de serpents. Un parfum capiteux flottait dans cette pièce qui avait vraisemblablement abrité avant Camille une invitée distraite et coquette. La jeune femme commença à sourire puis elle se rappela que c'était interdit, qu'elle ne pouvait tout simplement pas exprimer un sentiment de gaieté quelques heures après la disparition de Léonce. Sa culpabilité fut telle qu'elle en eut la nausée.

Après une toilette rapide, elle remit sa robe de la veille et sortit dans le couloir silencieux. Quelle heure pouvait-il être ? Elle avait oublié de vérifier. Un coup d'œil à l'horloge lui fit prendre conscience que la maisonnée devait encore être plongée dans les bras de Morphée : il était 6 heures. Elle s'apprêtait à regagner sa chambre quand elle perçut un léger bruit qui l'incita à continuer d'avancer. Les lieux paraissaient immenses pour une seule famille. Le parquet craqua sous ses pas.

Elle hésita face à une porte derrière laquelle elle entendait quelqu'un s'activer. Elle décida d'y frapper doucement : le bruit cessa aussitôt puis elle saisit le frottement de pas contre le sol. La porte livra passage au même majordome que la veille et Camille sentit qu'elle rougissait comme si sa conduite était inqualifiable.

— Excusez-moi... Je suis réveillée et je me demandais...

Le domestique remarqua sa gêne et il se montra compatissant, ayant été mis au courant de son deuil. Il prononça les paroles que Camille allait finir par redouter à l'avenir :

— Madame, je vous présente mes condoléances.

— Merci.

— Souhaitez-vous que je vous apporte le petit-déjeuner dans votre chambre ou dans la salle à manger ?

— Je suppose que je suis la seule levée ?

— En effet.

— Dans ma chambre, alors.

Elle n'avait pas faim mais elle se força à manger afin d'affronter les heures suivantes. Puis elle contempla le boulevard qui reprenait vie pour cette première journée sans Léonce, pour son premier matin de veuve. Un coup à sa porte la tira de sa mélancolique rêverie. Le gracieux minois d'Iris apparut, teinté de tristesse comme l'exigeaient les circonstances.

— J'ai su par Gustave que vous ne dormiez plus. Comment vous sentez-vous ?

— Ça va… Merci, mademoiselle.

— Je vous présente mes condoléances.

— Merci, soupira Camille.

— Voulez-vous venir avec moi dans la salle à manger ou préférez-vous rester seule ?

Camille se dit qu'il lui fallait reprendre les fils emmêlés de sa vie, sans quoi elle allait sombrer.

— Je vous suis, mademoiselle.

— Appelez-moi Iris.

La jeune femme fut étonnée : fallait-il qu'elle inspirât la pitié pour qu'un membre de la famille Osmont l'autorisât à utiliser son prénom ! Néanmoins, elle n'osa pas refuser.

— D'accord… Iris. Elle avait du mal à l'énoncer. Cette familiarité lui semblait si singulière.

Camille retrouva Martial à table. Elle éprouvait de la gêne comme s'il pouvait lire dans ses pensées qui suivaient un cours étrange : peu à peu, elle réalisait qu'elle n'aurait pas dû être ici. Dans l'appartement de celui dont elle était amoureuse, alors même que son mari venait de mourir. Il y avait quelque chose de choquant et de malsain dans cette situation mais elle était trop hébétée la veille pour s'en rendre compte. De plus, Martial avait agi en toute innocence puisqu'il ignorait ses sentiments. Elle allait très vite prendre congé et se réfugier chez elle, ce foyer déserté qu'elle avait eu si peur d'affronter hier.

Martial lui demanda si elle avait pu dormir. Là encore, elle eut honte : n'aurait-elle pas dû lutter contre l'insomnie au lieu de plonger dans ce sommeil de plomb qui lui avait permis d'échapper quelques heures à la réalité ? Puis elle se dit qu'elle n'avait pas à se juger si mal : elle souffrait réellement du décès de Léonce. Elle l'avait aimé à sa façon et, de là où il était, il devait bien s'en moquer de toute façon. À elle maintenant de se montrer assez forte pour élever Ella du mieux possible, en l'absence de son père. Elle s'efforça d'afficher de l'assurance.

— Merci de m'avoir hébergée.

— Vous pouvez rester le temps que vous voulez, déclara Martial.

— Oui, renchérit Iris. Nous serions ravis de vous avoir à la maison avec la petite. C'est un peu triste ici depuis le départ… enfin…

Iris rougit, consciente d'avoir parlé trop vite et de s'enliser dans sa tentative pour ne pas prononcer le prénom d'Ursula. Du coup, les joues de Camille s'embrasèrent aussi. Seul le principal intéressé paraissait à l'aise.

— Ursula est partie avec les enfants. Il est vrai que leurs cris et leurs rires nous manquent.

— Je suis désolée, dit Camille, consciente de répéter la même phrase que lorsqu'il lui avait annoncé la séparation.

Cependant, il fallait mettre les choses au point, sans vexer personne.

— Pardonnez-moi mais il est nécessaire que je retourne à la maison avec ma fille. Plus je retarderai ce moment, plus il deviendra difficile.

— Vous avez raison. C'était juste une proposition mais vous n'êtes pas obligée d'y répondre favorablement.

— En tout cas, je vous remercie tous les deux.

— D'ailleurs, nous avons une autre proposition à vous faire… commença Iris, vite interrompue par son frère :

— Crois-tu que ce soit le bon moment ?

Mais la jeune femme était d'une nature trop impatiente pour l'écouter. Elle poursuivit, sans tenir compte de la mise en garde :

— Camille, voudriez-vous reprendre la place de Léonce au salon ?

La jeune femme tressaillit. Prendre la place de Léonce ? La teneur de la phrase la bouleversait. C'était comme si Léonce mourait deux fois. Son cœur cogna dans sa poitrine et elle regretta de ne pas pouvoir se verser une bonne rasade d'alcool qui l'aiderait à reprendre contenance. Ou de fumer une cigarette afin de calmer ses nerfs et de ne pas hurler à Iris que son attitude dénotait une cruelle absence de tact. Martial comprit combien elle était choquée. Il s'empressa d'arrêter le débit de sa sœur :

— Laissons Camille réfléchir à tout cela plus tard. Je vais vous raccompagner chez vous, ajouta-t-il en se levant afin de couper court aux protestations d'Iris.

Cette dernière semblait déçue : elle avait cru bien faire en offrant à la jeune veuve ce poste qui lui assurerait des revenus non négligeables dans sa situation, et voilà que sa compassion lui valait de l'ingratitude. Elle n'offrit pas de se joindre à eux et quitta la pièce dans les senteurs de son parfum acheté au marché noir. Elle avait tout de même salué Camille au préalable.

Dès qu'ils furent seuls dans la pièce, Martial s'excusa :

— Iris n'est pas une mauvaise fille.

— Ne vous tracassez pas. Tout va bien, le rassura-t-elle.

Ils firent le trajet jusqu'à l'appartement, qu'elle avait toujours partagé avec Léonce, dans la voiture de la veille. Et comme une suite logique, la jeune femme prononça les mêmes paroles :

— Je veux rentrer dans la Résistance.

Martial se contenta de lui lancer un regard contrarié.

— Ce n'est pas une idée lancée à la légère. Je souhaite être utile. Léonce avait refusé de s'y engager de concert avec moi. Il est mort quand même. Alors, est-ce que je vais courir plus de risques que lui ?

— Bien sûr que oui. Les dangers sont énormes.

— J'emmènerai tout d'abord Ella chez mes parents, à la campagne. Elle y sera en sécurité. À mon retour, je rejoindrai votre réseau.

— D'accord. Peut-être aurez-vous changé d'avis d'ici là… Cela vous laisse quelques semaines pour méditer.

Camille opina de la tête. Sa détermination vacillait déjà à la pensée d'Ella.

XII

Les retrouvailles (1943)

DURANT LES QUELQUES JOURS qu'elle devait passer aux marais, Camille n'avait pas l'intention d'évoquer le sujet de Maryse Mercier. Elle était venue pour déposer Ella. Ses parents seraient bien assez tristes pour elle, inutile d'ajouter à leur peine en parlant de ses recherches au sujet de la sœur de son père. Elle n'avait rien reçu depuis la photo montrant Maryse enceinte. Les mots de Léonce lui revenaient en mémoire : « Maryse est peut-être dangereuse. Qui sait si elle n'a pas perdu l'esprit avec tous ces drames ? »

Le courrier étant mal distribué, elle n'avait pas prévenu de son arrivée. Cependant, elle avait dû se procurer une demande de permis de circuler en bateau, en indiquant son trajet et le motif de son déplacement, ainsi que sa durée de validité. Sa photographie avait été ajoutée au document sur lequel figuraient divers renseignements la concernant comme ses nom, prénom, date de naissance, profession, adresse, et la mention des personnes qui l'accompagnaient, s'il y en avait : tout était très réglementé.

Elle savait qu'elle trouverait Francine et Julien au village. Camille fut étonnée par l'aspect désolé de la maison dont la seule parure était les fleurs dans le jardin qui proliféraient en cette saison. Elle était vide mais ses parents seraient bientôt alertés de sa venue par les voisins qui n'avaient pas manqué de l'escorter. Camille leur ferma le portail au nez, pour ainsi dire, ne souhaitant pas, comme la dernière fois, se répandre en palabres pendant des heures. Elle leur avait caché la mort de Léonce pour échapper à leurs condoléances et afin que quelqu'un n'eût pas l'idée d'avertir ses parents avant elle. L'excitation d'annoncer une telle nouvelle était trop tentante, même si les gens compatissaient aux malheurs des autres. Portant Ella dans ses bras, Camille s'approcha du potager : il n'était pas négligé et regorgeait de légumes que les habitants de Rouen auraient enviés aux Mercier. Elle se promit d'en rapporter un peu pour les nécessiteux qu'elle connaissait en ville, même si les Allemands avaient ouvert des restaurants communautaires à menu unique afin de pallier les duretés des restrictions.

En pénétrant dans la chaumière, elle fut saisie par l'atmosphère d'abandon qu'elle dégageait.

Francine était une excellente maîtresse de maison et voilà que Camille découvrait des meubles poussiéreux, des toiles d'araignées au plafond, de la vaisselle sale dans l'évier... Elle installa Ella sur son ancien lit de jeune fille et entreprit de nettoyer ce qui pouvait l'être avant le retour de ses parents. Tant pis si ces derniers se trouvaient vexés, elle n'avait pas envie de laisser Ella dans ce décor. L'ampoule de la cuisine pendait encore tristement comme lors de sa dernière visite. L'abat-jour n'avait donc pas été remplacé : ses parents manquaient-ils d'argent ? Soudain, la jeune femme réalisa qu'elle ne leur envoyait jamais une petite partie de son salaire comme cela se pratiquait souvent. Son existence à Rouen l'avait happée dans un tourbillon d'activités, et il lui restait finalement assez peu de sous à la fin du mois. Les temps avaient changé avec son mariage mais elle n'avait pas pensé à modifier ses habitudes. À présent, sans Léonce, c'était encore une nouvelle phase de sa vie qui commençait. Toutefois, elle se promit de proposer une somme mensuelle à ses parents puisque la charge d'Ella leur occasionnerait des frais.

Elle en était là de ses pensées quand l'écho de plusieurs voix se fit entendre à l'extérieur. Cessant son ménage, elle sortit et ne put retenir un cri : sa mère était si maigre ! À ses côtés, son père conservait un air de bonne santé, marqué cependant par les soucis liés sans doute à l'état de sa femme. Camille y vit aussitôt un lien avec la tristesse qui imprégnait la maison de son enfance. Se composant une expression neutre, elle s'avança vers le couple stupéfait :

— Camille ! Rien de grave ?

Elle éprouva de la culpabilité en messagère de malheur qui allait encore frapper une femme visiblement diminuée.

— Ella va bien, elle dort. Si c'est possible, j'aimerais que vous la gardiez aux marais. Rouen est devenue une ville trop dangereuse.

— Bien sûr, approuva Julien en l'embrassant. Léonce est avec toi ?

Il fallut bien parler et épancher une nouvelle fois un chagrin qui se manifestait quand elle était seule, à l'abri des regards, ou bien au contraire lorsqu'elle évoquait le souvenir de son mari avec des proches et pouvait capituler sans honte. Camille conduisit ses parents auprès d'Ella qu'ils découvraient. La joie que communiquait la simple vue du bébé tempéra la nouvelle du drame. Le sourire qu'offrait Ella était contagieux. En dépit du cliché que cela représentait, le nourrisson symbolisait la vie qui continuait. Il se mit à piailler, ce qui signifiait dans son langage qu'il avait faim. Julien se retira tandis que Camille déboutonnait son chemisier. Elle en profita pour demander à sa mère comment elle allait en décidant de ne pas insister si elle lui faisait une réponse évasive. Mais Francine s'ouvrit à sa fille :

— Ça ne va pas trop fort, tu as dû t'en rendre compte... Le Dr Galet m'envoie faire des examens à Rouen, quelle ironie du sort ! Ne t'inquiète pas, Gisèle pourra garder Ella pendant mon absence.

— Tu logeras chez moi.

La douleur qu'elle lisait dans les yeux de sa mère reflétait trop son paysage intérieur pour que Camille eût envie d'en savoir davantage. Elle aspirait à un moment de quiétude. Francine le comprit et se tut, contemplant le bébé avec adoration. Elle ressemblait à Camille avec son toupet de cheveux blonds et ses yeux clairs dont la couleur pouvait cependant encore changer. Étrangement, elle possédait les mains de Léonce, des mains déjà robustes comme si elles étaient conçues pour pétrir une pâte à tarte. Repue, Ella émit un rot sonore qui déclencha leurs rires. Le chant du coucou des marais lui répondit. Le jeune coucou allait partir pour un continent plus clément à la fin de l'été, l'Afrique. Camille tendit Ella à Francine et s'approcha de la fenêtre où elle respira l'odeur forte de la menthe dont les hautes tiges formaient un tapis fourni dans le jardin.

— Tu pourras en prendre pour cuisiner, proposa Francine.

— C'est cela qui m'a manqué en ville : les oiseaux, les plantes, les odeurs de thym, de romarin, de menthe... L'utilises-tu toujours comme désinfectant ?

— Oui et contre les troubles digestifs aussi.

— Alors, j'en donnerai un peu à Ella. Le voyage n'a pas été de tout repos pour elle. Tiens, je vais te montrer quelque chose...

Camille sortit une photo de son sac. Francine écarquilla les yeux et la jeune femme comprit qu'elle était effrayée à l'idée de devoir regarder une nouvelle preuve de l'existence de Maryse Mercier. Aussi se hâta-t-elle de la rassurer :

— C'est une photo de moi avec les employées du salon de thé et notre patron. Il y a aussi Léonce, c'était avant-guerre... Je vous la laisserai...

Francine chaussa ses lunettes et se pencha vers le cliché. Quelque chose de bizarre se produisit alors. Elle devint toute pâle et porta une main à sa gorge comme si elle étouffait.

— Maman, tu as mal ? s'écria Camille en se précipitant vers elle.

— Cette femme... murmura Francine en désignant la photo.

— Laquelle ?

— Ici !

Le doigt de Francine était braqué sur Bernadette Donadieu. Camille fut soulagée.

— Oh, c'est la directrice du salon et ma patronne en l'absence de Martial Osmont. C'est à elle que je dois des comptes. Elle est réservée mais pas méchante. Je l'aime bien.

Francine ne paraissait pas écouter, elle était hypnotisée par le visage de Bernadette Donadieu, ou quels que fussent le prénom et le patronyme qu'elle eût choisis depuis…

— Cela paraît si extravagant et si évident en même temps…

— Que veux-tu dire ? demanda Camille, interdite.

Francine releva les yeux vers sa fille. Cette dernière y perçut un désarroi qui la rendit encore plus vulnérable.

— Camille, déclara Francine d'une voix redevenue ferme. Cette femme que tu appelles Bernadette Donadieu… Cette femme a pour véritable nom Maryse Mercier. Cette femme est ta mère, tu entends ?

Camille ne répondit pas. Elle en était incapable car son cerveau n'avait pas pris la mesure de l'information. Devant l'énormité du fait, il se refusait tout simplement à l'enregistrer.

— Tu es folle !

C'était bien la première fois qu'elle s'adressait à sa mère en ces termes mais Francine ne prit pas la peine de la réprimander.

— C'est Maryse, je te le jure. Si tu as le moindre doute, demande à ton père, il identifiera sa sœur… Elle a tant vieilli que j'aurais pu ne pas la reconnaître mais son regard est resté le même... toujours chargé d'amertume...

— Quand j'ai été engagée, elle était déjà là depuis si longtemps. Quelle coïncidence extraordinaire !

— La vie a parfois de ces hasards...

Camille la regarda droit dans les yeux.

— Elle sait qui je suis...

— Forcément.

Comme la jeune femme conservait le silence, réfléchissant, Francine lui posa une main réconfortante sur l'épaule.

— N'est-ce pas ce que tu voulais ? Retrouver ta véritable mère ?

— C'est toi ma mère, déclara Camille avec un peu de brusquerie.

Elle avait envie de se réfugier dans ses bras mais, ce geste, elle n'osait pas le faire. La dernière fois, elle devait avoir dix ans. Et puis, elle avait peur de pleurer en sentant combien Francine avait maigri. Ce court séjour ne serait décidément pas à l'image de ce qu'elle en espérait : rien d'apaisant dans ce qu'elle venait de découvrir mais de nouvelles complications qui se profilaient. Si elle s'angoissait à l'idée de devoir y faire face, était-elle apte à rentrer dans la Résistance ?

Peut-être se révélerait-elle trop fragile comme Martial l'avait sous-entendu... Plongée dans ses doutes, la voix de sa mère la fit tressaillir :

— Tu vas en parler à ton père ?

Elle ne put s'empêcher de sourire avec tendresse.

— C'est toi qui es malade et c'est à lui que tu veux épargner les soucis…

— Justement. Il doit parfois s'occuper de la maison à ma place, en plus de son travail. Ce n'est pas facile, tu sais…

Ce fut comme un signal. Camille se leva d'un bond.

— Gisèle ou Mélanie ne t'aident pas ? Tu n'as trouvé personne ?

— Bien sûr que si ! D'ailleurs, Mélanie garde Nicolas aujourd'hui. Mais tu me connais… Je déteste que l'on vienne fouiner dans mes affaires.

Camille se mit à rire, ce qui la rassura sur sa capacité à surmonter les événements.

— Dis plutôt que tu ne supportes pas qu'elles te traitent avec autorité.

Francine avoua mais avec un tel regret dans la voix que Camille décida qu'il était temps qu'elle se rendît utile.

— J'avais déjà commencé avant votre arrivée. Je vais remettre la maison en ordre et la nettoyer. Pendant ce temps, tu te reposeras dans le fauteuil et nous pourrons aussi discuter si tu en as envie. Ah ! et puis, il faut que tu saches que je vais vous aider financièrement pour l'entretien d'Ella…

— Avant que tu ne commences, dis-moi : que comptes-tu faire au sujet de Maryse ?

— J'ai quelques jours de réflexion devant moi, répondit Camille. Entre les Allemands et la présence de cette femme au salon, je suis soulagée qu'Ella reste auprès de vous…

Lorsque Camille rentra à Rouen sans Ella ni le réconfort de la présence de Léonce, sa vie prit un tour étrange. Elle savait désormais que celle qui se faisait appeler Bernadette Donadieu était en réalité Maryse Mercier, sa mère. Son émotion était à son comble quand elle la salua, le jour de sa reprise. Son intonation de voix lui sembla étrange, cependant Bernadette lui répondit comme à l'ordinaire, aimable mais réservée, drapée dans sa robe austère, le visage dénué de maquillage, incarnation du renoncement à bien des égards mais aussi reconnue comme la plus compétente à ce poste envié. Tout le paradoxe était là : cette femme semblait avoir tout donné à son travail, peut-être pour oublier l'injustice dont elle avait été victime vingt-huit ans plus tôt. De toute évidence, elle cherchait à modifier le cours de son destin en faisant parvenir à Camille ces lettres et ces photographies mais, avec le bon sens qui la caractérisait, cette dernière regrettait que les choses ne soient pas plus simples entre elles. Elle tentait de se rappeler une attitude, un regard ou une parole qui aurait pu trahir Bernadette quand elle l'avait vue pour la première fois mais rien ne se présentait à son esprit. Maintenant qu'elle savait, quelques traits familiers à son père lui semblaient révélateurs sur le visage de Bernadette Donadieu. Rien n'avait changé, tout était pourtant différent. Camille ne parvenait plus à se comporter normalement avec sa patronne. Elle avait l'impression d'être transparente, à la merci de cette femme qui ne se dévoilait pas. Comprenant qu'elle ne supporterait pas que leurs liens demeurent à jamais distendus, Camille décida qu'il lui fallait trouver un moyen de s'entretenir avec elle. Impossible au salon de thé où un tel échange ne pouvait avoir lieu sans témoin. Camille ne se voyait pas lui proposer de dîner quelque part toutes les deux. Elle voulait la surprendre en lui avouant qu'elle était au courant de la situation et de ses manigances. Si elle lançait cette invitation impromptue, la directrice concevrait des soupçons.

Dans la solitude de sa chambre, Camille laissait souvent éclater son chagrin. Cependant, elle retrouvait peu à peu une force et une énergie qu'elle pensait évanouies avec la mort de Léonce. Savoir Ella en sécurité chez ses parents était une consolation. Travailler lui permettait de ne pas ruminer sa peine. Et connaître enfin celle qui l'avait mise au monde la dédommageait un peu de la perte de son époux. Sans le réaliser vraiment, elle puisait dans cette nouvelle un regain de courage pour affronter son sort. Elle se voyait maintenue dans l'action malgré elle, ce qui était le meilleur truchement pour chasser la mélancolie.

Au salon *Osmont*, la plupart des employées ignoraient où habitait Bernadette Donadieu. Camille ne pouvait s'en enquérir auprès de Martial sans faire naître des interrogations. La chance voulut que Reine pût lui fournir la réponse car elle-même vivait à quelques pâtés de maisons de Bernadette, dans la rue de la République. Un soir, à la fin de sa journée de travail, Camille résolut de se rendre à l'adresse indiquée. Maryse Mercier se trouverait acculée, elle ne pourrait nier l'évidence. Et au moins, elles seraient seules pour s'expliquer.

Comme elle marchait, Camille croisa une longue file d'attente de personnes porteuses de cartes de ravitaillement, devant une boutique d'alimentation. Elle s'estima privilégiée de ne pas avoir à patienter pendant des heures avec ses tickets à découper, ce qui ralentissait encore les opérations. Quelques Allemands passèrent en premier sous le regard fataliste de la foule, au terme de presque trois ans d'occupation. Camille pressa le pas.

Elle remarqua le nom de Bernadette sur la boîte aux lettres de son immeuble qui indiquait le troisième étage. La concierge sortit de sa loge et lui demanda le but de sa visite.

— Je viens pour Mme Donadieu.
— Elle n'est pas encore rentrée.
— Je vais patienter sur le palier, si vous le permettez.

La concierge hocha la tête. Cette jeune femme paraissait honnête. Elle était bien française. En ces temps troublés, mieux valait faire mine de ne rien voir plutôt que d'intervenir mal à propos. Si sa locataire avait des ennuis, elle préférait ne pas le savoir.

Camille grimpa les marches en regrettant que Bernadette fût avisée de sa venue mais heureusement elle n'avait pas décliné son identité. Et puis, même si cela avait été le cas ? Elle imaginait mal la directrice du salon de thé *Osmont* prendre ses jambes à son cou à l'énoncé de son nom.

Des pas résonnèrent aux étages en dessous : quelqu'un montait l'escalier d'une démarche assez lente qui ne ressemblait pas à celle de Bernadette Donadieu. C'était pourtant bien elle : sans doute n'avait-elle pas été prévenue d'une visite par la concierge car elle avançait le visage fermé, l'expression fatiguée, ailleurs… Camille ressentit sa lassitude, plus morale que physique, comme si elle s'en était plainte. Ce n'était pas la même personne que celle qui commandait aux employées du salon de thé. Rien de plus normal : le patron doit toujours revêtir un masque d'autorité quand il est face à son personnel. Lors de sa nuit chez

Martial, Camille avait été intimidée par sa familiarité, même respectueuse, dont il était dans l'obligation de se départir dès qu'il franchissait les portes de son lieu de travail. Il en était de même pour Bernadette Donadieu.

Celle-ci releva la tête et son regard croisa celui de Camille. Elle s'arrêta, pétrifiée par la surprise, et porta une main à son cœur…

Les deux femmes étaient attablées dans la cuisine de Bernadette qui préparait du café. Elle avait tout de suite deviné ce qu'il en retournait. Si Camille avait voulu évoquer un problème professionnel, elle aurait eu le loisir de le faire au salon. Avec un soupir résigné, elle l'avait introduite dans son modeste appartement sans poser de questions. Elle n'avait rien cherché à cacher : les quelques photos encadrées sur une commode montraient la jeune femme en train de se promener dans les rues de Rouen.

— Vous m'avez suivie ?

— Oui. Comment procéder autrement ?

— En me parlant, en me disant la vérité… et je vous aurais donné toutes les photos que vous vouliez, répondit Camille en cherchant son regard qui se dérobait.

Elle aurait bien aimé voir la réaction de sa mère mais cette dernière se détourna afin de prendre deux tasses dans un placard. Quelques secondes passèrent en silence pendant que Bernadette s'acquittait de ses devoirs d'hôtesse. Camille vit ses mains trembler quand elle s'empara de son breuvage : ainsi, elle n'était pas aussi insensible qu'il n'y paraissait. La jeune femme ne désirait pas reprendre l'initiative de la conversation : elle estimait que Bernadette lui devait une explication. Mais sa détermination s'émoussa face au visage soudain crispé par la douleur de celle qui l'avait mise au monde.

Elle s'empara de son poignet en un geste consolateur.

— Vous n'auriez jamais avoué si je n'avais pas été là aujourd'hui ?

— Bien sûr que si ! J'ai été si bouleversée par la mort de Léonce... D'abord, parce que j'avais beaucoup d'affection pour lui et que son décès te plongeait dans la douleur. Mais aussi parce que j'ai pris conscience que tu aurais pu te trouver à sa place sans que j'aie eu le temps de te révéler que j'étais ta mère et la grand-mère d'Ella...

— Mais vous ne l'avez pas fait depuis la disparition de Léonce il y a maintenant plusieurs mois, souligna Camille en prenant plaisir à entendre sa mère la tutoyer.

— Par crainte encore...

La scène était éprouvante, bouleversante pour les deux femmes qui contenaient mal le flot d'émotions qui les assaillaient. Bernadette souhaitait se justifier sans laisser les sentiments la submerger, mais ce n'était pas facile. Mue par la recherche de la vérité sur ses origines, proche du but après tant d'années, Camille la dardait d'un regard brûlant qui la mettait mal à l'aise : comment ne pas se sentir coupable en cet instant alors que, toute sa vie depuis l'abandon de son bébé, elle n'avait cessé de s'en vouloir ? Il se passa alors une chose étrange qu'elle n'avait pas préméditée : Bernadette se mit à toucher les joues de Camille comme une sculptrice avant de pétrir la terre pour façonner son œuvre.

Un gémissement s'échappa de la bouche de la jeune femme. Elle se laissa faire alors qu'elle avait envie d'enfouir son visage entre ses mains pour pleurer.

Sa mère retira sa paume avec un peu de brusquerie : il lui fallait faire abstraction de sa peine afin d'expliquer comment les choses en étaient arrivées là. Elle ignorait ce que Camille savait. De longues explications allaient s'ensuivre. Elle se maîtrisa et, quand elle commença à s'exprimer, sa voix était calme.

— J'avais quinze ans. Ton père était journalier. Il se louait de ferme en ferme tout au long de l'année, quand on avait besoin de lui. Il était séduisant, gai, pétillant, charmeur... manipulateur. J'ai succombé. J'étais très naïve à l'époque. Ton père... Sylvain, c'était son prénom... Sylvain avait fait de la prison pour vol mais s'était bien gardé de me l'avouer. Durant l'hiver, les paysans ne recrutaient plus et il vivait de larcins. Il était né dans le Sud, près d'Agen. Je n'ai jamais su exactement où se trouvait cette ville mais j'aimais bien l'accent de cet homme, cela faisait partie de son charme. Tu as donc des origines du Sud… Cependant, tu as mes cheveux blonds et mes yeux clairs… Tant mieux ! Nous nous retrouvions en cachette dans la forêt, les champs, une cabane dans les bois… Ici et là… Sylvain prétendait prendre ses précautions et je n'avais même pas peur… J'étais folle de lui ! Quand j'ai remarqué que je n'avais plus mes règles, je ne me suis même pas affolée… J'avais confiance en lui : nous allions nous marier, tout simplement. Le lendemain du jour où je lui ai annoncé la nouvelle, il a disparu…

Elle s'arrêta pour reprendre son souffle et chasser la tension nerveuse. C'était la première fois qu'elle évoquait ce passé depuis presque trente ans. Elle aurait voulu crier comme un animal blessé. Camille l'écoutait comme si sa vie en dépendait.

— J'ai compris tout à coup, en un éclair, que Sylvain ne m'avait jamais aimée, qu'il avait profité de moi, qu'il n'avait jamais eu l'intention de m'épouser et qu'il m'avait abandonnée avec mon enfant… C'était beaucoup pour une fille de quinze ans. (Camille imaginait très bien le désarroi de l'adolescente et les larmes lui montèrent aux yeux.) Nos parents... Je n'espérais aucune aide d'eux mais à qui pouvais-je me confier ? Je n'entretenais pas des liens très serrés avec mon frère... C'était un garçon et déjà marié, déjà père... Alors, j'ai tout confessé à ma mère. Quel scandale ! On aurait dit que j'avais tué quelqu'un ! Elle s'est empressée de tout révéler à mon père. Ils étaient tous les deux terrassés par l'humiliation. Pas question que les voisins apprennent que je m'étais déshonorée selon leur expression. C'était la campagne profonde d'avant-guerre, la première... Une autre époque, même si les mœurs n'ont pas tant évolué que cela dans certaines régions reculées. Il fallait surtout que personne ne sache. On m'a envoyée en Bretagne, dans un couvent, c'est là que j'ai accouché, aidée par les religieuses qui n'y connaissaient pas grand-chose. J'ai trop perdu de sang, j'ai failli mourir, et un médecin que j'ai vu par la suite ne m'a pas caché que je ne pourrais plus avoir d'enfant. Voilà pourquoi je n'ai jamais refait ma vie. À quoi bon me marier avec un homme qui aurait espéré des descendants que je n'aurais jamais pu lui donner ? On t'a très vite enlevée à moi... Je suis restée quelques semaines alitée, entre la vie et la mort. Je me suis enfuie quand j'ai récupéré assez de forces. J'ai atterri à Rouen un peu par hasard. Je voulais me fondre dans l'anonymat d'une grande ville. J'avais un don pour la cuisine que je t'ai transmis. J'ai commencé à travailler comme serveuse dans un restaurant puis j'ai été embauchée chez les Osmont et j'ai gravi peu à peu les échelons.

Ébranlée, Camille essaya de se représenter les épreuves que cette femme, sa mère, avait traversées à un âge où elle aurait dû être insouciante. Bernadette semblait perdue dans ses pensées, comme occupée à écouter une voix intérieure qui lui narrait un triste récit.

— Vous m'avez reconnue tout de suite quand je me suis présentée au salon ? demanda Camille d'un ton grave.

— Non, comment aurais-je pu ? s'exclama-t-elle, et Camille se rendit compte de la stupidité de sa question.

— Je comprends. Ce qui est extraordinaire, c'est que j'ai choisi ce lieu de restauration plutôt qu'un autre.

Elle lui expliqua sa rencontre avec Marcellin Osmont quand elle avait dix ans puis celle avec son fils huit ans plus tard.

— On dirait que le destin voulait nous réunir, remarqua Bernadette qui sourit pour la première fois depuis le début de leur entrevue.

— Pourquoi avoir changé de nom ?

— Afin que ma famille ne me retrouve pas. Je voulais tirer un trait sur le passé. Les miens aussi, sans doute, car je ne crois pas qu'ils se soient jamais souciés de mon sort.

— Julien et Francine, si, déclara Camille, espérant la réconforter et défendre la réputation de ses parents adoptifs si mise à mal.

Elle ajouta d'une voix tremblante :

— Vous n'avez jamais cherché ma trace ?

Bernadette Donadieu, ou Maryse Mercier, hésita. Cet aveu était le plus terrible qu'elle eut affaire à sa fille.

— Quand j'ai recouvré la santé et un emploi, j'ai entamé des recherches. À l'époque, tu n'étais déjà plus à l'orphelinat de Rouen. Julien et Francine t'avaient adoptée. J'ai compris que cela valait mieux pour toi, que tu serais heureuse avec eux. Qu'aurais-je pu t'offrir ? Un avenir si précaire... Je n'imaginais pas devenir alors la directrice du salon. Je n'étais qu'une simple serveuse et je serais devenue une fille-mère. Peut-être aurais-je été renvoyée ? Qui t'aurait gardée pendant que je travaillais ? À l'école, on se serait moqué de toi... À quelle infamie aurais-tu été exposée ?

— Pourquoi avoir envoyé ces lettres et ces photos ? demanda encore Camille qui ne jugeait pas, comprenant quelle torture sa mère avait dû endurer durant toutes ces années.

— Lorsque j'ai acquis une position plus élevée dans ce milieu, avec un salaire plus que correct, un appartement modeste mais confortable, une respectabilité, j'ai songé à me faire connaître de toi. Mais comment ? Je savais que mes parents étaient morts. Me présenter à Julien et Francine, faire valoir mes droits sur l'enfant qu'ils avaient chérie et élevée ? Tu étais visiblement heureuse, en bonne santé… Pénétrer dans ton existence par effraction risquait de bouleverser ce bel équilibre. Quand j'ai compris, en entendant ton nom, qui tu étais, ce premier jour au salon *Osmont*, j'ai décidé que je pouvais m'introduire dans ta vie à petits pas, que tu étais assez forte pour le supporter. Il m'a semblé plus pertinent d'agir de cette manière. Peut-être ai-je eu tort ? Peut-être aurait-il fallu te parler dès le départ, sans passer par ces envois anonymes ?

— Cela aurait été plus simple.

— Il est vrai qu'au début j'ai cru que ta présence était liée au fait que tu savais qui j'étais. Alors, j'ai attendu que tu te manifestes. Quand j'ai compris que je me fourvoyais, j'ai pensé que le biais des colis te permettrait de choisir : soit tu les ignorais, et dans ce cas je m'effaçais ; soit tu cherchais à en connaître davantage sur leur auteur, et je finissais par décliner ma véritable identité.

— Vous avez enquêté sur mes faits et gestes ?

— Oui, j'ai même engagé un détective privé, avoua Bernadette piteusement.

Cette confession dérida l'atmosphère. Elles se mirent à rire toutes les deux.

— Camille, il faut que tu me tutoies maintenant...

— Même au salon de thé ?

Elle vit sa mère hésiter et se hâta d'ajouter :

— Nous ne sommes pas obligées de révéler nos liens. Nous pouvons continuer comme avant et nous voir en dehors du travail.

Bernadette se mit à réfléchir.

— Je suis assez mûre pour ne plus craindre le jugement des autres. Martial risque d'être un peu fâché que je lui aie dissimulé ma véritable identité mais quelle importance au fond ? Il ne va pas me licencier pour cela, c'est un homme bon, et il a d'autres soucis en tête en ce moment, il est en train de divorcer... (Camille nota que le mot « divorce » avait remplacé celui de « séparation » mais elle se garda du moindre commentaire qui aurait pu dévoiler les sentiments qu'elle portait au fils Osmont. La situation était bien assez compliquée comme cela.) Avec la guerre et l'Occupation, certaines choses qui auraient semblé stupéfiantes et scandaleuses, alimentant la gazette rouennaise pendant des semaines, sont passées au second plan. Au diable les bien-pensants ! Si tu es d'accord, nous informerons l'ensemble du personnel que je suis ta mère, conclut la directrice, non sans courage.

— Je pense que nos gestes auraient risqué de nous trahir de toute façon, déclara Camille.

Elle avait envie d'évoquer ses parents adoptifs tout en redoutant la réaction de sa mère à leur mention :

— Avez-vous... As-tu l'intention de revoir un jour Julien et Francine ?

Bernadette devint aussi pâle que les rideaux immaculés qui pendaient sur les vitres de la fenêtre de la cuisine. Rien qu'à voir le blanc se répandre sur sa peau, de son décolleté à la racine de ses cheveux, comme si elle allait se trouver mal, Camille n'eut plus de doute : le sujet était très sensible et épineux. Et pourtant, la jeune femme ne pouvait le mettre de côté comme s'il n'avait jamais existé : Julien et Francine l'avaient élevée et chérie, Bernadette elle-même en était convenue. Cette dernière se leva et se tourna vers l'évier, face au miroir au-dessus, comme si elle souhaitait s'entretenir avec elle-même avant de répondre. Elle avait surtout besoin de reprendre contenance. Sa souffrance semblait suinter de tous les pores de son épiderme semblable à celui d'un fantôme. Camille eut peur, et elle était sur le point de se lever pour la soutenir, quand Bernadette revint s'asseoir près d'elle.

— C'est encore un peu tôt pour moi, il faut me comprendre. Dieu merci, mes parents sont morts !

Si Camille fut un peu choquée de l'entendre exprimer ce soulagement, elle était en mesure de comprendre combien Bernadette leur en avait voulu : ils lui avaient volé son bébé, ils n'avaient jamais cherché à renouer avec elle. Elle aurait pu mourir dans le dénuement le plus complet qu'ils ne l'auraient même jamais su. Comment des êtres humains pouvaient-ils se comporter ainsi envers leur progéniture sous prétexte de respecter les convenances ? La disparition de Maryse n'était pas passée inaperçue et avait soulevé bien des questions. Les grands-parents de Camille n'avaient donc pas complètement réussi à masquer ce qu'ils considéraient comme une infamie.

— Veux-tu dormir ici, cette nuit ? demanda spontanément Bernadette. Nous n'avons pas vu les heures passer et le couvre-feu ne va pas tarder.

Camille accepta. Elle se sentait apaisée : c'était comme un puzzle qu'elle viendrait d'achever, dont elle aurait placé la dernière pièce avec succès, terminant l'ouvrage entier. Elle avait réussi, même si cela impliquait d'autres difficultés, en particulier avec Julien et Francine. Cependant, ces derniers étaient loin de la ville aux cent clochers. Camille se sentait capable de cloisonner son existence, la partageant entre ses parents adoptifs au Marais-Vernier et sa mère biologique à Rouen. Elle se souvint de la lecture du roman *Sans famille* d'Hector Malot qui l'avait bouleversée enfant. « Moi, j'en ai désormais deux », se dit-elle avec un sentiment de bonheur qu'elle n'avait plus ressenti depuis la mort de son mari.

XIII

Martial
(1943-1944)

Le printemps 43 fut marqué par des bombardements qui provoquèrent la mort d'une trentaine de personnes. Soixante-huit bombes auraient dû officiellement toucher la gare de Sotteville mais elles s'étaient éparpillées dans la ville. Les canalisations d'eau éclatèrent rue de la République, là où logeait Bernadette Donadieu. Une partie de la halle ouest du clos Saint-Marc s'écroula. Même la vitrine du *Petit Normand*, journal fondé depuis l'Occupation et dévoué aux Allemands, fut atteinte par la violence des attaques aériennes. Cet épisode dramatique raviva la douleur de Camille. Depuis la mort de Léonce et la découverte du vrai visage de sa mère, elle alternait entre des phases de joie et de tristesse, s'oubliant dans le travail à présent qu'Ella était en sécurité dans les marais. Elle n'avait plus jamais parlé d'entrer dans la Résistance, pas davantage que Martial ne l'avait entreprise à ce sujet, et elle se demandait si ce dernier jugeait son revirement lâche. Mais à nouveau, elle avait peur de mourir et de laisser derrière elle une orpheline, sachant en plus que la santé de Francine n'était pas bonne. Cette dernière avait renoncé à ses examens à Rouen malgré l'insistance de Camille : elle lui avait écrit, à mots couverts, qu'elle patienterait jusqu'à la fin de la guerre, quand le voyage entre les marais et la ville serait plus facile.

La fin de la guerre... Ce n'était plus une vaine espérance ou une utopie car des signes, même infimes, l'annonçaient. C'est pourquoi Bernadette et Camille avaient aussi décidé d'attendre le terme du conflit pour annoncer leurs liens familiaux. « Dans l'euphorie de la Libération, ils passeront inaperçus », avaient pensé celles qui ne souhaitaient pas s'appesantir sur leur histoire commune devant tout le monde.

Au lieu de combattre dans la clandestinité, Camille avait trouvé une parade qui lui semblait souvent futile mais à laquelle elle tenait : elle s'habillait toujours de façon à porter les trois couleurs du drapeau français, bleu, blanc, rouge, en touches très discrètes mais bien présentes. Cela n'avait pas échappé à Olivia qui n'émit cependant pas de remarque : elle en voulait toujours à sa collègue de ne pas s'impliquer mais, depuis le décès de Léonce, elle n'osait plus la harceler. La nouvelle du divorce de Martial et d'Ursula s'était répandue dans le salon de thé et avait alimenté les ragots pendant plusieurs semaines malgré le mutisme de Camille et d'Olivia, ainsi que les semonces de Bernadette. Le mois d'avril 44 se profilait et, si les Rouennais pensaient avoir atteint le point culminant de l'horreur l'année précédente, ils allaient être vite détrompés.

Le soir du 18 au 19 avril, Camille était seule sur son lieu de travail où elle faisait les comptes. Elle avait demandé la permission à Martial de dormir ici parfois, à présent que personne ne l'attendait chez elle. Les rôles n'étaient plus réglementés comme autrefois, et il arrivait que Camille se penchât sur le chiffre d'affaires et les bénéfices à la place de Bernadette Donadieu auprès de laquelle elle avait pris quelques cours, bien avant de connaître sa véritable identité. Vers 23 heures, elle referma le cahier, inspecta une dernière fois les salles et se déshabilla en silence. Elle s'apprêtait à se coucher dans le lit pliant mis à sa disposition au sein d'une pièce réservée au personnel, quand des coups retentirent à la porte. Camille se sentit soudain très vulnérable dans sa chemise de nuit. Sans même vérifier qui frappait, elle se dépêcha de récupérer ses vêtements sur la chaise où elle les avait déposés. Mais avant qu'elle eût le temps de se rhabiller, le bruit d'une clé dans une serrure la figea sur place. La porte s'ouvrit, livrant passage à Martial qui courut vers elle d'un air hagard.

— Vite, Camille, je dois me cacher. Les Allemands sont à mes trousses.

— Mais où ? s'exclama la jeune femme, affolée.

— Je connais un endroit. C'est la raison pour laquelle je suis venu tout droit ici, dans la gueule du loup, pourrait-on croire. Ils ne me trouveront pas. Il faut que vous restiez calme car ils ne vont pas tarder à arriver.

— Je vais remettre mes vêtements.

Martial prit conscience qu'elle était à moitié dévêtue mais le danger était bien trop réel pour qu'il y attachât de l'importance. Cependant, les Allemands ne seraient peut-être pas dans les mêmes dispositions et il poussa Camille à se rendre plus décente. Les occupants étaient capables de tout, s'ils ne récupéraient pas leur proie, Martial en était convaincu. Voilà pourquoi il avait été horrifié en découvrant la jeune femme. Après une opération de résistance sabordée, il avait détalé dans les rues de Rouen en direction du salon de thé, sans se souvenir que son employée y passait la nuit.

Machinalement, il porta la main à sa poche afin de prendre une cigarette. Il se retint à temps, l'odeur de fumée risquant de le trahir. Inquiète, Camille enfilait sa robe n'importe comment, renonçant aux sous-vêtements, puis elle suivit son patron le long des salles vides jusqu'à un pan de bibliothèque doté d'une centaine de livres anciens. Martial tâtonna de la main sur le bois et actionna quelque chose qui fit s'ouvrir le mur comme par magie.

— Il ne faudra jamais dire que vous connaissez son existence, déclara-t-il avec gravité. L'endroit était un bordel au siècle dernier, pardonnez-moi l'expression. Il s'est passé des choses assez tordues dans cette pièce… (Il lança un regard inquiet vers les vitres extérieures.) Camille, venez avec moi. J'entends des pas dehors. Vous ne pouvez pas affronter les Allemands seule. Ils sont capables de vous faire parler, vous savez, s'ils ont le moindre doute. Entrez, vite !

La jeune femme ne se posa pas de questions. Elle obéit sur-le-champ, effrayée par l'idée d'être interrogée par l'ennemi dans des conditions qu'elle ne pouvait que trop imaginer. Le mur se referma sur le couple. Camille pensait se sentir rassurée mais un sentiment d'oppression la gagna à être ainsi prisonnière dans cet univers clos et obscur qui résumait tout son malaise de fille de la campagne, habituée aux grands espaces. Son angoisse confinait à la terreur. Seul Martial pouvait la sauver d'une crise d'hystérie. Avec un gémissement, elle se rapprocha de lui dans le noir jusqu'à le toucher, ce qui la réconforta aussitôt. Elle sollicita son aide en s'emparant de sa main.

— J'étouffe, souffla-t-elle pour ne pas que les Allemands, dont elle percevait la présence, puissent l'entendre.

— Respirez avec lenteur, conseilla-t-il à voix tout aussi basse. Je suis avec vous. Cela ne va pas durer longtemps, ils vont vite rentrer bredouilles.

Tout en parlant, il sentait trembler le corps de Camille. Il l'obligea à s'asseoir par terre. Il fit de même et, comme elle continuait à lui pétrir la main, il la serra contre lui dans le but de lui insuffler un peu de sa force et de son courage. Il était peu probable que les Allemands les débusquent, sauf si sa compagne paniquait au point de crier et de vouloir sortir, oubliant que le danger résidait à l'extérieur. Le plus urgent était donc de la calmer. Elle se pelotonnait contre lui. Des bruits leur parvenaient de la bibliothèque où les Allemands venaient de pénétrer. Martial s'arrêta presque de respirer. Il ne pouvait s'empêcher de songer que le véritable péril viendrait après, puisqu'il avait été démasqué : où se réfugier à présent que son nom était inscrit sur la liste des gens à attraper, emprisonner, torturer, déporter ou abattre ? Demeurer au sein de ce refuge jusqu'au terme de la guerre ? Tenter une échappée pour rejoindre ses camarades et continuer à résister jusqu'au triomphe de la démocratie ? L'heure n'était pas encore à échafauder de tels plans. La rumeur allemande s'éloignait. Cependant, Martial était conscient qu'il leur faudrait attendre avant de sortir, par sécurité. L'idée d'avoir compromis Camille l'effrayait. Il devait être bientôt minuit. À quelle heure pourraient-ils se risquer hors de l'abri ? Avant que les premières employées arrivent, c'était certain. Comment être sûr qu'un Allemand ne demeurerait pas toute la nuit de faction devant le commerce ? Et de quelle manière s'échapper si c'était le cas ? Autant d'interrogations qui hantaient Martial, alors même que la chaleur du corps de Camille ne le laissait pas insensible.

Soudain, la sirène d'alerte retentit, perçant le silence d'une façon si violente que Camille et Martial sursautèrent de concert. La jeune femme poussa même un cri qui se perdit dans le vacarme. Martial se félicita de cette alarme qui obligerait les Allemands à renoncer à leurs recherches. Il n'était pas trop inquiet, les bombardiers alliés en route vers outre-Rhin étant devenus familiers dans le ciel de Rouen depuis des mois. Très vite cependant, le bruit épouvantable et continu des bombes qui explosaient lui parut singulier et fit naître un nouveau sentiment de panique chez Camille.

— C'est plus fort que d'habitude… Que se passe-t-il ?

Sa question demeura sans réponse, Martial ne l'entendit même pas dans le tapage ambiant. Les murs et le sol tremblaient. Il songea que, si l'immeuble ne résistait pas, ils seraient tous deux coincés ici, sous les éboulis, dans l'impossibilité de faire fonctionner l'ouverture de la porte secrète. Il bondit alors sur ses pieds et s'orienta dans les ténèbres jusqu'à trouver le bouton sur lequel il appuya sans une hésitation. Le mur tourna aussitôt sur lui-même à son grand soulagement. La lumière l'éblouit mais ce n'était pas celle de la bibliothèque, non, elle émanait de la nuit même, embrasée par les fusées éclairantes : une vision de cauchemar qui prouvait que Rouen était devenue une cible, une proie, une victime impuissante. Martial ignorait que six mille bombes seraient larguées sur la région en moins d'une heure, parmi lesquelles trois cents sur Rouen, portant le nombre des victimes à neuf cents et celui des sinistrés à deux mille, le pire que la guerre puis l'Occupation aient connu jusqu'alors.

Il s'empressa de rendre la cachette invisible puis il s'enquit de l'état de Camille. Elle avait peur, certes, mais elle se sentait mieux ici qu'à l'intérieur du refuge. Elle avait l'impression qu'on venait de lui ôter un bâillon qui l'empêchait de respirer. Tous deux firent le tour du salon de thé avec prudence, s'assurant que les Allemands l'avaient bien déserté. Ils se réfugièrent ensuite dans les cuisines, certains de ne pas y être visibles de la rue, afin de réfléchir à leur situation.

Mais les fusées continuaient d'éclater, les sirènes de retentir, les canons de la DCA de vrombir, les avions de ronfler, les blessés et les pompiers de courir partout, leurs ombres se détachant sur les murs dans la flambée des incendies et des explosions. L'apocalypse régnait.

— Camille, vous n'êtes pour rien dans tout cela. Je suggère que vous alliez dans la cave au cas où les bombardements se poursuivent longtemps.

— Et vous ?

Martial hésita.

— Je vais profiter du désordre pour m'enfuir. Pour moi, c'est plutôt une chance. Je vous accompagne en bas et je quitte les lieux aussitôt. À l'aube, les Allemands risquent d'interroger les membres du personnel. Il faudra dire que vous avez passé la nuit chez vous.

— Mais Olivia et les autres savent bien que non.

— Olivia se taira… De toute façon, aucune employée ne viendra sans doute travailler aujourd'hui.

Martial se mordit les lèvres d'énervement. Il n'avait pas le temps d'élaborer une stratégie pour protéger Camille mais il ne pouvait pas non plus la laisser à la merci de l'ennemi. Une nouvelle bombe explosa à quelques mètres, ébranlant les murs. Ils gagnèrent vite la cave. Là, Martial ne put se résigner à abandonner la jeune femme. Avant de s'installer à ses côtés pour trouver une solution, il remonta chercher de la nourriture en pestant contre sa distraction. Quand il redescendit avec ses provisions, ce fut pour tomber sur une Camille en larmes.

— Nous ne courons plus de danger dans l'immédiat.

— Je ne crains rien. C'est la fatigue.

— Dormez. Regardez, il y a un lit d'appoint, là.

— Vous allez partir pendant mon sommeil, c'est ça ?

— Non, non, bien sûr que non, déclara Martial avec plus de tendresse qu'il ne l'eût souhaité.

Camille ne résista pas à l'appel. Elle renonça à se reposer et se rapprocha de Martial dont elle caressa la joue avec douceur, étonnée par sa propre audace. Les bouleversements, les émotions de cette nuit agitée faisaient tomber toutes les barrières entre les êtres. Telle une illumination, comme si l'angoisse et l'épuisement lui avaient dessillé les yeux, elle venait de comprendre que Martial n'était pas non plus indifférent à son charme, qu'il ressentait un trouble identique au sien, pas seulement lié à ce qu'ils venaient de partager, mais existant de manière implicite depuis des mois, peut-être des années. Et que le moment de se l'avouer était venu car jamais ils ne seraient aussi proches l'un de l'autre qu'en cet instant où la folie semblait guider le monde. Les circonstances s'étaient liguées pour les entraîner dans cette étreinte qui n'aurait sans doute jamais eu lieu si Martial n'avait pas été un fugitif, si Camille n'avait pas choisi cette soirée-là pour rester au salon de thé, si les bombes n'étaient pas tombées avec une fureur hallucinante sur la ville martyre, réveillant les peurs et les désirs enfouis.

L'appréhension qu'ils ne verraient peut-être pas le jour se lever les jeta dans les bras l'un de l'autre comme pour y chercher l'oubli. La raison se taisait, les dénégations ne franchissaient pas les lèvres de Camille tandis qu'elle ôtait sa robe mal boutonnée dans la précipitation des heures précédentes qui semblaient une éternité. Toute pudeur abandonna la jeune femme qui se livra à son amant comme jamais elle ne l'avait fait avec son mari. Asservie par le désir, et heureuse de l'être, elle succombait avec bonheur. D'ailleurs, il en était de même pour Martial. Une sorte de fureur s'emparait d'eux comme s'ils vivaient leurs derniers instants…

Ils ne se rendirent même pas compte que le calme était revenu, que le bruit et la terreur avaient fait une trêve au dehors. Quand ils se séparèrent, tout était calme et silencieux. Mais l'incertitude revint hanter Camille : elle ne savait pas si elle devait se rhabiller ou demeurer contre Martial tel un couple qui émerge du sommeil. Il la rassura en la retenant avec fermeté comme elle faisait mine de se lever.

— Ne bouge pas…

— Et toi ? Tu n'es pas en danger ?

— Si… soupira-t-il. (Il regarda sa montre.) Il est 2 heures. Nous avons encore un peu de temps… Tu regrettes ?

— Non. Et toi ?

— Non.

Elle songea qu'elle était veuve et Martial divorcé. Ils ne faisaient de tort à personne. Ce ne serait qu'une parenthèse. La vie allait reprendre son cours tant bien que mal. Martial ne devait pas être rattrapé. Elle allait faire face aux questions des Allemands. Leur histoire passionnelle serait vite reléguée au second plan. Mais en attendant, comme avait dit Martial, quelques heures de répit leur étaient offertes et elle comptait bien en profiter.

À l'aube, Martial se lava succinctement dans les cuisines puis il prépara quelques affaires et fit ses adieux à Camille. Ni l'un ni l'autre ne savaient quand ils se reverraient. Il tenait secrète l'adresse où il pensait trouver refuge. La jeune femme ne lui posa aucune question, se demandant tout de même s'il allait passer le reste du temps jusqu'au terme du conflit à se cacher ou à agir dans la clandestinité. Le connaissant, elle retenait cette dernière option. Elle souhaitait le voir partir vite pour ne pas céder à l'émotion. Il pensait sans doute la même chose car il se contenta de la serrer contre lui en une étreinte affectueuse, en silence, et s'éloigna sans se retourner. À quoi bon évoquer ce qui venait de se passer ? Quelle importance au regard de l'incertitude de l'avenir ? Ils n'avaient pas le temps d'analyser la situation, ils ne pouvaient rien projeter, rien prévoir. Camille ne savait pas si son amant accordait de la valeur à leur nuit, Martial ignorait si sa maîtresse mettait du sentiment dans cette union charnelle… Ils se quittèrent comme s'ils allaient se retrouver bientôt, avec un détachement qui confinait à l'indifférence. Quand Camille se retrouva seule, elle laissa éclater sa peine et pleura pendant plusieurs minutes sans pouvoir s'arrêter, mélange de tristesse, d'épuisement, d'angoisse… Puis les larmes se tarirent, elle se jura de ne plus s'y abandonner. Il lui fallait être forte pour Martial et les autres qui combattaient dans l'ombre. Elle entreprit tout d'abord d'effacer les traces de leur passage. Ensuite, elle risqua un œil au-dehors, découvrant une ville éventrée, à la fois la proie du chaos et étrangement mutique, comme un décor de cinéma.

Une impression d'irréalité pesa sur elle tandis qu'elle marchait dans les rues jusqu'à son domicile. Rouen était dévastée. Des immeubles entiers gisaient à terre comme s'ils avaient été édifiés en papier. Des trous béants remplaçaient les bâtiments d'autrefois et Camille sentait son cœur se serrer en songeant à leurs occupants piégés par la soudaineté et la violence de l'attaque. Lorsque les façades n'étaient pas écroulées, les vitres des fenêtres avaient été soufflées, dévoilant des intérieurs où des gens fouillaient les décombres en une dérisoire quête. Parfois, des pans de murs restaient debout, prolongés par le vide car les toits étaient tombés. Obstruées par les gravats, des rues étaient fermées. Des troupes de passants abasourdis, frappés de stupeur, contemplaient les dégâts. Certains étaient à moitié nus. D'autres semblaient délirer. Les cadavres jonchaient la chaussée. Camille dut soutenir une femme prise de vomissements. Son logis était une masse de pierres et son mari demeurait introuvable. Elle avait sauté par la fenêtre du premier étage sans même se fouler la cheville. Le choc l'égarait : « J'ai perdu mes boucles d'oreilles… Où sont mes boucles d'oreilles ? », ne cessait-elle de répéter à Camille qui la remit aux mains des secours.

La jeune femme fut saisie de vertige face à cette vision insoutenable : Rouen était détruite, il n'en restait presque plus rien. Elle ne pouvait imaginer qu'un tel carnage ne fût pas irrémédiable, et elle pleurait la ville aimée, achevée par les Allemands.

Si un groupe de ces derniers l'avait croisée sur ce chemin pavé d'horreurs et de désespoir, elle n'aurait pas été certaine de pouvoir contenir son venin. Même la cathédrale avait été touchée, ses chapelles anéanties, à l'exception d'une seule dont les arcs-boutants allaient sauver toute la nef.

Certes, les bombardements étaient l'œuvre de la RAF, comme le soulignaient déjà les inscriptions allemandes de propagande sur les maisons sinistrées, *détruit par les libérateurs, signé RAF*, et le mécontentement grondait parmi la population éprouvée, qui stigmatisait la maladresse des aviateurs, mais Camille ne pouvait s'empêcher de penser que, sans l'invasion allemande, rien de tout cela ne serait arrivé : il ne fallait jamais l'oublier. Les Allemands seuls étaient responsables. Ce n'était ni les Anglais ni les Américains qui pourchassaient Martial, c'était ce peuple d'outre-Rhin contre lequel le père de Camille avait déjà lutté en 14.

À bout de forces, la jeune femme arriva jusqu'à son immeuble qui n'était plus qu'un amas de décombres, le toit crevé, la façade comme déchiquetée. Ce fut seulement à ce moment qu'elle réalisa que la pensée ne lui était pas une seule fois venue que son propre logis pût être une cible. Elle songea à Inès, à Ghislain, à Baptistine. Gagnée par une lucidité nouvelle, elle s'inquiéta pour sa mère. Camille contempla les ruines. Tandis que son immeuble s'écroulait, tuant peut-être des occupants, et que les souvenirs de son existence avec Léonce disparaissaient, elle était dans les bras de Martial…

Au palais de justice, certains détenus avaient cru que la victoire se jouait. On pouvait lire sur le mur de la cellule des condamnés à mort : *19 avril 1944. Minuit. Libération. Vive la France !*

XIV

Justice est rendue (1944-1945)

Au nom du commandant interallié :

Les Allemands procèdent à certains travaux de construction militaire dans votre région. L'aviation alliée procédera incessamment à un bombardement intense qui ira jusqu'à l'anéantissement de ces travaux. Les ouvriers qui, malgré eux, font le travail de l'ennemi risquent leur vie. Ce risque est d'autant plus grand que les bombardements continueront jusqu'à un résultat satisfaisant. Par conséquent, le haut commandement interallié :

1° Ordonne à tout ouvrier de la région encadrée dans l'organisation Todt, ou autres formations du génie allemand, de prendre le maquis dès à présent, s'il a la moindre possibilité de le faire.

2° Recommande à la population avoisinante de s'éloigner de la région.

Signé : État-major général du haut commandement interallié.

Camille reposa la note dactylographiée sur la table. Rejoindre le maquis ? Et comment ? Quitter Rouen se révélait à présent héroïque. Les Alliés faisaient en sorte de couper les moyens de communication entre la rive droite et la rive gauche de la Seine afin, à court terme espérait-on, d'acculer les Allemands, de les prendre au piège, sans recours possible. Un plan sage qui donnait cependant l'impression aux Rouennais de vivre sur une île très vulnérable, désarmée face aux attaques venues du ciel. Les raids prenaient les ponts pour cibles, ainsi les Allemands ne pouvaient plus circuler par voie ferroviaire. Si Camille avait voulu rejoindre le maquis, il lui aurait fallu y aller à pied, sur un chemin de planches bancales. Elle guettait un signe que Martial avait réussi à fuir et était en sécurité, le reste consistant pour elle à soupirer après une défaite ennemie rapide. Olivia ne dirait rien. Elle ignorait d'ailleurs une partie des événements de cette nuit d'avril. Les Allemands étaient bien venus au salon de thé, quelques jours après les bombardements, afin d'enquêter sur la disparition de Martial. Les employées avaient répondu de leur mieux, sans se compromettre ni pour autant noircir leur patron, malgré la colère et les remarques blessantes de ceux qui les interrogeaient, malgré la peur qu'elles éprouvaient. Puis elles n'avaient plus été inquiétées, et Camille en avait déduit que Martial avait réussi à ne pas se faire prendre. D'autres urgences tenaillaient les Allemands qui sentaient la situation leur échapper. Cependant, Camille fut bouleversée quand elle apprit que Marcellin avait été emmené par la Gestapo pour être questionné au sujet de son fils et qu'il n'avait toujours pas regagné son domicile : on était sans nouvelles de lui depuis plusieurs jours, même si Honorine tentait de forcer le barrage de la *Kommandantur.* Il n'avait pas été avisé des activités de Martial et ne pouvait donc pas le trahir, mais de quoi étaient capables les Allemands dans leur fureur aveugle, et bientôt leur impuissance, face au mutisme du père de celui qui les avait trompés et continuait à les narguer dans la Résistance ?...

Le 14 mai, le maréchal Pétain était venu à Rouen dans le cadre d'une tournée des villes sinistrées normandes. Camille n'avait vu que la foule, place du Vieux-Marché, elle n'était pas sortie de la boutique pour contempler le visage du vieillard à la solde des occupants. Après avoir découvert son immeuble pulvérisé, la jeune femme n'avait pas cherché à identifier les possibles victimes : certaines avaient déjà dû être évacuées. Elle avait couru rue de la République, devenue rue Philippe-Pétain, où la façade de l'appartement de Bernadette Donadieu était intacte. Sa mère lui avait ouvert la porte, les traits altérés par la nuit blanche et l'anxiété. Camille ne devait pas être plus présentable. Bernadette avait proposé à sa fille de loger avec elle, ce qu'elle accepta avec reconnaissance. La guerre les rapprocha malgré elles. Elles se confièrent beaucoup l'une à l'autre pendant ces longs mois durant lesquels Rouen subit maints bombardements. Le but était de détruire durant la journée tous les ponts reconstruits la nuit par les Allemands. Prise d'une juste inspiration, Bernadette proposa qu'elles s'installent chez des connaissances, sur les hauteurs de Rouen, le centre-ville étant toujours menacé. Camille accepta, non sans hésitation : elle avait l'impression d'abandonner le salon de thé et, par un fatal enchaînement, de laisser tomber Martial. Marcellin avait enfin quitté sa cellule de prison. Honorine l'accueillit avec soulagement et stupeur, vacillant sur le bras d'Iris en découvrant les nombreuses ecchymoses sur son visage. Elle se redressa vite et s'effaça pour laisser passer le maître de maison qui jamais ne devait évoquer cet épisode de son existence.

— Te voici de retour parmi nous, dit-elle d'une voix ferme, comme si elle retrouvait un fils parti faire ses études à l'étranger.

La semaine du 30 mai au 5 juin 44 serait la plus éprouvante jamais vécue par les habitants de Rouen. Pendant que Bernadette et Camille trouvaient refuge dans une superbe demeure appartenant à des clients du salon et dont les fenêtres donnaient sur les toits de la ville plusieurs kilomètres au-dessous, quatre cents personnes allaient mourir sous les bombes, sans compter les corps ensevelis et jamais identifiés. Les caves ne garantissaient plus la vie. Les quartiers de Rouen furent la proie des bombes et des flammes. La *Brasserie de l'Opéra*, où Camille avait déjeuné jadis avec Léonce, fut défigurée, de nombreux théâtres anéantis, les *Nouvelles Galeries* en ruine... Le jeudi 1er juin, la cathédrale prit feu. La veille, le salon de thé *Osmont* avait été totalement rasé.

La rue de la République fut à nouveau débaptisée suite à l'assassinat de Philippe Henriot dont les miliciens lui donnèrent le nom. Mais Bernadette n'y retourna pas. Elle préférait rester avec Camille sur les hauteurs de Rouen, dans cette vaste maison dont les riches propriétaires hébergeaient plusieurs familles éperdues aux appartements ravagés. Ce fut ainsi jusqu'à la Libération que tout le monde sentait proche. Malgré les événements tragiques, l'espoir existait bien. Camille se demandait ce qu'elle allait devenir quand la victoire serait acquise : elle ne possédait plus ni logis ni travail. Martial faisait-il partie de ceux qui rassemblaient toutes leurs forces pour libérer Rouen ? Ella lui manquait mais il faudrait du temps avant qu'elle pût faire le trajet jusqu'au Marais-Vernier. Comme ses parents devaient s'inquiéter... Impossible de donner des nouvelles, bien entendu. Quel gâchis ! La guerre avait tout bouleversé. Celle de 14 avait sans doute été terrible mais elle s'était déroulée loin des civils. La suivante avait touché la population, entraîné la destruction des villes, des entreprises, tué des enfants, violé des femmes, torturé des prisonniers... Quand elle pensait à l'avenir, Camille ne voyait pas d'autre solution que de regagner pendant quelque temps les marais avant de revenir en ville affronter son destin.

Dans la soirée du 25 juin, les milliers d'hommes de l'armée allemande du front de Normandie, commandée par le maréchal Von Kluge, furent tués en quelques heures par les groupes de résistants parmi lesquels figurait Martial Osmont, ainsi que par des bombes incendiaires et explosives. Pendant plusieurs semaines, une odeur de chair en décomposition allait flotter sur ce quartier, théâtre de la débâcle ennemie. D'autres malheureuses destructions de monuments rouennais auraient lieu dans les jours suivants avant ce fameux mercredi 30 août 1944 qui sonnerait la délivrance de la ville suppliciée. À 16 h 30, les Canadiens parvinrent les premiers place de l'Hôtel-de-Ville. En dépit du danger, Camille et Bernadette avaient tenu à les accueillir. Elles ne purent retenir leurs larmes en voyant le drapeau tricolore flotter sur la mairie. Elles regrettèrent de ne pas voir davantage de monde mais les habitants avaient tant enduré pendant quatre ans d'occupation qu'ils se montraient prudents, n'osant croire que le cauchemar était terminé. Camille avait repéré les FFI au premier étage de l'hôtel de ville, pointes de fusil dirigées vers le ciel, et elle espérait que Martial se trouvait parmi eux.

Les Jeep se faisaient de plus en plus nombreuses, certaines étant réquisitionnées afin de débusquer les derniers Allemands piégés dans la ville encerclée par les Alliés. Camille fut interrogée par un correspondant de guerre canadien qui lui demanda quel était son sentiment en ce jour de libération. Dans les remous de ses souvenirs, elle songea à tous ceux qui étaient morts, blessés, qui avaient été arrêtés, déportés, mais, devant le regard plein d'attente et d'espoirs du jeune journaliste au visage juvénile, elle laissa éclater sa joie et lui fournit les mots qu'il attendait. Bernadette – qu'elle appelait à présent Maryse – lui serra le bras en signe d'approbation : rien ne devait gâcher ce moment. Son débit était rapide, un peu confus. Elle avait du mal à réaliser que les militaires qui défilaient dans les rues massacrées de Rouen étaient des amis. L'uniforme, quelle que fût désormais son appartenance, continuerait à lui inspirer longtemps de l'angoisse.

Et pourtant, le lendemain, alors que les lieux guère fréquentés la veille étaient remplis d'une foule en liesse, la fête fut en partie gâchée pour Maryse et sa fille. Élaborées dans la clandestinité, les listes de noms des collaborateurs avaient été données aux responsables chargés de les arrêter. Si la jeune femme vouait de la haine à ceux qui avaient renseigné l'ennemi, entraînant la mort de Français, elle craignait qu'une justice expéditive n'envoie en prison des personnes innocentes. Comment faire la part des choses entre les vrais collaborateurs et ceux qui y avaient été contraints par la loi ? Les Osmont eux-mêmes n'avaient-ils pas dû ouvrir leur salon de thé aux Allemands ? La position de Martial pendant le conflit leur permettrait d'échapper aux représailles mais tout le monde n'aurait pas cette chance. Camille eut un haut-le-corps en découvrant le sort qu'on réservait aux femmes supposées avoir entretenu des relations charnelles avec un Allemand. Elle eut la tentation de s'opposer à ces scènes d'humiliation. Maryse l'empêcha à temps de s'interposer.

— Ne t'en mêle pas…

— Mais c'est affreux ! Il faut les juger au cas par cas.

— Le temps presse. Les passions sont à fleur de peau. Et puis, ces femmes ont perdu leurs cheveux et sont exhibées dans la rue, elles s'en remettront… Bientôt, elles seront à nouveau libres. Il y a pire, tu sais…

Camille en convint mais décida de ne pas contempler ce spectacle dégradant, alors que les moqueries, les cris de haine et de mépris pleuvaient sur les créatures tondues. Non qu'elle approuvât leur conduite mais la manière de les punir lui semblait relever de la même barbarie dont avaient fait preuve certains Allemands, comme si les rôles étaient soudain inversés. Elle préféra s'attarder sur les Américains, sans pour autant tendre la main vers cette matière bizarre appelée « chewing-gum » qu'elle avait goûtée quelques heures plus tôt et qui lui restait sur l'estomac. Un homme à l'accent prononcé l'avait d'ailleurs raillée :

— Mademoiselle, il ne faut pas l'avaler !

— Quel intérêt, alors ? avait rétorqué Camille.

Avec un large sourire, elle avait ajouté :

— Nous vous devons beaucoup, merci monsieur. Mais peut-être que, quand vous retournerez chez vous, vous aurez appris quelque chose de la France : sa cuisine.

Ce fut à ce moment précis que la jeune femme comprit qu'elle renouerait avec sa passion, elle, Camille, capable de faire la leçon à un Américain sur la notion de goût, le lendemain du jour où il avait libéré Rouen !...

Cependant, sa gaieté fut de courte durée quand elle crut reconnaître Reine parmi les femmes tondues. Tout d'abord, elle songea à une erreur car la ressemblance n'était pas frappante. Mais l'absence de cheveux transformait les visages, déjà marqués par l'épreuve, et toutes ces faces hagardes semblaient avoir été fabriquées dans un moule identique de douleur et d'humiliation. Aussi Camille demanda-t-elle l'avis de sa mère. Quand elle vit cette dernière blêmir, elle sut qu'elle ne s'était pas fourvoyée.

— Tu étais au courant ?

— J'ai essayé de la raisonner, en vain... Dans le cas de Reine, ce n'était pas de la collaboration mais de l'amour... Le garçon était un simple soldat et si jeune ! Reine m'a dit qu'il avait été fusillé à cause d'elle parce qu'il avait trop tardé à s'échapper, voulant qu'elle fuit avec lui. Qu'aurait-elle trouvé en Allemagne, sinon encore plus de férocité qu'ici ?

Camille n'avait jamais été très liée avec Reine qui ne s'était pas confiée à elle. Elle avait bien caché sa passion pour cet Allemand. Hormis Maryse et Martial, personne n'en avait rien su. Ce n'était plus le cas maintenant et elle allait le payer très cher. Certes, comme l'avait prévu Maryse, Reine fut vite libérée. Mais la perte de son amant et sa déchéance publique eurent raison de ses forces : elle se pendit quelques jours plus tard, dans sa chambre de bonne. Elle n'eut même pas droit à un enterrement religieux. Camille aperçut ses parents, deux paysans qui paraissaient ne rien comprendre, ni pourquoi leur fille avait été tondue, ni la raison pour laquelle elle avait mis fin à ses jours. C'était peut-être là une bénédiction. La jeune femme ne put s'empêcher de songer à ses grands-parents paternels qui, eux, avaient été plus avisés, sans pour autant se comporter avec bonté et probité.

Dès le lendemain, *Le Journal de Rouen* devint *Normandie*[1] et titra : « *Vive la France ! Libre, Républicaine et Sociale* ». Camille le lut avec lenteur, savourant chaque mot, malgré son cœur qui soupirait désespérément après Martial dont sa famille était toujours sans nouvelles :

Voici le libre journal d'une libre province. Il naît dans les douleurs, sous le double signe de la Libération et de la Victoire : c'est pourquoi la première lettre du premier article est le V symbolique. La croix de Lorraine est victorieuse avec l'aide des Alliés ; elle vient de nous délivrer de quatre ans d'occupation et de honte et bientôt, par la victoire totale, triomphera de la croix gammée d'Hitler.

Nul journal n'aura, autant que celui-ci, été désiré, espéré, souhaité, attendu, voulu par les Normands.

Elle parcourut l'article en entier et reposa *Normandie* sur la table. Maryse dormait encore.

1. *Aujourd'hui,* Paris Normandie.

Les deux femmes étaient toujours hébergées chez leurs connaissances mais elles savaient qu'il allait leur falloir trouver bientôt un autre endroit, l'hospitalité n'étant pas éternelle. Si Camille pensait retourner au Marais-Vernier, elle n'en parlait pas avec Maryse car ce point soulevait bien des questions délicates : Maryse avait-elle envie de la suivre, de renouer avec son frère et sa belle-sœur, ceux-là mêmes qui lui avaient pris son enfant mais qui l'avaient aussi sauvée, élevée, aimée ? De peur de briser le fragile équilibre qui existait, Camille n'osait pas proposer à sa mère de l'accompagner. Une envie dévorante de revoir Ella s'emparait d'elle alors qu'elle redoutait dans un même temps de rater le retour de Martial. Quand elle pensait à son amant, les battements de son cœur devaient s'entendre jusqu'aux frontières de la Normandie. Jusqu'en Bretagne, se disait-elle, cette terre qui l'avait vue naître et qu'elle ne connaissait pas.

Pour la nouvelle municipalité de Rouen, l'urgence était de construire des baraquements afin d'abriter les sinistrés. Tandis que les plans s'élaboraient, Martial frappait à la porte de la maison de ses parents, miraculeusement intacte. Il y retrouvait sa famille avant de filer embrasser ses enfants chez leur mère puis de constater l'anéantissement total du salon de thé. On parlait d'ériger des commerces provisoires afin de ravitailler les habitants et de redonner vie aux quartiers démolis. Martial s'était renseigné au sujet des employées et il savait que Camille ne faisait pas partie des victimes alors que Reine avait été sacrifiée sur l'autel de la vengeance et de l'incompréhension. Il avait beaucoup maigri mais il émanait de lui, en dépit de sa fatigue, une sorte de lumière, une fébrilité qui le maintenaient debout malgré les nuits sans sommeil et l'angoisse des combats, car la cause des résistants avait triomphé. Une lueur de pure violence au fond de son regard fiévreux fit cependant reculer son père qui ne pouvait oublier ce qu'il avait enduré dans les geôles allemandes. Elle s'éteignit pour ne plus réapparaître quand Martial serra ses enfants contre lui.

Gildas portait la même agressivité en lui quand il revint à la maison. Olivia n'avait pas participé aux ultimes soubresauts de la bataille car elle s'occupait d'Oscar. Elle n'avait pas revu son mari depuis plusieurs semaines, elle ignorait même s'il était toujours en vie. Elle réprima un sursaut de peur quand il entra dans l'appartement comme un malfaiteur en fuite. La jeune femme eut recours à tout son talent de dissimulation pour cacher combien cet homme hirsute et sale, dont le regard chargé de méfiance se posait sur les recoins de son foyer comme si le combat continuait ici, lui inspirait de la crainte. Elle prenait soudain conscience qu'elle n'éprouvait plus d'amour pour lui mais ce n'était pas le moment de lui en faire part. Elle le ménagea, n'étant pas sûre de sa réaction si elle protestait : avait-il bu une fois de plus ? Il portait un fusil sur l'épaule. Olivia savait que certains éléments de la Résistance ne lui faisaient plus confiance. Ces derniers temps, elle n'avait vécu que pour son fils et l'imminence de la victoire, alternant entre soulagement que tout se passât bien et rancœur de ne pas participer à l'assaut final puis d'en récolter les lauriers, elle qui avait œuvré dans l'ombre durant des années. En être réduite à lire des contes à Oscar et à lui préparer des purées paraissait une profonde injustice. Elle laissa Gildas l'étreindre, caresser la joue du garçonnet qui le reconnaissait à peine, lui donner des nouvelles rassurantes de Jules puis partir sans indiquer quand il reviendrait. Elle n'avait pas prononcé un seul mot et elle était certaine que ce mutisme lui avait échappé. Quand ses pas résonnèrent dans l'escalier, elle se sentit à la fois rassurée et amère, ces sentiments semblant refléter toute son existence qu'elle estimait gâchée depuis son mariage avec Gildas.

Lorsque les choses s'organisèrent un peu, Martial rassembla son personnel chez lui afin de faire le point sur le devenir de chacun. Camille le revoyait pour la première fois depuis la nuit qu'ils avaient passée ensemble. Quand elle croisa son regard, ses joues s'empourprèrent au point qu'elle manqua d'air. Furieuse contre elle-même, elle quitta rapidement la pièce pour se rafraîchir, convaincue que tout le monde avait deviné leur situation équivoque face au trouble qu'elle n'avait pu contenir. En fait, personne ne l'avait remarqué, pas même Olivia qui avait d'autres préoccupations en tête, au même titre que ses camarades d'infortune. Seul Martial n'y avait pas été insensible. Aguerri par les dramatiques événements qu'il venait de subir, il n'en conservait pas moins le souvenir très cher de leur union, et l'émotion de Camille lui fit plaisir. Quand elle revint, il ne put se retenir et la dévisagea d'un air taquin mais elle évitait de le regarder. Cependant, il fallait prendre des décisions et agir vite. Camille et Alice ne possédaient plus de logement. La première avait appris avec une grande tristesse la mort de Baptistine Thévenet dans l'éboulement de l'immeuble. En revanche, Inès et sa famille avaient réussi à s'enfuir avant son effondrement.

Bernadette Donadieu proposa aussitôt d'héberger les deux sinistrées mais Martial préféra leur offrir asile dans la vaste maison de ses parents, comme à leurs débuts au salon de thé *Osmont*. Alice remercia Bernadette et expliqua qu'elle se sentirait plus libre en optant pour la chambre sous les toits. Camille hésita. Elle craignait de vexer sa mère, cependant, en acceptant de la suivre, elle s'éloignait de Martial, lui laissant supposer que leur étreinte n'avait pas compté à ses yeux. Elle ignorait toutefois les sentiments de son amant à son égard. Peut-être n'avait-elle pas plus de valeur que les servantes de la maisonnée familiale qu'il devait trousser sous les combles, adolescent ? Cette image la choqua, tout en lui donnant envie de rire. Elle ne connaissait pas la véritable nature du fils de Marcellin. La réciprocité était vraie aussi : Martial ne savait même pas qu'il était en train de s'exprimer face à la mère et à la fille. Elles n'avaient encore rien dévoilé des liens de sang qui les unissaient.

C'était peut-être le moment ? Camille décocha à Maryse un regard interrogatif mais celle-ci l'ignora : sans doute estimait-elle que l'instant était, au contraire, mal choisi avec tous ces gens sans logement, ceux qui avaient perdu la vie, les blessés, les disparus... Alors, un peu par défi, la jeune femme opta pour une chambre chez les parents de Martial, comme lors de son arrivée à Rouen. Dans les yeux de Maryse Mercier passa une lueur d'incompréhension que sa fille savoura. Il était temps, selon elle, de dévoiler la vérité. La réticence de sa mère s'apparentait presque à une offense. Camille avait cédé à une impulsion qui répondait à des sentiments enfouis mais bien réels : elle aimait sa mère mais elle aimait encore plus Martial. Cependant, avec la brusquerie d'un éclair, le découragement s'empara d'elle quand elle réalisa que son amant d'une nuit ne désirait pas forcément révéler leurs liens : en serait-elle réduite à vivre cachée telle une criminelle ? Sa décision avait été formulée à haute voix, elle ne pouvait plus changer d'avis. Elle donna à son visage un air résolu alors que son cœur était plein d'incertitudes.

La réunion s'éternisa autour d'un goûter. Cela faisait bien longtemps que Camille n'avait aussi bien mangé. Lorsque les employées commencèrent à prendre congé, Alice attendit son amie afin de faire le trajet avec elle jusque chez les Osmont. Camille rassemblait ses maigres affaires sans se presser. Elle jetait parfois un œil à Martial qui bavardait avec Iris. Elle le connaissait assez désormais pour deviner son impatience. Tout en hochant la tête aux propos de sa sœur, il lançait aussi des regards vers Camille qu'elle intercepta. Martial sourit, elle lui répondit. C'était évidemment une mauvaise idée. Le visage d'Iris se tourna vers elle. La surprise s'y lisait. Il opéra une volte-face vers son frère puis revint se poser sur Camille comme un manège bien rodé. La jeune femme parut être soudain la proie d'une illumination : la stupeur puis la colère se peignirent sur ses traits. Camille la vit pivoter à nouveau vers Martial et lui chuchoter quelque chose. Il haussa les épaules et s'éloigna. En fait, il se dirigeait vers Camille.

Iris possédait trop d'éducation pour faire un scandale, d'autant plus qu'Alice patientait toujours dans le corridor et que Bernadette Donadieu, d'ordinaire si discrète, ne semblait pas non plus pressée de s'en aller. Et puis son frère ne supporterait pas une telle attitude. Il était divorcé à présent et Camille veuve. Cependant, malgré ses airs affranchis, Iris professait des valeurs traditionnelles. Que Martial fréquentât une de ses employées lui inspirait un certain mépris. La fermeté avait fui du visage de son frère quand il avait contemplé Camille. À sa place, une expression qu'Iris connaissait, qu'elle lui avait vu maintes fois lors de son mariage, du temps où ses relations avec Ursula étaient normales. Iris avait donc compris que l'histoire entre Martial et Camille ne pouvait se résumer à n'être que charnelle. Il y avait là du sentiment. De rage, elle faillit s'étrangler avec les miettes de son gâteau. Mais quelle importance au fond ? Son frère était revenu vivant du maquis. Camille avait perdu son mari. Marcellin avait été torturé par les Allemands même si le mot n'avait jamais été prononcé. Reine s'était suicidée. Elle, Iris, n'avait jamais réussi à trouver un homme qui lui convînt : elle alternait entre des périodes de gaieté frénétique et d'autres durant lesquelles elle sombrait dans une profonde mélancolie. Cet état d'esprit portait un nom en psychiatrie mais la guerre avait empêché toute nouvelle forme de médecine d'émerger.

Comme Martial se penchait vers Camille, Iris fut attirée, presque hypnotisée par son visage qui resplendissait. Gênée, elle se tourna vers Alice et la directrice du salon de thé. Elle ne put que constater, dépitée, que la scène qui se jouait entre son frère et Camille n'avait pas échappé à leur attention. En vérité, elles étaient trois à présent à être captivées par elle. Iris entreprit de rapatrier tout ce petit monde fou de curiosité vers la sortie. Ces dames se laissèrent faire, pas moyen d'agir autrement, mais leur frustration était évidente. Si Iris n'était pas surprise par la réaction d'Alice, elle s'étonnait de celle de Bernadette Donadieu qui avait changé depuis quelques mois, montrant plus d'humanité mais, par ricochet, moins de réserve : l'effet des turbulences de la guerre, sans doute…

— Je n'ai pas oublié cette nuit-là. Au plus fort des combats, son souvenir me gardait en vie. Oui, je voulais revenir. Pour mes enfants, bien sûr, mais pour toi également.

Camille eut l'impression qu'on délaçait contre sa poitrine un corset trop serré.

— Moi non plus, je n'ai pas oublié.

Cependant, elle n'osait se montrer trop sincère : en dépit de la chose exquise qui s'était déroulée entre eux, elle croyait qu'une légère distance devait être observée dans leurs rapports. Le fossé qui séparait leurs deux milieux n'était pas facile à franchir, en particulier pour celle qui se jugeait inférieure. Mais Martial était aussi perspicace que têtu : il remit vite les choses en place en la prenant dans ses bras, non sans veiller que la porte du salon fût bien fermée. Et Camille en oublia ses préjugés obsolètes. Elle promena sur le visage de son amant un regard tout embué de larmes.

— J'ai eu si peur, si tu savais… Peur qu'il ne t'arrive quelque chose…

— Ça a été dur mais davantage pour les Allemands que pour nous. Un juste retour des choses, la Résistance a tant sacrifié de membres à sa cause… Il y avait des cadavres calcinés partout et une odeur épouvantable dans l'air… Je crois que beaucoup de gradés vont comprendre maintenant. S'il leur reste un tant soi peu d'honneur, ils se tireront une balle dans la tête.

— N'y pense plus : nous avons gagné.

— À quel prix ? Rouen est agonisante. Et je crains que l'on ne découvre…

Il s'arrêta comme pris d'un doute. Camille l'interrogeait du regard.

— Des monstruosités ont été commises…

— Oui, chuchota la jeune femme d'une voix douce, tout en lui caressant les cheveux. C'est le lot de la guerre. Calme-toi.

Elle devinait la colère monter en Martial et ne comprenait pas : c'était comme si elle le perdait après l'avoir senti si proche.

— Je ne parle pas des agissements des Allemands en France. Enfin si, en partie, mais... (Il cherchait ses mots.) Nous savons maintenant qu'il existe des camps.

— C'est là qu'ils ont mis les juifs, les communistes, les résistants... Personne ne l'ignore.

— Ce que les gens comme toi ignorent, c'est qu'il y a eu une sorte de destruction de masse. Des fours, paraît-il...

Camille n'eut pas de réaction. La mention des fours lui paraissait trop abstraite. Elle était simplement interdite.

— Des fours ?

— Oui, des fours où l'on brûlait les prisonniers.

Cette fois-ci, la jeune femme sursauta. Cette idée paraissait si horrible qu'elle ne pouvait être vraie. Martial était bouleversé. Il ne faisait plus la différence entre les rumeurs qui circulaient en ces temps troublés et la réalité. Elle s'apprêtait à le lui faire comprendre avec diplomatie mais l'expression de désespoir sur les traits de son amant l'arrêta. Son cœur s'affola : « Seigneur, se peut-il qu'il ait raison ? » Si elle avait vécu au siècle dernier, Camille aurait sorti un flacon de sel. Au lieu de quoi, elle s'éloigna de Martial pour se laisser tomber sur la première chaise venue :

— Explique-toi.

— Nous avons connu la page la plus dramatique de notre histoire mais d'autres n'ont pas survécu ou sont à la frontière de la folie. J'ai eu des camarades dans le maquis... Excuse-moi, Camille, je voulais te dire combien je suis heureux de t'avoir retrouvée et voilà que...

— Continue ! le coupa-t-elle sans ménagement.

— Bien, répondit-il, soulagé de pouvoir exprimer ce qu'il avait sur le cœur. Des réfugiés allemands étaient retranchés dans le maquis. Pour eux, c'était le seul espoir de s'en sortir car ils étaient recherchés par leurs compatriotes et la milice française. Ils se sont confiés à nous. Ils nous ont dit avoir fui leur pays parce qu'on y enfermait les juifs, ainsi que tous ceux qui manifestaient une forme d'opposition au régime, dans des camps où il existait des chambres à gaz dans lesquelles ils périssaient. Même les femmes et les enfants. D'autres ont déclaré qu'on pratiquait des expérimentations sur les captifs...

— Ce n'est pas possible ! s'exclama Camille qui n'en pouvait plus.

Elle avait l'impression de vivre un cauchemar alors que l'armistice allait bientôt être signé et qu'elle aurait dû s'en réjouir.

— Crois-tu que ton père ?...

— Mon père ne s'est jamais retrouvé dans un tel endroit, répartit Martial, un peu agacé. Il a souffert mais pas à ce point. Et puis cela n'a pas duré longtemps. Dans quelques jours ou quelques semaines, ces camps vont être ouverts, les gens retenus dedans libérés... Qu'est-ce que nous allons trouver là-bas ?

— Pourquoi dis-tu “nous” ? demanda Camille d'une voix blanche.

— Parce que j'ai reçu l'ordre de me rendre en Allemagne.

Prise de court, elle garda le silence.

— Il n'y a plus de risques de se faire tuer et je reviendrai vite.

La jeune femme réalisa que Martial s'adressait à elle comme s'il avait des comptes à lui rendre, à l'exemple d'un mari. Elle en tira un certain réconfort en dépit du récit atroce qu'il venait de lui relater.

— Le salon de thé va être temporairement reconstruit rue des Carmes. Bernadette en prendra la direction pendant mon absence, secondée par mon père. J'aimerais que tu me dises si tu souhaites devenir sa cuisinière attitrée ?

La proposition lui ayant déjà été faite alors qu'elle n'était pas encore la maîtresse de Martial, Camille se sentit légitime à ce poste. C'est ce que Léonce aurait voulu pour elle. Elle accepta. Martial était soulagé.

— Veux-tu passer la nuit ici, avec moi ? demanda-t-il en souriant. Je pars demain, à l'aube.

— Oui, répondit Camille à l'unisson.

Il avait donc décidé que leur première étreinte ne serait pas la seule. Il n'était pas contre une liaison avec elle. Mieux, il ne chercherait pas à la dissimuler à son entourage. Camille songea qu'une page de sa vie se tournait, qu'une autre s'ouvrait. La guerre était terminée, son pays l'avait gagnée. Léonce était mort, un nouvel homme entrait dans son existence. Elle accédait à la place enviable de cuisinière d'un endroit réputé, aujourd'hui en ruine mais qui ne tarderait pas à renouer avec son lustre d'antan. Elle avait retrouvé sa vraie mère, mettant fin à ses questionnements sur un passé nébuleux. Ella serait bientôt de retour auprès d'elle, ainsi que Martial, apaisé de se rendre compte que les camps, s'ils existaient, n'avaient pas été le théâtre des horreurs qu'il avait décrites…

Ils s'embrassèrent longuement. Quand ils se séparèrent, ce fut pour découvrir la silhouette d'Olivia sur le pas de la porte. La jeune femme contemplait le couple enlacé et son visage était empreint d'une telle rage que Camille comprit une chose : le temps de la sérénité n'était pas encore venu.

Quatrième époque

LES ANNÉES DE FER

XV

Reconstruire sa vie (1945-1948)

*F**AIRE REPOSER un plat de crème à la cave pendant trois jours. Le troisième jour, fouetter la crème jusqu'à ce qu'elle mousse. Montez en neige les blancs d'œufs. Mélanger doucement la crème et les blancs puis mettre cette pâte dans des moules à faïence à trous, dotés d'une mousseline pour égoutter la crème. Avant de servir, démouler sur un plat creux et arroser de crème fraîche. Les crémets se servent avec des fruits rouges.*

« Eh bien, régime s'abstenir… songea Camille en rassemblant ses ingrédients. Voilà un dessert typiquement normand. »

Cela faisait à présent six mois qu'elle officiait dans le salon de thé en qualité de cuisinière et pâtissière, bénéficiant de l'aide de deux commis comme Léonce avant elle. Place du Vieux-Marché, la boutique n'était pas encore en voie de reconstruction. Son style, qui plaisait à la clientèle, serait fidèle au modèle original, Martial s'étant contenté d'intégrer aux plans quelques commodités plus adaptées à l'époque. La ville tout entière allait résonner des travaux entrepris afin de lui faire retrouver son visage de naguère. Après le traumatisme de la guerre et de l'Occupation, puis la joie de la Libération, la vie reprenait lentement un cours normal mais le rationnement allait encore se poursuivre jusqu'en 49.

Martial était bien allé en Allemagne pendant plusieurs semaines. Il en était revenu le visage livide, muré dans un mutisme que Camille avait aussitôt su interpréter : son amant ne s'était pas trompé quand il avait évoqué ce qu'il se passait dans les camps. Il était vraisemblable qu'il avait été témoin de scènes qui l'avaient bouleversé et qu'il ne souhaitait pas évoquer pour le moment. Pensant à la main handicapée de Léonce, Camille s'était gardée d'insister. Le temps des aveux viendrait un jour, elle ne chercherait pas à le précipiter. De plus, elle commençait à comprendre par elle-même, chaque train venant de Paris ramenant des centaines de prisonniers accueillis et soignés par la Croix-Rouge. La plupart étaient dans un triste état mais certains avaient l'air de moribonds. Décharnés, le teint jaune et plissé par les rides, même s'ils étaient jeunes, faibles au point d'avoir du mal à marcher, ils corroboraient les propos alarmistes de Martial. En les voyant, Camille se sentit très mal à l'aise, même si elle n'était pour rien dans leur calvaire : elle ne réussissait pas à oublier qu'elle avait refusé d'entrer dans la Résistance. Pour se consoler, elle se disait que, si elle s'était montrée plus téméraire, elle serait peut-être morte à l'heure actuelle, dans des conditions atroces, et Ella ne pourrait plus compter que sur ses grands-parents pour survivre.

Au bout de quelques semaines, ce fut Francine qui vint à Rouen ramener sa petite-fille près de sa mère. Camille avait renoncé à se rendre aux marais depuis que Martial lui avait proposé le nouveau poste. Julien et Mathieu s'occupaient de la ferme pendant que Francine tentait tant bien que mal de passer des examens dans une ville à moitié détruite. « Je ne vais quand même pas aller jusqu'à Paris ! », se plaignit-elle à Camille. Les résultats de la radiographie montrèrent un cancer de l'estomac qui ne surprit personne. Francine subit plusieurs lavages d'estomac qui demeurèrent sans effet et elle prit ses potions sans croire à une guérison possible. Cette maladie était incurable, nul ne l'ignorait, et, de surcroît, elle obtenait difficilement de quoi soulager ses douleurs car on manquait encore de tout en France.

La mère adoptive de Camille savait que celle-ci avait parlé avec sa vraie génitrice. Elle ne refusait pas de la rencontrer mais Maryse hésitait encore.

Le fait que les jours de Francine soient comptés la poussait cependant à accepter de la revoir, d'autant plus que son frère serait absent. En attendant, Camille avait emménagé dans une chambre de bonne du domicile de Marcellin et Honorine Osmont. Ces derniers avaient été assez charitables pour laisser une seconde pièce à Francine. À vrai dire, ils avaient été mis au courant par Iris de la relation que leur fils entretenait avec son employée. S'ils n'y étaient pas favorables, ils estimaient tous les deux ne pas avoir à se mêler de ses affaires. Comme tant d'autres Français, leurs valeurs avaient été bousculées par l'Histoire : il y avait plus grave qu'une liaison de ce genre. De plus, Marcellin était mal placé pour la condamner, lui qui n'avait cessé de tromper son épouse, même s'il s'était refusé à le faire dans le cadre du travail. Quant à Honorine, habituée aux infidélités de son mari, elle voyait là un effet héréditaire somme toute logique.

Qui s'en serait soucié ? On élaborait des plans pour reconstruire les quatre-vingts hectares de Rouen anéantis par la guerre. Les habitants l'ignoraient alors mais cette tâche immense, si elle comporterait quelques erreurs, n'en serait pas moins, dans son ensemble, une réussite comparée à ce qui se ferait dans une ville comme Le Havre avec ses grands immeubles et ses larges avenues dénués de charme. Le cœur de Rouen conserverait sa joliesse d'antan tout en concédant quelques sacrifices à la modernité avec de nouvelles perspectives améliorant la circulation.

Camille allait encore cuisiner dans le commerce temporaire de la rue des Carmes durant plus de cinq ans. Si les choses avançaient lentement concernant la réédification du célèbre salon de thé à son emplacement d'origine, il n'en était pas de même de la vie professionnelle et personnelle de la jeune femme. Elle n'ignorait pas combien sa promotion avait été accueillie avec ironie par les employées, hormis Alice qui restait son amie et l'avait félicitée avec sincérité, étant elle-même dépourvue d'ambition. Olivia avait vite répandu la nouvelle de son aventure avec le patron, ainsi qu'elle qualifiait l'histoire beaucoup plus sérieuse et sentimentale qui liait Camille à Martial.

Acculée, cette dernière avait dû la confesser à Francine qui ne se permit pas le moindre commentaire, trop stupéfaite pour avoir une opinion sur un fait qui lui semblait aussi improbable qu'un voyage dans l'espace : sa fille adoptive, la petite Camille, née d'une paysanne et ayant grandi comme une sauvageonne dans les marais, entretenait donc une liaison avec un homme riche, divorcé et influent ? Passée la désapprobation de la savoir engagée dans une relation hors mariage avec un individu qui, justement, avait brisé les liens sacrés de cette union (même si c'était préférable à ses yeux au scandale de fréquenter un homme ayant charge d'épouse), la stupeur s'était emparée d'elle. Elle se rendait compte combien sa fille avait gravi les échelons de la société mais elle espérait que ce n'était pas grâce à ses charmes. Au final, elle n'était pas loin de partager l'opinion des collègues de Camille quant à sa promotion. Devait-elle aviser Julien de cette intrigue ? En serait-il peiné, blessé, fâché ? Irait-il jusqu'à refuser de revoir Camille comme ses propres parents l'avaient fait avec Maryse ? Francine ne pensait pas qu'il se comporterait ainsi mais cela le secouerait à coup sûr. Il n'en serait pas fier.

Si Camille avait laissé percer un sentiment de gêne en se confiant à Francine, elle avait vite retrouvé cette assurance qui semblait l'essence même de son être depuis que la réussite s'attachait à ses pas. Sa mère la sentait très épanouie. Elle ne savait pas encore si cela incombait à son nouveau poste ou à quelque chose de plus intime. Toujours est-il que Francine se contenta d'ouvrir des yeux ronds quand sa fille lui fit part de la récente orientation de ses amours. Certes, elle allait mourir, cependant elle était encore capable de se laisser émouvoir et surprendre par la vie, elle ne ressemblait pas à ces êtres qui, sentant approcher la fin, se détournaient de leur entourage pour se replier sur eux-mêmes, se concentrer sur leurs maux avec un narcissisme certes excusable mais contraire à ses principes. Elle souhaitait achever son existence le plus dignement possible, entourée des siens. Même si la mort lui faisait peur, encore qu'elle fût croyante, elle s'estimait heureuse de devoir l'appréhender alors que deux de ses enfants étaient élevés. Ils se débrouilleraient sans elle, tandis qu'elle s'inquiétait davantage pour Julien et Nicolas qui était adolescent. Elle regrettait aussi bien sûr de ne pas voir grandir son unique petite-fille.

La sagesse lui était venue avec l'âge : elle avait compris que Mathieu n'était pas un homme comme les autres et qu'il ne trouverait sans doute pas de femme capable de l'aimer tel qu'il était, un peu simple. Elle avait eu une discussion avec Julien à ce sujet et son mari lui avait avoué combien il était soulagé qu'elle regardât la réalité en face et s'en accommodât. Concernant Camille, elle avait peur que Martial ne profitât d'elle et ne s'en désintéressât vite pour partir à l'assaut d'une nouvelle conquête mais cette crainte trouvait son démenti dans la durée de leur relation et l'attitude du fils Osmont à l'égard de sa jeune maîtresse. Non content de lui avoir octroyé un poste inespéré, du moins aux yeux de Francine, dans son entreprise, révélant par là même combien le qu'en-dira-t-on l'indifférait, il avait fini par lui proposer de venir chez lui avec Ella, quand sa mère aurait regagné son village.

— Tu réalises, maman ? J'hésite encore, j'ai peur qu'il regrette sa décision.

— Cet homme doit réfléchir avant de parler, rétorqua Francine, pince-sans-rire.

— Tu as raison.

— Il n'en reste pas moins que tu vas vivre sous son toit sans être mariée, ne put s'empêcher de faire remarquer Francine.

Camille sourit avec une sorte d'insouciance qui vexa sa mère. Cette dernière avait l'impression qu'on attachait bien peu d'importance à son jugement.

— Les temps ont changé. Avec tous ces malheurs…

Francine soupira. Elle ne pouvait nier que des choses bien plus graves avaient lieu en France et dans le monde après cette guerre.

À Rouen, les travaux allaient plonger la ville dans un désordre et un vacarme assez semblables à ceux qui avaient régné pendant les bombardements. La « lanterne rouge de la reconstruction », ainsi que *Paris Normandie* qualifia la ville dans laquelle des tonnes de gravats subsistaient encore à côté de terrains vagues cernés de barrières, vivrait de nouveaux temps troublés même s'ils étaient porteurs d'espoirs.

Le retard trouvait sa justification dans les questions sans fin relatives à la hauteur des nombreux ponts. Certains architectes formaient le projet de surélever les tabliers, ce qui permettrait aux bateaux de fort tonnage d'atteindre Gennevilliers, mais d'autres soulevaient des craintes face à l'importance du remodelage des quartiers avoisinants. Finalement, on envisagea des ponts hauts de sept mètres avec des quais à deux niveaux, providentiels pour les bas quartiers victimes d'inondations. Tout cela n'était même pas commencé en 1946, quand Camille accepta la proposition de Martial. Le chantier ne serait entamé qu'en 1950, alors même que le salon de thé *Osmont* renaîtrait enfin de ses cendres.

En définitive, Francine était rentrée au Marais-Vernier sans rencontrer Maryse. Si cette dernière avait averti le personnel que Camille était sa fille biologique, provoquant la stupéfaction, elle ne se sentait pas prête à affronter le passé en la personne de sa belle-sœur qu'elle ne pouvait, encore maintenant, considérer autrement que comme une voleuse d'enfant, une de celles qui n'avait pas pris sa défense à l'époque, ayant peut-être à cœur de profiter de la situation pour assouvir son désir de maternité. La rancune, l'amertume ne s'effaceraient pas si vite. D'autant plus que, d'une façon extraordinaire, la santé de Francine se stabilisa pendant des mois avant de s'améliorer, si bien que la possibilité d'une réconciliation sembla moins pressante. Le Dr Galet avoua son ignorance, tout en se réjouissant pour sa patiente : il existait des cas miraculeux qui ne relevaient plus de la science, ou alors de celle que l'on appelait « divine ». Plus prosaïquement, Camille en déduisit que, les examens ayant été passés dans l'anarchie de l'après-guerre, sans grands moyens, leur résultat n'était pas fiable. Francine souffrait plus vraisemblablement d'un ulcère qu'elle soignait en suçant de la réglisse. La maladie pouvait certes évoluer en cancer mais pas avant de longues années et, en attendant, elle comptait bien profiter de ce répit que la vie lui accordait.

Ella sous le bras, deux valises pour seuls bagages, toutes ses affaires, ainsi que ses meubles et objets personnels, ayant été détruits dans le bombardement de l'immeuble où se trouvait l'appartement qu'elle avait partagé avec Léonce, Camille emménagea chez Martial, non sans se demander ce que l'avenir lui réservait. Quoi qu'elle prétendît, et même si en effet les mœurs avaient évolué avec la guerre et l'Occupation, une paysanne devenue serveuse puis cuisinière, qui finissait par vivre avec son patron sans être passée devant le maire et le curé, avait de quoi susciter bien des commentaires, et pas des plus bienveillants. D'autant plus qu'elle arrivait au sein d'une famille renommée de province avec un enfant issu d'un premier mariage. Aussi, même si Martial l'attendait sur le pas de la porte, sentait-elle son assurance l'abandonner quand elle emprunta l'ascenseur pour monter à l'étage. Puis les lourdes portes en bois massif se refermèrent sur elle, sa petite fille et son modeste paquetage.

Sa situation échappait à sa propre analyse. Si elle réfléchissait bien, comme Francine elle était stupéfaite du chemin parcouru, pas tant du point de vue de sa réussite professionnelle car elle avait toujours voulu vivre de sa passion, mais de celui de sa vie privée qui lui inspirait un mélange de béatitude et d'angoisse. Elle était très amoureuse de Martial comme ce dernier de sa jeune maîtresse puisqu'il n'hésitait pas à braver la bonne société rouennaise en la lui imposant. Camille n'avait pas été dupe toutefois : même si ses qualités primaient dans la décision prise par Martial, elle devinait qu'il était soulagé de la savoir dans les cuisines du salon de thé plutôt qu'en salle, à la merci de la clientèle qui ne manquerait pas de jaser et peut-être de se montrer vindicative à son endroit, estimant qu'elle avait franchi les limites du tolérable en matière de bienséance. Certes, il y avait d'autres sujets de préoccupations chez ce peuple normand blessé dans sa chair par tant d'années de malheur mais des questions plus futiles les remplaçaient peu à peu, prouvant que la population était en voie de guérison. Cela aurait fait plaisir à Camille, car le commerce avait retrouvé une partie de son insouciante clientèle d'antan, si elle n'était pas l'objet de cette curiosité un peu hostile de la part de ceux qui reprenaient goût à la vie, pimentée par les potins et les médisances. Ainsi, cette jeune femme blonde, plutôt jeune et jolie mais veuve et déjà mère, avait attiré l'œil du séduisant et riche fils Osmont qui ne s'était pas contenté d'avoir une aventure, non, il l'avait installée chez lui, insensible au jugement d'autrui et à la réputation de sa famille si respectée jusqu'alors, malgré les frasques plus discrètes du père. Après un divorce passé presque inaperçu pendant l'Occupation, voilà que Martial Osmont s'enracinait dans l'esclandre en vivant ouvertement avec une femme bien inférieure à sa condition. La prochaine étape serait-elle le mariage ? Les gens ne savaient pas s'ils auraient été davantage choqués de le savoir uni officiellement avec Camille que vivant avec elle dans le péché. De toute façon, son divorce interdisait à Martial de se remarier à l'église. Pauvre Honorine, que n'avait-elle pas subi de la part de son époux (bien que courantes, les infidélités masculines, presque banalisées…) puis maintenant de son fils (une intrigue bien plus compromettante, celle-là !) ?

À présent que Camille était la compagne du patron, le personnel du salon se montrait courtois et méfiant à la fois, même Alice qui n'usait pas de sa franchise habituelle : après tout, Camille pouvait fort bien répéter ses propos à Martial. La jeune cuisinière prit conscience qu'elle n'entretiendrait plus les mêmes rapports avec ses amies d'autrefois. Afin d'échapper à cette position délicate, elle se demanda s'il n'était pas préférable de postuler ailleurs, même si elle ne le désirait pas vraiment car son cœur restait attaché au lieu où elle avait débuté, ainsi que rencontré Léonce et Martial. Les liens avec Olivia, s'ils avaient connu une trêve pendant l'Occupation, étaient à nouveau à cran. Cette dernière venait de se découvrir à nouveau enceinte, malgré la rareté de ses rapports avec Gildas, et elle songeait à avorter, non sans redouter cette pratique illégale. Elle savait que son mari avait une maîtresse. Si ses sentiments envers lui étaient devenus inexistants, elle n'en concevait pas moins de la colère à cette idée. Gildas continuait à beaucoup travailler, elle ne le voyait pas souvent.

Cinq kilomètres de quais avaient en effet été détruits en 1944 et la reconstruction s'était opérée avec célérité. Quatre ans plus tard, le port de Rouen avait retrouvé son activité d'avant-guerre. Prétextant un séjour dans la ferme de La Bouille héritée de ses parents, Olivia demanda quelques jours de congé que Martial lui concéda volontiers, pas dupe de l'acrimonie qu'elle vouait à Camille. Il espérait que cette pause, même courte, lui serait bénéfique, et qu'elle reviendrait dans de meilleures dispositions. Il n'était pas question de licencier Olivia parce qu'elle ne s'entendait pas avec Camille. Cette dernière le comprenait. Olivia avait toujours été une bonne employée et se comporter ainsi laisserait croire que Camille avait une mauvaise influence sur Martial, reconnu comme un patron juste et respectueux des droits de son personnel. Si la situation s'envenimait, il était toutefois résolu à parler en tête à tête avec Olivia afin de mettre les choses au point : la sphère privée ne devait pas empiéter sur le travail.

Quand la jeune femme revint de La Bouille, elle avait plutôt l'air d'aller plus mal. Quelques questions sur ses vacances reçurent des réponses évasives. Visiblement, le problème n'était pas là ou Olivia ne souhaitait pas en parler. En fait, elle avait consulté une avorteuse : Oscar n'aurait donc pas de frère ou de sœur. Mais elle se sentait fatiguée et faible. Elle aurait dû prendre davantage de repos, cependant elle ne pouvait confier à personne la raison de cette nécessité. Il devint vite évident qu'elle perdait ses forces et se révélait incapable de porter de trop lourdes charges, contrainte imposée de son métier. Les autres employées firent de leur mieux pour l'aider. Camille l'observait sans rien dire, attentive à noter quelque chose qui l'aiguillonnerait vers la vérité et pourrait dicter à Martial la conduite à adopter à son égard : Olivia affabulait-elle ? Ou était-elle atteinte d'un mal mystérieux qui lui ôtait sa proverbiale énergie ? Camille songeait à Francine et à son miraculeux rétablissement après tant de misères. Tout était possible. Mais Olivia repoussait le soutien d'autrui qui s'accompagnait de trop de curiosité à laquelle elle ne pouvait répondre sans scandale. Elle irait en prison si elle avouait qu'elle avait avorté. Et la police l'obligerait à avouer le nom de celle qui œuvrait dans la clandestinité. À son retour, elle avait appris que Dominique, la maîtresse de Gildas, attendait un enfant. Olivia était résolue à évoquer avec son époux la possibilité d'un divorce. Cet acte était mal considéré mais mieux valait être victime d'un ostracisme passager que continuer cette existence dénuée de sens. Les projets fermentaient en elle. Libre à nouveau, malgré la présence d'Oscar, elle pourrait renouer avec une partie de sa vie d'avant. Et peut-être tenter une manœuvre de séduction vers Martial. Celui-ci s'était aussi séparé de sa femme, il n'y avait pas de honte à cela. Il n'avait pas hésité à s'acoquiner avec l'une de ses employées, évidemment la plus jolie et la plus talentueuse. Mais peut-être ressentait-il une certaine lassitude ? Olivia était toute prête à la lui faire oublier. Elle n'espérait pas conquérir son cœur mais quelle revanche sur Camille si elle parvenait à se glisser dans son lit !

Quant à Martial, il ne se doutait pas des émois qu'il suscitait. Il croyait que l'antagonisme existant entre elle et Camille puisait sa source dans une rivalité professionnelle, la première ayant réussi à une vitesse fulgurante alors qu'elle possédait peu d'ancienneté dans l'entreprise familiale.

Du plus loin qu'il s'en souvînt, Martial avait eu à cœur de fonder une famille, sans céder à la tentation de tromper sa femme comme son père avec Honorine. L'échec de son mariage l'avait meurtri et il songeait parfois que la décision d'entrer dans la Résistance avait été une sorte d'exutoire à sa souffrance. Aussi, quand il avait commencé à s'intéresser à Camille, qui était déjà veuve, avait-il dans un même temps mis un frein à ses sentiments, craignant un nouveau revers en choisissant une compagne qui ne lui correspondait pas. La nuit passée avec elle au salon de thé avait changé la nature des choses. Il n'appartenait pas à cette catégorie d'hommes qui séduisent puis abandonnent sans état d'âme celles que la société considère comme « inférieures » à eux. Tout bonnement, il était tombé amoureux de Camille à laquelle il vouait aussi une sourde admiration pour tout ce qu'elle avait accompli. Devant le visage concentré de la jeune femme quand elle pétrissait une pâte à gâteau ou mélangeait les ingrédients pour une tourte, un frémissement de désir le parcourait comme si la cuisine devenait aphrodisiaque. Il se sentait serein face à cette femme qui avait trouvé sa vocation et qui élevait son enfant avec dignité, sans geindre comme Iris ou Ursula dès que le sort se montrait réfractaire à leur volonté. Enfin, quelqu'un qui possédait à la fois du caractère et de la douceur !

Alors qu'il ne réalisait pas qu'Olivia lui lançait des œillades déplacées, car elle se modérait de moins en moins, il détaillait les gestes de sa cuisinière attitrée avec ravissement. Et Camille lui rendait son attention avec la même adulation. Plus personne n'ignorait combien le couple était uni, ce qui ne manquait pas de surprendre et de choquer dans ce Rouen d'après-guerre qui pansait ses plaies mais n'en demeurait pas moins attaché aux usages. Certes, les noces pourtant traditionnelles du fils Osmont avec une jeune fille de sa caste s'étaient soldées par un divorce qui aurait été retentissant sans la présence des Allemands. Il semblait avoir retrouvé le bonheur avec cette veuve après tout respectable. Mais tout de même… Elle travaillait sous ses ordres et ses origines étaient des plus modestes. De plus, ils vivaient ensemble sans être mariés : mais était-ce là le plus déplaisant ?…

Le curé finit par rendre visite à Martial pour lui faire part, avec respect et diplomatie, de l'étonnement que suscitait parmi la bonne société son attitude si désinvolte. Martial eut envie de rire devant les efforts méritants de l'homme d'Église pour présenter la situation sans en atténuer la gravité, tout en ménageant l'orgueil de son paroissien. Il répondit qu'il tiendrait compte de l'avis du curé et ce dernier n'osa pas demander à Martial d'approfondir sa phrase. Mais en réalité, il avait réussi à jeter le trouble dans l'esprit du fils Osmont qui ne souhaitait pas que la réputation de Camille pût pâtir de sa légèreté. Si elle tombait enceinte, par exemple, l'esclandre prendrait des proportions qu'il voulait lui épargner. Aussi, l'idée de se remarier fit son chemin en lui, même s'il n'était plus envisageable de célébrer cette union à l'église après son divorce. Cependant, lui et Camille n'avaient jamais évoqué le sujet, il n'était pas du tout certain qu'elle acceptât. N'aurait-elle pas peur de perdre cette indépendance chèrement acquise ? Martial la rassurerait si c'était le cas : elle pourrait continuer à travailler au salon. De toute façon, il ne s'y rendait pas tous les jours, étant fort occupé à parcourir toutes ses boutiques en France, à présent que la liberté retrouvée lui permettait de songer à une nouvelle expansion de ses commerces, à un développement plus considérable de son entreprise.

Il choisit de lui demander sa main un matin de printemps de l'année 1948. Il ne se lassait pas de la faculté d'adaptation de Camille. Certes, hormis les mois qui avaient suivi le décès de Léonce, son existence avait connu une courbe ascendante, mais elle aurait pu se sentir intimidée d'entrer au sein d'un milieu auquel rien ne la prédestinait et dont elle ignorait la plupart des codes. Sa vie en ville, son métier de serveuse puis de cuisinière l'avaient toutefois dégrossie. Camille se souvenait avec amusement de son premier jour à Rouen, quand elle avait été effrayée par le vendeur de peaux de lapin puis avait manqué être renversée par un tramway. Cette fille qu'elle était alors possédait peu de points communs avec celle qu'elle était devenue aujourd'hui, à trente-quatre ans. Elle s'était nourrie de ses expériences pour gagner en assurance. Tout en aimant Martial avec une sincérité dépourvue de machiavélisme, elle était décidée à ne pas laisser passer la chance qu'il lui offrait. Aussi accueillit-elle sa proposition avec reconnaissance. Sans la moindre hésitation, elle y répondit favorablement.

XVI

Le temps des aveux (1948)

Francine posa un regard amusé sur son fils cadet qui partait pour l'école, s'étonnant encore que cet enfant que personne n'attendait, cet enfant inespéré qu'elle avait failli perdre alors qu'elle en ignorait même l'existence, fût devenu un adolescent dont les longs cils ombrageaient les yeux bleus et rendaient les filles alentour éperdues d'amour. Son Nicolas n'était pas le moins du monde empoté, d'ailleurs elle s'abstenait de le comparer à Mathieu par égard pour ce dernier qui acceptait pourtant son sort de vieux garçon avec une indifférence tranquille. Francine se voulait une mère impartiale, ne montrant aucune préférence pour l'un ou l'autre de ses enfants. Mais elle devait reconnaître qu'elle était très fière de Nicolas, peut-être parce qu'il personnifiait la beauté et l'intelligence réunies et qu'il... qu'il était de son sang, contrairement à Camille.

Elle soupira en songeant à sa fille. Camille avait réussi, certes, mais les Mercier ne la voyaient presque plus depuis la Libération. Au Marais-Vernier, on avait vécu l'invasion allemande comme partout ailleurs, avec crainte et rancune à la fois. Plusieurs jeunes du village, entrés dans la Résistance, avaient été faits prisonniers par les Allemands en 44, torturés puis fusillés. Personne n'avait oublié cet épisode dramatique. Par égard pour les familles de victimes, la fin de l'Occupation avait été célébrée avec pudeur et retenue, d'autant plus que Pont-Audemer avait été bombardée. Francine n'imaginait pas que le terme de la guerre signerait aussi sa guérison inexpliquée. Elle souffrait encore sporadiquement de maux d'estomac que la réglisse soulageait un peu, mais elle ne se sentait plus en danger de mort car la fatigue s'en était allée en même temps qu'elle reprenait du poids. Par conséquent, parce qu'ils avaient cru la perdre, Julien et Nicolas l'entouraient d'une prévenance excessive qui l'agaçait parfois.

Ce qui l'énervait davantage encore résidait dans le fait que les jeunes désertaient les campagnes au profit des villes, comme l'avait fait Camille autrefois, précurseur sans le savoir. Quelle misère de croiser une majorité de personnes âgées sur les routes des marais ! Déjà que le conflit mondial avait provoqué la mort de six cent mille personnes, civiles et militaires, voilà que les enfants abandonnaient leurs parents pour les lumières des grandes villes dont la population gonflait à mesure que les villages se dépeuplaient…

Comme à chaque fois qu'elle éprouvait de la nostalgie, Francine relut les lettres de Camille à laquelle elle ne pouvait reprocher de ne pas écrire. Elle décrivait une existence que sa mère avait du mal à se représenter. Son premier séjour à Rouen, avant-guerre, l'avait effrayée. Quant au second, elle n'avait presque rien vu de la ville d'ailleurs méconnaissable, concentrée sur les examens médicaux à passer. Si elle n'avait pas été choquée par la relation de Camille avec Martial, leur mariage l'avait laissée pantois car il officialisait une histoire que Francine n'aurait pas imaginé se poursuivre ailleurs que dans la clandestinité. Non seulement Camille s'appelait désormais Osmont mais encore elle portait aussi l'enfant de Martial… L'un des descendants des Osmont père et fils, compte tenu du fait que deux enfants étaient déjà nés des premières noces de Martial. Et voilà que Camille ajoutait qu'elle était détentrice du permis de conduire, ce qui lui permettrait, dans quelques mois, de venir leur présenter Lucas ou Mia. « Quels prénoms bizarres ! s'offusqua Francine qui avait déjà eu du mal à accepter qu'on nommât sa première petite-fille Ella. Et quelle idée saugrenue de vouloir faire le trajet en voiture avec un bébé… » Ensuite, la jeune femme annonçait l'achat d'un réfrigérateur et d'une télévision, combles du luxe selon Francine pour laquelle l'usage courant de ces appareils réservés à une élite était demeuré un peu flou jusqu'au jour où elle avait visité l'intérieur d'une longère des marais achetée par un couple de riches Parisiens qui comptait y passer ses vacances. Devant l'électroménager rutilant qui parait la cuisine, Francine était restée sans voix, presque plus ébahie par cet étalage de robots que par la nouvelle que la ferme de ses voisins serait désormais une résidence secondaire.

La modernité gagnait la France profonde mais Julien et son épouse la considéraient avec la méfiance innée des paysans. En dépit du peu de distance qui les séparait de Pont-Audemer ou de la Côte fleurie, ils ne s'y rendaient jamais sans une bonne raison qui ne s'apparentait pas à un quelconque loisir. Une bibliothèque ambulante s'était risquée jusqu'à chez eux sans rencontrer de succès. Ils ne lisaient pas, n'allaient pas au cinéma, encore moins au théâtre, ils n'avaient jamais pénétré dans un musée dont le sens même leur échappait. Seule la musique pouvait retenir leur attention car elle accompagnait les repas dansants partagés entre amis, mais ils restaient attachés aux goûts simples de leur jeunesse. Ce qu'ils avaient entendu de ladite « classique » leur avait « filé le bourdon », comme le fit remarquer Julien qui réclama un tango.

Francine replia la dernière lettre de sa fille avec un soupir. Elle entendit un chien aboyer et tourna un visage distrait vers la fenêtre. Une silhouette se profilait à son portail toujours ouvert : il n'y avait pas de voleurs au Marais-Vernier et plus personne ne fermait à clé durant la journée comme du temps de l'Occupation. Elle mit quelques secondes à réaliser que la femme cherchait une sonnette. Il n'en existait pas, elle n'avait qu'à entrer. Francine ne l'identifia pas à cause de la lumière trop vive du soleil de juin mais elle n'éprouvait aucune crainte. Et même elle était curieuse, si bien qu'elle ouvrit sa porte et s'avança dans la cour.

— Bonjour, madame !

— Bonjour, Francine…

Ainsi, cette femme savait son prénom. Elle se montrait plutôt familière pour une inconnue. Intriguée, Francine plissa les yeux. Quelque chose dans la voix de celle qui approchait à petits pas l'avait mise mal à l'aise. Il ne se passait pas une journée sans que quelqu'un vînt prendre une tasse de café ou une bolée de cidre chez Francine et Julien mais les étrangers étaient rares dans le secteur. À moins qu'il ne s'agît d'une colporteuse ? Toutefois, elle ne portait rien qui le signalât.

— Avez-vous quelque chose à vendre ? demanda-t-elle, plus pour briser le silence que par réelle envie d'entendre la réponse : non, cette femme n'était pas là pour marchander des babioles, elle en était presque certaine.

— C'est le contraire mais j'ai déjà récupéré mon bien, si je puis dire, ironisa-t-elle.

Elle était tout près de Francine à présent. En un éclair, cette dernière la reconnut. Maryse dut le comprendre aussi qui déclara doucement :

— Je me suis décidée à venir.

— Ah…

Francine se sentait aussi faible que quelques années auparavant, quand elle avait cru sa fin proche. Maryse Mercier, la sœur de Julien et surtout la mère de Camille, ici ! Pourquoi avait-elle entrepris tout ce chemin ? Dans le but de réclamer des comptes après tout ce temps ? À la terreur qu'elle éprouva, Francine réalisa combien elle et son mari étaient coupables à l'égard de cette femme. Si elle n'avait pas eu quelque chose de très grave à se reprocher, Francine n'aurait pas eu la tentation de s'enfuir à l'intérieur de sa maison pour échapper au regard accusateur de sa belle-sœur, à son jugement implacable les englobant, elle et son mari, dans un même mépris.

— Tu es venue voir Julien ? Il n'est pas encore rentré…

— J'ai le temps.

Maryse avait prononcé cette phrase en toisant Francine avec du défi dans les yeux. Cette dernière comprit qu'elle se comportait comme une enfant apeurée. Appliquant un sourire sur ses lèvres, elle s'avança vers Maryse mais fut prise d'une hésitation : devait-elle l'embrasser, lui serrer la main, se contenter de s'effacer afin de la laisser pénétrer dans le séjour ? Au bout de tant de décennies de séparation, elle ne savait comment se comporter. Elle choisit la sobriété et lui indiqua de passer avant elle. Elle la suivit au sein de la longère où elle entreprit de lui proposer à boire, comme elle l'aurait fait avec n'importe quelle visiteuse.

— Merci, je prendrai un café.

— Je t'en prie, assieds-toi.

Préparer le breuvage lui permit de se donner une contenance. C'était à Maryse d'expliquer le but de sa venue, pas à elle de parler à tort et à travers parce qu'elle était émue.

— Un peu de calva ?

— Non, merci.

Francine prit place à son tour sur une chaise paillée face à Maryse qui but une gorgée de son café chaud après y avoir mis trois sucres. Francine détourna le regard du geste familier de la femme qui, autrefois, il y avait de cela plus de trente-quatre ans, était déjà amateur de sucré : un goût qu'elle avait transmis à Camille et que Julien supportait mal à cause des réminiscences bouleversantes qu'il soulevait. Lorsqu'elles eurent bien entamé leur boisson, Francine se permit de dévisager Maryse, attendant qu'elle s'exprimât la première. Elle reconnaissait dans ses traits vieillis la jolie adolescente qu'elle avait été et que Camille lui avait rappelée maintes fois en grandissant.

— Je suis ici pour qu'on s'explique, déclara-t-elle enfin d'une voix qui ne trahissait pas le moindre trouble.

Elle semblait très sûre d'elle. Jadis, Francine l'avait connue déterminée, comme Camille aujourd'hui, puis fragile quand Sylvain l'avait abandonnée. Le temps avait passé et changé la nature de chacun d'entre eux.

— S'expliquer ? répéta-t-elle, guettant la suite.

— Oui. Je veux enterrer le passé avant qu'il ne soit trop tard. J'ai besoin de savoir… J'ignore quoi, au juste, mais j'ai ressenti le besoin de vous revoir, toi et Julien, avant de devenir trop âgée. J'aurais pu le faire plus tôt mais je ne me sentais pas prête. Et puis je ne voulais pas d'une rencontre dans l'anonymat de Rouen. J'ai eu envie aussi de renouer avec mes racines, ce lieu qui a tant compté pour moi, même s'il a été source de douleur… Je suis allée voir la ferme des parents après avoir fait une halte au couvent où j'ai accouché.

À ce rappel cru du passé, Francine se figea. Elle se sentait très vulnérable mais aussi susceptible de s'abandonner à la colère et à la mauvaise foi, car tout chez cette femme lui rappelait combien elle était blâmable.

— Cela n'a pas dû être facile... souligna-t-elle d'un ton dépourvu d'émotion.

Elle se contrôlait au maximum et se demandait si Maryse en était consciente.

— Non, au contraire, j'ai ressenti une grande sérénité ensuite... De toute façon, les religieuses qui se sont occupées de moi à l'époque sont mortes à présent... En revanche, j'ai retrouvé le médecin qui m'a sauvée et il se souvenait de moi, peut-être parce que mon histoire était singulière... Je l'ai remercié.

Francine baissa la tête, vaincue.

— Je suis si désolée, Maryse, si tu savais...

Elle ne pouvait plus s'ériger en être dénué de sensibilité. Son cœur gonflait trop dans sa poitrine, elle aurait pu pleurer comme cela ne lui était pas arrivé depuis longtemps. Le témoignage de sa belle-sœur la bouleversait en évoquant un épisode de sa vie qu'elle avait cru pouvoir justifier et qui lui imposait maintenant de regarder la réalité en face, cette réalité qui n'était pourtant pas belle à regarder.

— Un peu tard, peut-être ? répliqua Maryse d'un ton acerbe.

Cette fois-ci, elle n'avait pas réussi à rester neutre.

— Qu'attends-tu de nous ? Des excuses ?...

Avant qu'elle pût répondre, Francine surprit la présence de Julien sur le pas de la porte. Était-il là depuis plusieurs minutes et, dans ce cas, avait-il entendu une partie de leur échange ? Tout à son aparté avec Maryse, elle n'avait pas prêté attention à l'heure. Julien rentrait pour déjeuner et il tombait sur sa sœur qu'il n'avait pas revue depuis le jour où il l'avait laissée au couvent, entre la vie et la mort, emportant Camille avec lui, sa fille avec laquelle elle ne renouerait pas avant qu'elle eût atteint sa majorité. Oh, mon Dieu !...

Julien fixait Maryse d'un air hagard, écarquillant les yeux comme s'il y voyait mal. Il l'avait pourtant tout de suite reconnue. Maryse voyait défiler sur ses traits tout le trouble qu'elle avait déjà surpris sur ceux de Francine l'instant précédent, dans les mêmes circonstances. Julien n'avait pas eu le temps de se composer une attitude : il était démuni, désemparé.

— Viens t'asseoir près de nous. Le repas attendra. Nous avons à parler tous les trois, non ?

Jamais Julien ne s'était livré à ce point. Il ne pouvait plus refréner son trop-plein d'émotion et il en éprouvait de la honte, mais aussi un sentiment de libération qui le transportait. Après une longue conversation avec sa sœur, sous le regard attentif de Francine, il avait soudain éclaté en sanglots convulsifs, incapable de se retenir. Et il avait presque crié cette phrase enfouie depuis trop longtemps au plus profond de lui-même :

— Ce jour où je t'ai enlevé Camille, j'ai fait la plus grosse connerie de ma vie !

Lui qui ne pleurait ni ne jurait jamais… Maryse ne pouvait comprendre combien le voir dans cet état était stupéfiant pour Francine. Sa sœur l'avait quitté trop jeune pour connaître vraiment cet homme qui ne livrait pas le fond de sa pensée et ne se donnait pas en spectacle, même dans l'intimité.

Face à lui et à une Francine pétrifiée, un mur de froideur se dressait en la personne de Maryse Mercier. Elle n'avait visiblement pas l'intention de compatir à ses tourments. Francine ne pouvait pas lui en vouloir, elle avait vécu bien pire que son frère en perdant Camille. La contrition de ce dernier ne pesait pas lourd face au calvaire de Maryse qui savait sa fille vivante mais loin d'elle. Elle avait été chassée de la vie de Camille à l'instant où le bébé vagissant lui avait été enlevé par Julien. Certes, lui et Francine avaient entrepris des recherches après sa fuite du couvent mais comment se seraient-ils comportés s'ils avaient fini par la retrouver à Rouen ? Lui auraient-ils rendu Camille en s'excusant de leur comportement indigne, du peu de soutien dont ils avaient fait preuve à son encontre, de l'isolement physique et moral dans lequel ils l'avaient abandonnée alors qu'elle n'avait que seize ans, trop contents de profiter de son désarroi pour lui prendre un bébé qu'ils n'espéraient plus ? Toutes ces questions devaient tourner dans la tête de Maryse et l'empêcher de prononcer des paroles de réconfort. Réconfort ? Plutôt réconciliation, pardon. Le réconfort, c'était à elle qu'ils le devaient.

Julien s'empara de son mouchoir afin de s'essuyer les yeux. Il se moucha bruyamment, ce qui sortit Francine de sa prostration. Elle se leva avec résolution.

— Reste déjeuner avec nous, Maryse.

— D'accord, répondit celle-ci après une hésitation.

— Oui, reste, renchérit Julien.

Ils savaient que tout ne serait pas tranché à la fin du repas. Des zones d'ombre demeureraient, des questions resteraient sans réponse, des non-dits flotteraient entre eux à jamais, mais du moins auraient-ils essayé de comprendre ce qui avait pu les amener à dissimuler tout un pan de leur existence et à briser la jeunesse de Maryse.

À Rouen, Olivia dépérissait. La séance douloureuse qui l'avait débarrassée du bébé l'avait certes affaiblie mais les causes de sa souffrance étaient bien plus profondes. Quelque chose s'était cassé en elle, comme un lien trop tendu qui avait brusquement rompu, libérant un flot de sentiments auxquels elle se croyait étrangère. Ainsi, elle apprenait à vivre avec une mélancolie constante que même son activité au salon ne parvenait pas à chasser. Ou plutôt, dans le tourbillon de son travail, elle s'en trouvait écartée pour revenir avec plus de force le soir, dès le portillon du salon de thé franchi. L'action permettait à la jeune femme d'oublier sa tristesse qui réapparaissait à l'instant même où sa vie d'épouse et de mère l'obligeait à des tâches qui lui répugnaient. Oscar n'allait pas très bien, absorbant le mal-être de sa mère pour le digérer comme il pouvait, au moyen de colères qui mettaient Olivia encore plus au désespoir. Elle ne parvenait plus à faire face. Gildas ne venait plus qu'occasionnellement à l'appartement afin d'embrasser son fils. Il avait pris quelques affaires et s'était installé chez Dominique, acceptant l'idée de divorcer avec Olivia qui n'était même pas parvenue à s'en réjouir. Son avenir lui semblait sans issue. Elle était si lasse de tout et à commencer d'elle-même…

Avant, il lui suffisait d'entrer dans le salon de thé et de mettre son tablier pour se sentir utile et importante, mais ce temps-là était révolu depuis la promotion de Camille. Cette Camille qui lui avait tout pris, l'abandonnant avec le peu de forces qui lui restait pour affronter ses déboires, continuant à la narguer avec sa toque et ses mains enfarinées en lui tendant les plats *qu'elle avait préparés et qu'Olivia, elle, se contentait de servir.* Camille qui, chaque soir, dormait avec Martial, au sein d'un logis cossu, alors que la jeune femme était contrainte de demeurer dans ce quartier Eau-de-Robec qu'elle avait toujours détesté, en compagnie d'un enfant qui geignait dans son sommeil comme s'il partageait ses malheurs. Comment la vie avait-elle pu se comporter avec tant d'injustice envers elle ? Tout était la faute de Camille.

Un sursaut de clairvoyance avait poussé Olivia à consulter un médecin mais ce dernier n'était pas spécialisé dans les maux liés à la dépression et il n'y connaissait presque rien dans ce domaine. Son erreur fut de renoncer à la diriger vers un confrère plus au fait de ces choses qui aurait pu l'aider et l'empêcher de commettre l'irréparable. Mais, docteur de la vieille école se refusant à avouer son impuissance, il choisit de lui administrer un traitement assez fort qu'elle prit une unique journée durant laquelle elle manqua s'endormir plusieurs fois en plein service. Le soir même, elle rangeait le médicament dans un placard de sa cuisine, déterminée à ne plus y toucher.

Le jour suivant, Olivia se retrouva seule avec Martial dans la cave du salon de thé où elle était descendue chercher une bouteille de vin commandée par un client. Il notait ce qui était susceptible de manquer, tâche qui incombait d'ordinaire à celle que tout le monde appelait désormais Maryse Mercier, mais elle avait trébuché dans l'escalier assez rude la dernière fois qu'elle s'était aventurée au sous-sol et Martial avait voulu lui rendre service en la remplaçant.

Tout était en place pour la scène finale. Il n'y avait personne hormis Martial et Olivia qui avait refermé la porte derrière elle. En haut, nul ne pouvait les voir ni les entendre. Ce fut la pensée qui traversa la jeune femme quand elle vit Martial en train de comptabiliser les trésors de sa cave. Il se contenta de la saluer et se replongea dans ses calculs sans plus lui prêter attention. Aussi poussa-t-il un cri de surprise en sentant deux bras l'enlacer.

— Olivia ! Que faites-vous ?

Il fit un bond en arrière comme si un animal féroce menaçait de s'attaquer à lui.

Olivia savait qu'elle commettait une bêtise. Elle était encore assez lucide pour s'en rendre compte. Martial, en posant cette question, lui laissait une chance : elle pouvait prétendre avoir manqué tomber et s'être raccrochée à lui. Il n'en croirait rien mais son honneur serait sauf. Cependant, Olivia obéit à son cœur, pas à sa raison. Elle s'enfonça un peu plus dans la concrétisation de ce rêve qui ne cessait de la hanter : séduire Martial Osmont.

Au lieu de justifier son geste inconsidéré, la jeune femme sentit croître en elle la certitude qu'elle vaincrait sa rivale par ce biais. Et tout l'amour qu'elle portait à Martial fut révélé dans le regard flamboyant qu'elle posa sur lui. Le fils Osmont était toutefois trop furieux pour y voir autre chose que de l'impudence. S'il n'avait pas connu la peur à son paroxysme lors de l'Occupation, il aurait pu la ressentir à l'instant où ses yeux rencontrèrent ceux de son employée. Il y lut quelque chose qui lui avait toujours échappé jusqu'alors : que cette femme était sur le point de perdre la raison et qu'elle en devenait donc dangereuse à l'image d'un ivrogne en possession d'une arme. Martial ne la redoutait pourtant pas. Il n'avait surtout pas envie de provoquer un scandale dans son établissement, pas après l'accalmie qui avait suivi l'orage de son mariage avec Camille. De quoi aurait-il l'air si quelqu'un le surprenait en train de résister aux assauts d'Olivia ? Il fallait que la jeune femme retrouvât vite ses esprits. Cette scène était inadmissible. Martial comprenait qu'il ne pourrait pas garder Olivia à son poste, pas après ce qui venait d'arriver.

— Remontez, lui ordonna-t-il en renonçant à poursuivre son travail. Je vous suis. Nous allons avoir une petite conversation tous les deux.

Au lieu de lui obéir, elle se jeta contre son torse comme dans l'élan d'une danse. Il la reçut malgré lui, étonné de sentir ce corps ardent contre le sien.

— Olivia, arrêtez maintenant ! s'exclama-t-il en l'écartant avec une telle colère qu'elle faillit choir sur le sol en terre battue.

— Vous me repoussez ?

— Et comment ! Vous oubliez qui vous êtes, Olivia. Vous oubliez à qui vous avez affaire. J'ai fait preuve de trop de mansuétude à votre égard mais c'est fini à présent.

— Ce qui signifie ? demanda-t-elle d'une voix étranglée.

— Vous êtes renvoyée !

Dans le silence, ils perçurent des pas au-dessus d'eux et l'écho d'un rire.

— Vous ne m'aimez donc pas un peu ? demanda-t-elle avec l'intonation d'une enfant.

Martial se sentit mal à l'aise. Il croyait que son employée avait cédé à une sorte de pulsion. Ou peut-être son geste était-il mûrement réfléchi, par jalousie envers Camille par exemple, mais jamais l'idée ne l'avait effleuré qu'elle pût se consumer d'amour pour lui. Elle exprimait un désarroi sans doute sincère et il n'avait pas envie de la blesser. Mais il devait se sortir de cette situation gênante. Elle avait trahi sa confiance, plus rien ne serait comme avant. Elle devait le comprendre.

— Olivia, j'ai du respect pour vous car vous êtes une excellente employée mais votre attitude de ces dernières semaines laisse à désirer, et maintenant cette scène... Nous allons en discuter, si vous le voulez bien. Sortons d'ici.

— Je ne veux pas ! Je ne veux qu'une chose : que vous vous intéressiez un jour à moi... Je suis si malheureuse !

Martial commençait à perdre patience mais il s'efforça de compatir.

— La vie n'a été facile pour personne durant ces terribles années mais...

— Je ne parle pas de la guerre ! Enfin... Si, peut-être. Nous avons combattu dans le même clan, Martial. Pourquoi me considérez-vous avec répugnance alors que vous idolâtrez Camille qui a refusé de s'engager ?

— Nous y voilà...

Il vit le visage de son interlocutrice se transformer comme si un crayon noir y dessinait à grands traits vigoureux toutes les caractéristiques de la rage et de l'amertume.

— Tout part de là, n'est-ce pas ? demanda-t-il doucement.

— Pourquoi elle et pas moi ? J'ai droit à un peu de considération moi aussi.

— Vous l'avez, ma considération. N'ai-je pas évoqué le respect tout à l'heure vous concernant ? Camille et Léonce avaient le droit de refuser. Que je sache, ils n'ont pas non plus collaboré ? Et Léonce est mort pour la France, ne l'oublions pas. Quant à vous, Olivia... Vous avez un toit, un métier, un mari et un fils, que demander de plus ?

— Gildas m'a quittée.

— Je l'ignorais, avoua Martial après un silence. Dans ce cas, il est vrai que vous traversez une période délicate. Souhaitez-vous prendre quelques jours de congé afin de...

La jeune femme le coupa avec toujours cette violence qu'il jugeait disproportionnée.

— Non, surtout pas ! Je mourrais si je ne travaillais plus. C'est pourquoi vous ne pouvez pas me renvoyer.

— Nous verrons.

Il ne tenait pas à en dire plus. En tant que patron, il se devait d'être ferme face à un tel comportement, non sans montrer de la compréhension si les circonstances l'exigeaient. La lueur de folie dans les yeux d'Olivia continuait à le plonger dans l'embarras. Les mains du fils Osmont se crispaient, tout son corps était tendu et ses sens aux aguets. Le tableau évoquait une scène de chasse et Martial était certain de personnifier la proie.

Cependant, il se trompait. Olivia avait réalisé qu'elle n'éveillerait aucune inclination dans le cœur de son employeur, que sa cause était perdue à jamais et son existence réduite à néant par la désillusion. La lucidité lui revenait peu à peu, et avec elle un sentiment d'humiliation si intense qu'elle en rougit telle une écolière. Ses joues la brûlaient, ses poumons cherchaient à aspirer un air que l'atmosphère de la cave lui refusait. Un peu plus et elle allait se trouver mal. Ce serait le comble de sa honte sans doute que de tomber dans les bras de Martial pour une si mauvaise raison. Elle bredouilla donc des excuses presque inaudibles et, oubliant la bouteille de vin qu'elle était venue chercher, fila vers l'escalier et la sortie. Martial entendit la porte claquer et poussa un soupir de soulagement. Ses ennuis avec Olivia n'étaient certes pas terminés mais il avait quand même fini par voir le terme de cette empoignade absurde. Il était à présent nécessaire de prendre une décision au sujet de la serveuse. La renvoyer alors qu'elle était seule désormais pour élever Oscar ? Ce ne serait pas humain. Soudain, la solution se présenta à lui : il n'avait qu'à proposer à la jeune femme une mutation à Honfleur, quitte à lui trouver un logement et une nourrice pour s'en débarrasser au plus vite sans éprouver de remords. Gildas verrait moins son fils mais Martial ne pouvait se préoccuper de tout le monde dans cette affaire complexe. Honfleur n'était pas si éloignée de Rouen d'ailleurs. Oui, voilà qui le délivrerait de cette femme qui s'était prise d'affection pour lui et qui risquait de jeter une ombre sur son bonheur avec Camille.

XVII

L'héritier des Osmont (1949)

PROTÉGÉE PAR SON MANTEAU, ses gants, son bonnet et ses bottes, Camille pouvait profiter du paysage sans souffrir du froid de ce mois de décembre. Elle regardait partout autour d'elle ces marais qui avaient abrité ses jeunes années et qu'elle redécouvrait avec son petit garçon, né six mois plus tôt, Ella étant demeurée auprès de Francine qui lui apprenait sa recette de tarte Tatin. Les chaumières étaient toujours là avec leur basse-cour, poules, coqs, canards, oies qui picoraient la terre gelée. Vaches et chevaux avaient été rentrés dans les étables et les box mais Camille surprenait la silhouette furtive de chats chassant parmi les fourrés ou l'insolente forme de gros matous fainéants dormant sur le perron des longères, sous le doux soleil d'hiver, forçant leurs maîtres à les enjamber pour entrer et sortir. D'un même regard, Camille vit une femme tirer l'eau d'un puits alors que, pour couper les roseaux, la moissonneuse avait remplacé la faucille qu'utilisait Julien avant-guerre. Deux manières de vivre opposées, l'une demeurée dans le passé, l'autre tournée vers l'avenir. Cette dernière comportait beaucoup d'avantages et quelques inconvénients comme le fracas des machines qui déchirait le silence et faisait fuir les oiseaux dans de grands battements d'ailes affolés. Un chien tentait une manœuvre d'intimidation en aboyant avec force. Les arbres dénudés se dressaient contre un ciel bleu qu'on aurait dit lavé par une ménagère. Un couple de corbeaux semblait comploter sur une branche. Quelques pommes gelées subsistaient sur un arbre, dans le jardin d'une résidence secondaire dont les propriétaires, parisiens, ne reviendraient pas avant le printemps. Les volets clos inspiraient un sentiment de tristesse à Camille. Cependant, comme toutes ces maisons ouvertes aux beaux jours avaient l'air propres, à la différence des fermes dans lesquelles la boue, les déchets verts et parfois les gravats de toutes sortes s'amoncelaient ! La jeune maman s'efforçait de considérer les choses avec détachement mais elle avait envie de secouer ces paysans qui se moquaient pas mal de préserver la beauté du site. Il faudrait qu'un jour quelqu'un du gouvernement formulât une loi les obligeant à respecter le paysage.

Serrant Lucas contre elle en raison de la température qui avoisinait les moins cinq degrés, Camille poursuivit sa promenade. Les javelles devenaient de plus en plus fournies, attestant de la vitesse stupéfiante de la machine. Elle songeait à son père, à ses mains crevassées, et se félicitait que le travail fût devenu moins pénible à présent qu'il avait pris de l'âge. Non sans emphase, il lui arrivait de regretter le temps des tâches manuelles mais sa fille le reprenait toujours et il finissait par convenir qu'elle avait raison, que le progrès avait du bon. Soupirer après le dur labeur de jadis était surtout un moyen détourné de déplorer que sa jeunesse se fût enfuie. Un peu comme Francine quand elle se servait du robot ménager, offert par Camille pour son anniversaire, avec une mine circonspecte qui avait l'air de le défier de faire aussi bien que ses mains vigoureuses.

S'éloignant du tumulte des moissonneuses, Camille emprunta le chemin qui menait à la Grand'Mare. Elle n'était plus habituée à marcher si longtemps et ses mollets commençaient à peiner sur le sol un peu glissant, d'autant plus que Lucas n'était pas léger et qu'elle devait veiller à ne pas tomber avec son bébé dans les bras. Elle bénéficiait d'une semaine de congé qu'elle avait décidé de consacrer à un séjour chez ses parents afin de leur présenter leur petit-fils. Elle était venue seule avec ses enfants, n'hésitant pas à conduire sa petite Renault sur les routes parfois verglacées. Sa mère et son père se portaient bien, et Nicolas avait tellement changé qu'elle se sentit presque intimidée en sa présence. Quant à Mathieu, il était égal à lui-même, peu loquace, farouche et besogneux.

Un petit vent frais s'était levé, ce qui incita Camille à rebrousser chemin. Elle craignait, emportée par la splendeur du paysage hivernal et l'émotion de ce plongeon dans le passé, de ne pas se rendre compte de la distance parcourue, celle qu'il lui faudrait faire en sens inverse avec Lucas. Mais avant, elle s'arrêta et s'assit sur une grosse pierre près de la route. Il était rare qu'elle fût seule au sein de la maison de ses parents, hormis le soir dans son lit, et elle trouvait au décor et à l'instant une saveur correspondant à l'acte qu'elle s'apprêtait à commettre. Un acte symbolique mais essentiel à ses yeux. Lucas dormait contre sa poitrine. Camille ne savait pas qu'en le couchant dans un long foulard enroulé autour de son torse elle imitait le geste primitif des femmes africaines. Elle ignorait tout de ce continent et des coutumes qui y régnaient.

Après avoir vérifié qu'il allait bien, l'heure de l'allaitement étant encore loin, la jeune femme sortit un papier de sa poche qu'elle déplia avec soin. Il s'agissait d'une coupure de journal. *Paris Normandie* s'était fait largement l'écho de cette affaire à la fois sordide et captivante à bien des égards. Camille pouvait comprendre la curiosité des lecteurs. Elle n'avait pas jugé bon de conserver tous les articles qui en faisaient état, en particulier ceux qui mentionnaient trop le couple qu'elle formait avec Martial à mesure que le procès se déroulait et que les aveux d'Olivia se succédaient. Elle avait juste gardé le dernier, l'épilogue. On ne pourrait rien écrire de plus à présent. Les archives judiciaires se refermeraient sur les détails de cette histoire jusqu'à ce que, dix ans, vingt ans ou un siècle plus tard, un journaliste ou un écrivain se penchât à nouveau sur ce fait divers sanglant. Olivia avait toujours cultivé le mystère sur sa vie privée, à l'exception de la scène au bar, avec Léonce, Gildas et Jules, il y avait bien longtemps, qui avait fait prendre conscience de son mal-être à Camille. Mais elle l'avait vite oublié. Elle n'imaginait pas combien il allait se rappeler à elle. En fermant les yeux, Camille pouvait revoir le visage interloqué d'Olivia auprès du corps inconscient, ainsi que l'avait décrit la police. Elle ne réalisait pas qu'elle était l'instigatrice du drame, elle se voyait comme un témoin, une spectatrice. Quand on lui avait passé les menottes, ce fut tout juste si elle ne protesta pas d'être l'objet d'une telle maltraitance.

Le dos courbé par le poids de Lucas, Camille parcourut une dernière fois la coupure de presse datée du 24 avril 1948.

ROUEN. LA CRIMINELLE OLIVIA ESPAGNON A ÉTÉ PENDUE CE MATIN À L'AUBE.

SES DERNIERS MOTS ONT ÉTÉ POUR SON FILS.

Ainsi est morte Olivia Espagnon, née Perrin, reconnue coupable, il y a un an, d'avoir tué son mari, Gildas Espagnon, en l'empoisonnant avec une dose très forte de calmants. La jeune femme souffrait depuis plusieurs mois d'une dépression qui nécessitait un traitement médicamenteux délivré par un médecin, le Dr Boiseux, qui a témoigné au procès. Olivia Espagnon n'a pas pris ses remèdes qui auraient sans doute évité le pire mais elle a gardé précieusement les cachets. Préméditation ? C'est ce qu'ont relevé les jurés qui l'ont condamnée à la peine de mort après le décès de Gildas Espagnon par absorption de plusieurs cafés dans lesquels son épouse avait dilué au moins vingt cachets qui ont provoqué un arrêt cardiaque chez sa victime. La raison de son geste n'est pas très claire. Son époux l'avait quittée et vivait maritalement avec une autre femme qui attendait un enfant de lui. Comme elle l'a avoué, Olivia était aussi amoureuse de son patron, Martial Osmont, qui possède les salons de thé Osmont père et fils *bien connus à Rouen et partout en France. Or celui-ci aurait repoussé ses avances. Déjà fragilisée, Olivia n'aurait pas supporté que son mari lui rende visite afin de récupérer quelques affaires pour retourner avec « l'autre » comme elle l'appelait. C'est aussi ainsi qu'elle nommait Camille Osmont, l'épouse de Martial Osmont, qu'elle semblait détester. Beaucoup de haine dans cette affaire qui se solde par la mort par pendaison d'une femme, mère d'un petit garçon, Oscar, qui est désormais orphelin. D'ailleurs, les derniers mots d'Olivia Espagnon auront été pour lui : « Je désire qu'il ne se souvienne pas de moi », a-t-elle déclaré avant que la corde n'enserre son cou.*

Camille laissa tomber l'article sur ses genoux et inspira une profonde bouffée d'air pur comme pour contrebalancer celui, vicié, qui émanait des faits décrits par le journaliste. La vision d'Oscar, dont la famille s'était éteinte, ne cessait de la harceler comme un essaim de guêpes. Elle avait longtemps laissé dériver son imagination sur des images insoutenables : le corps sans vie de Gildas après qu'il eut subi plusieurs lavages d'estomac à l'hôpital puis fut tombé dans le coma et aussi la stupéfaction horrifiée d'Olivia à la découverte du crime dont elle était responsable. Camille se refusait à extrapoler sur la condamnation par pendaison de la jeune femme qui avait pourtant tout tenté pour lui gâcher la vie jusqu'au bout. Elle savait que le procès ne pouvait avoir lieu sans que l'inculpée évoquât ses sentiments ambigus envers Martial et la scène dans la cave qui avait précipité sa chute. Culpabilité. Remords. Martial s'en était beaucoup voulu, il se repentait encore de n'avoir pas répondu aux avances de son employée : le cours du destin aurait pu alors tourner d'une façon moins tragique. Mais Camille, les policiers, le juge avaient été formels : il avait agi avec discernement. Qui sait ce qui aurait pu se passer dans la tête d'Olivia si elle avait cru avoir gagné le cœur de son patron ? Peut-être aurait-elle assassiné Camille à la place de Gildas ? Camille enceinte et sa fille Ella qui représentait une autre forme de provocation aux yeux de la déséquilibrée. Sans compter que personne, absolument personne, n'aurait pu deviner la réaction d'une Olivia éconduite.

Ce drame pesait sur leur existence à tous. Le terme de la grossesse de Camille en avait subi les conséquences : elle avait accouché un mois avant la date prévue d'un nourrisson rachitique qui avait repris des forces depuis. Un nouveau scandale avait éclaboussé le couple qu'elle formait avec Martial. Puis l'établissement *Osmont* de Rouen avait vu sa distinguée clientèle se retirer comme s'il s'était transformé en bouge du jour au lendemain. À ces tourments professionnels s'ajoutait le sentiment de faute que transportait

Martial comme une maladie rare. Rien ne pouvait l'empêcher de croire qu'il était l'instigateur, certes involontaire, de ce fait divers qui n'aurait pas eu lieu si Olivia n'avait pas été si bouleversée par les paroles cinglantes et définitives qu'il lui avait lancées. Le mari de Camille s'était jeté dans le travail pour oublier un forfait qu'il n'avait pas commis. Elle le voyait peu. Sa femme et son fils devaient incarner à ses yeux comme un prolongement cruel à ce qui avait été amorcé dans la cave du salon de thé dont les travaux de reconstruction ne l'intéressaient même plus tant il symbolisait un lieu marqué par la tragédie. Camille l'avait relayé, malgré sa fatigue. Olivia condamnée, la fréquentation avait peu à peu repris. La jeune femme nota d'ailleurs, non sans satisfaction, que la moyenne d'âge des clients baissait, à proportion sans doute de l'indifférence qu'ils professaient pour les ragots. Rassérénée, elle avait cédé à sa lassitude en décidant de s'offrir une semaine de vacances au Marais-Vernier. Elle avait eu de toute façon l'intention de s'y rendre, avant que survînt l'affaire, afin d'y présenter Lucas. Martial entamait une tournée des sociétés *Osmont* partout en France, celle de Rouen ayant été la seule à essuyer le contrecoup du tapage médiatique. Ses deux commis la remplaçaient. Tant pis si la cuisine n'était pas si goûteuse pendant son absence, d'autres priorités prenaient le pas sur son métier en cette veille de Noël de l'année 1949.

Lucas dormait toujours. Incroyable comme les bébés pouvaient sombrer dans le sommeil, inconscients des dangers qui les entouraient, si dépendants des adultes et, pour cette raison, si vulnérables… La vue de son petit garçon fit naître à nouveau le souvenir du visage rempli de terreur et d'incompréhension d'Oscar quand les gendarmes l'avaient emmené à l'orphelinat de Rouen tenu par des religieuses. À la mort de son père et tandis que sa mère était en prison, les autorités avaient entamé des recherches sur la famille de Gildas et d'Olivia. En attendant, Maryse Mercier avait proposé de le garder mais Oscar avait fugué plusieurs fois et il avait été enfermé dans un centre de redressement pour enfants difficiles pendant que les investigations se poursuivaient. Il fallut bientôt se rendre à l'évidence : personne n'était susceptible de recueillir l'orphelin. Olivia n'avait plus que des parents éloignés qui refusèrent de s'encombrer du gamin. Son frère, Jules, était parti juste après la guerre reconstruire sa vie en Indochine et l'on était sans nouvelles de lui depuis des années. Quant à Gildas, une de ses sœurs était vivante mais demeurait recluse dans sa maison aux environs de Bernay, au milieu des immondices, inapte à s'occuper d'un enfant. Elle avait d'ailleurs accueilli les forces de l'ordre avec un fusil de chasse, persuadée qu'elles venaient l'arrêter pour contrebande. Ces dernières avaient vite renoncé à la convaincre d'adopter Oscar.

Au bout de plusieurs semaines, un jugement attribua à Oscar l'obligation d'intégrer l'orphelinat de Rouen. Camille alla le voir plusieurs fois mais il opposait à ses questions formulées d'un ton peu naturel (Elle ne savait comment se comporter face à ce garçonnet si éprouvé par la vie.) des réponses dénuées de chaleur et d'intérêt. La jeune femme se sentait impuissante à réparer l'injustice dont le sort s'était rendu coupable à son égard. Elle sortait bouleversée de ces entretiens comme si elle rendait visite à quelqu'un placé en détention alors qu'il clamait son innocence. Pour se préserver, elle cessa d'y retourner pendant un certain temps puis elle décida de se rendre au Marais-Vernier. Maryse Mercier la remplaça auprès d'Oscar et lui donna ainsi quelques nouvelles qui n'étaient pas bonnes : l'enfant se montrait agressif envers ses camarades et les religieuses, ce qui lui valait d'être souvent puni. De plus, il refusait de s'alimenter correctement, ce qui affolait Maryse :

— Que va-t-on lui faire ? Après tous les malheurs qu'il a subis, il n'y survivra pas !

Camille songeait à cette certitude, qu'elle partageait avec sa mère biologique, en sortant un paquet d'allumettes de sa poche. Veillant à ne pas toucher Lucas, elle en alluma une et entreprit de brûler l'article qui se réduisit vite en un petit tas de cendres sur la terre étincelante de gelée. Et voilà… Elle avait l'impression, en détruisant ce dernier témoignage écrit d'une affaire sordide, de faire table rase d'un passé encombrant, mais elle pressentait dans le fond le leurre caché derrière cet acte. La preuve avec les larmes qui coulaient en ce moment même sur ses joues quand elle pensait à Oscar. En disparaissant, Olivia l'avait chargée d'un fardeau peut-être plus lourd que celui de sa présence en lui imposant le remords perpétuel de savoir son fils au bord du gouffre. Par-delà son trépas, elle parvenait encore à la torturer. Elle la rendait prisonnière de sa propre commisération, de sa propension à ne pouvoir supporter qu'on laissât un enfant dans un orphelinat… parce que, s'il n'y avait pas eu l'intervention de Francine et de Julien, elle y serait restée jusqu'à sa majorité, oubliée de tous…

Le papier brûlé maintenait au sol une légère chaleur en diffusant une volute de fumée. Camille y promena un pied distrait. Jamais elle ne pourrait pardonner à Olivia d'avoir tué Gildas, même si elle ne connaissait pas bien ce dernier. Dans son égarement, sa collègue aurait aussi bien pu s'en prendre à Martial, à elle, pourquoi pas à Oscar s'il l'avait exaspérée par ses pleurs ? Soudain, le contact avec les fragments de l'article qui contenait les derniers mots de la meurtrière lui fit horreur et elle se leva vite pour s'éloigner et retourner à la chaumière.

Certes, on continuerait à évoquer devant elle cette affaire qui avait passionné le Tout-Rouen pendant des mois, fait jaser et déblatérer contre ses protagonistes jusqu'à l'issue du procès, au point que Martial et Camille, qui avaient été appelés à la barre en tant que témoins, avaient même songé à quitter la ville une fois Olivia condamnée. Ils y avaient renoncé, par amour pour cette cité dont ils avaient partagé les souffrances durant la guerre. Et puis, ils étaient persuadés que le temps agirait en leur faveur en chassant peu à peu jusqu'au souvenir du visage transi d'amour et de détresse d'Olivia… Et en effet, celle-ci morte, l'assassinat sauvage de plusieurs prostituées tenait à présent en haleine les habitants. Il n'en demeurait pas moins un tel sentiment de culpabilité chez Martial que les rapports dans le couple étaient devenus plus tendus. Après son accouchement prématuré et le repos forcé qui en avait découlé, Camille avait repris son poste au salon de thé sans la joie qu'elle attendait de ce retour aux fourneaux. Son mari parcourait les villes de France, de boutique en boutique. Elle avait confiance en lui et ne doutait pas de son affection mais elle savait que personne ne serait sorti indemne d'une telle histoire suivie d'un pareil déballage public. Elle aurait préféré faire front de concert avec Martial mais, puisqu'il avait opté pour cette fuite dans le travail, elle était résolue à trouver sa propre échappatoire. Le Marais-Vernier lui semblait le lieu le plus adéquat à lui rendre la sérénité. En compagnie d'Ella et de Lucas, conduisant la Renault pour la première fois sur une si longue distance, elle était partie, laissant le salon de thé aux mains de ses commis, et advienne que pourra !

Elle ne regrettait pas sa décision. Ses parents n'avaient pas essayé d'en savoir plus quand elle avait opposé une certaine réserve à leurs questions. Ils étaient bien sûr au courant de l'affaire qui avait éclaboussé la réputation des Osmont, sans pour autant y attacher autant d'importance que Camille. Aucun d'entre eux ne connaissait Olivia. Et ces scandales leur semblaient si loin de leur campagne, presque ayant lieu sur une autre planète. Ils avaient la sensation qu'on leur récitait un de ces contes des veillées d'autrefois. Ils arrondissaient les yeux et se disaient que, décidément, Camille avait une drôle de vie. Il n'y avait rien d'étonnant à ce qu'elle fût mêlée à un crime après tout ce qu'elle avait vécu. Ils n'auraient pas été surpris qu'elle leur apprît à présent qu'elle s'exilait sur un autre continent avec un zouave. Leur fille était devenue une énigme mais pas pour autant une étrangère : ils passaient toujours du bon temps ensemble, mais surtout désormais avec leurs petits-enfants.

Si Mathieu se désintéressa de ces histoires aussitôt qu'il les eut entendues, Nicolas, quant à lui, s'était pris d'une admiration sans borne pour sa demi-sœur et son beau-frère qui vivaient des choses dignes des émissions qu'il avait eu l'occasion de visionner chez un copain dont la famille était assez riche pour s'offrir cette innovation tout bonnement extraordinaire qu'était la télévision.

Arrivée à la longère, Camille entra sans frapper, pressée de rentrer au chaud et de nourrir Lucas qui s'était réveillé depuis quelques minutes. Le plaisir qu'elle éprouvait à pénétrer dans le séjour, où une flambée garantissait la chaleur et dans lequel flottait une odeur de gâteau dont elle n'était pas blasée, fut brisé d'une façon brutale par la vue de sa mère. Francine s'appuyait contre le dossier d'une chaise, une main sur le ventre, le visage pâle et tordu de douleur.

— Maman ! s'exclama la jeune femme en se précipitant vers elle tandis que Lucas, surpris par la rudesse du mouvement, se mettait à pleurer.

— Ce n'est rien, répliqua Francine en se redressant, contrariée. Veille plutôt sur ton fils.

— Tu as mal ? s'enquit Camille, sans obéir à l'injonction et malgré les hurlements du bébé un peu secoué.

Francine fixa sa fille avec une lueur si belliqueuse dans les yeux que celle-ci recula.

— Je te demande de me laisser, Camille. Je ne te demande plus que cela maintenant. Et de profiter de mes petits-enfants. Il faut bien mourir de quelque chose et mon heure est venue. Cela dit, nous n'évoquerons plus le sujet, surtout devant ton père qui ignore que j'ai rechuté.

— Je croyais que tu allais mieux ? balbutia la jeune femme qui ne voulait pas comprendre.

— Cela n'aura duré qu'un temps. Le miracle n'a pas eu lieu. Je n'ai eu droit qu'à un répit mais j'en remercie le ciel car il m'a permis de connaître Lucas. Regarde-le, il a faim ! Occupe-toi de ton fils, Camille, et laisse ta mère. La vie est là, dans les enfants.

— Oui, répondit Camille d'une voix dépourvue d'émotion en calant Lucas contre sa poitrine pour lui donner le sein.

La jeune femme se mit en devoir d'allaiter Lucas en silence, tandis que Scarlett et Typhon se tenaient pelotonnés l'un contre l'autre sur un fauteuil. Elle entendait leurs ronflements et le crépitement du bois sec consumé par le feu.

— Ce n'est rien, murmura-t-elle à son fils comme s'il lui avait posé une question.

Battre les jaunes d'œufs avec 40 grammes de sucre glace et du sucre vanillé. Battre la crème jusqu'à l'obtention d'une chantilly. Battre les blancs en neige. Mélanger les jaunes, la chantilly et les blancs montés en neige. Ajouter le reste du sucre glace. Faire un caramel et en tapisser le fond d'un moule à cake. Verser la moitié de la préparation. Mettre par-dessus les meringues brisées au préalable. Verser l'autre moitié de la préparation. Mettre au frais pendant une nuit.

— Comment elle s'appelle, la recette ?

— Un mystère glacé. C'est un gâteau. Tu aimes les sucreries ?

— Je sais pas...

Un silence plein de circonspection, puis cet aveu presque chuchoté :

— Ma maman m'en faisait souvent.

La voix nouée par l'émotion, Camille répondit :

— Ta maman était très douée pour les gâteaux.

Le garçonnet parut content de l'appréciation. Camille le surprit à sourire et elle en eut le cœur retourné. Elle se hâta de revenir à la préparation du dessert. Son trouble ne devait pas se transmettre à cet enfant si fragile qui avait besoin de stabilité.

Un souffle glacial s'engouffra dans la cuisine ainsi qu'une vive lumière sur laquelle se découpèrent deux frêles silhouettes : Ella, âgée de dix ans, qui alliait un corps maigre de petite fille à une énergie qui n'avait rien à envier à sa mère, et Francine, dont les pommettes étaient rougies par le froid, qui sourit en contemplant le spectacle qu'offraient Camille et Oscar parmi les émanations goûteuses du sucre qui chauffait pour le caramel. Elle essuya ses yeux où perlaient quelques larmes dues aux rudes températures extérieures. Julien travaillait dans les marais mais il rentrerait tôt en l'honneur du nouveau venu. Quant à Martial, il redécouvrait la région et terminait la promenade entreprise par son épouse quelques jours auparavant. Enfin, Lucas dormait dans son berceau en bois, celui qui avait abrité Mathieu puis Camille puis Nicolas… Nicolas qui aidait son père à couper les roseaux, vouant un amour sans compromission à la terre normande.

Ella se précipita sur Oscar, qui n'avait que deux ans de plus qu'elle. Camille la soupçonnait d'être tombée amoureuse du garçonnet qui possédait la beauté sauvage de Gildas. À plusieurs reprises, elle avait été tentée de lui parler afin qu'Ella comprît la situation et cessât de se comporter ainsi, mais il ne lui avait pas échappé qu'Oscar était heureux de faire l'objet d'une telle adulation dont il n'avait pas l'habitude, et Camille s'était tue par charité.

Après le tour de France de ses commerces, Martial était passé voir Oscar à l'orphelinat, sans même en parler à Camille. Quand il avait obtenu la permission de sortir le gamin de cet endroit sinistre grâce à des relations qui étaient intervenues en sa faveur alors qu'il n'était pas de la famille et ne possédait aucun droit sur l'enfant, Martial avait éprouvé un soulagement indicible, de l'ordre de ceux qui changent un homme. Ébloui par une brusque révélation, il avait compris que sa rédemption, ou ce qu'il nommait ainsi mais qui n'était que l'expression d'une culpabilité irrationnelle, était possible. Dans ce jeune être, proche de l'adolescence, portant déjà un regard désabusé sur le monde, il voyait un moyen de se racheter auprès des défunts Gildas et Olivia. Martial savait bien qu'il n'était pas véritablement responsable du drame survenu mais il y avait quand même contribué sans le vouloir. Quelque chose lui disait qu'Oscar n'avait pas été placé sur son chemin par hasard : on attendait de lui bien davantage que quelques visites, comme au parloir d'une prison où le gamin risquait bien de se retrouver un jour si personne ne prenait en charge son éducation, lui expliquant que la vie pouvait aussi se montrer juste et qu'il n'était pas toujours nécessaire de lui opposer une attitude rebelle comme s'en étaient plaintes les religieuses. « Oscar est à la fois agressif et replié sur lui-même. Nous avons déjà eu affaire à ce genre de cas. » Les bonnes sœurs n'étaient pas méchantes, elles faisaient de leur mieux pour pallier les carences de l'État mais aucune ne possédait de connaissances médicales permettant de traiter leurs pensionnaires. Elles refusaient même qu'Oscar consultât un médecin de l'âme puisque cette dernière ne concernait que Dieu. Plutôt que de l'emmener chez un psychiatre, elles le traînaient à l'église et le poussaient à prier pour son salut. Mais le Dieu qu'elles vénéraient avait tué son père puis sa mère : comment pourrait-il chercher du secours auprès de lui ?

Au salon de thé, il était déjà arrivé qu'Olivia amenât son enfant et Camille l'avait rencontré plusieurs fois, sans pour autant avoir noué avec lui des relations proches. Cependant, le garçon de douze ans lui sembla moins atteint par la tragédie dont il avait été frappé que certains le prétendaient. Il parut trouver assez vite sa place dans les familles Mercier et Osmont. Francine et Julien se comportèrent aussitôt avec lui comme avec Ella. Cette dernière fixait Oscar d'un œil enamouré qui aurait été comique si Camille n'avait pas craint que le retour de son camarade à l'orphelinat ne provoquât une énorme déception de part et d'autre. Bien qu'un peu méfiant au début, il ne tarda pas à s'intéresser aux récits de Julien sur la coupe des roseaux ou à ceux de Camille sur la manière de réussir une pâtisserie. Il ne parlait jamais de réintégrer son lieu de vie au point que la jeune femme avait peur.

Bouleversée par l'idée qu'Oscar pût se fourvoyer sur sa situation familiale, elle en toucha un mot à Martial, même s'il lui répugnait d'évoquer un sujet aussi sensible qui risquait de raviver sa blessure. Cependant, il lui paraissait inconcevable que son mari n'eût pas songé qu'une telle méprise se produisît. Et en effet, au lieu de partager ses questionnements, il sourit :

— Il n'y a pas d'inquiétude à avoir…

— Que veux-tu dire ? demanda Camille d'un ton mal assuré.

— Jamais je n'aurais amené Oscar ici si c'était pour une unique fois. Il aura l'occasion d'y revenir avec ou sans nous.

La jeune femme se demanda si Martial ne se jouait pas d'elle avec ses phrases sibyllines. Elle estimait qu'il n'y avait pas de quoi plaisanter. Elle qui s'efforçait de lui prodiguer du réconfort depuis le drame, lui maintenant qu'il n'y était pour rien, alors qu'il choisissait de s'éloigner d'elle, elle n'en revenait pas qu'il fît preuve d'autant de légèreté à présent. S'évertuant au calme alors qu'elle avait envie de hurler, elle poursuivit :

— Ne crois-tu pas qu'Oscar sera encore plus malheureux une fois de retour à l'orphelinat ?

— Tu aurais préféré que je l'y abandonne ?

— Bien sûr que non ! s'exclama Camille, laissant déborder la colère, cette fois-ci. Enfin, Martial, ne fais pas semblant de ne pas comprendre. Tu es bizarre en ce moment et tu m'agaces. Le petit se persuade peut-être qu'il va demeurer auprès de nous toujours. Il a renoué avec l'idée d'un foyer aimant et uni. Tu as vu comme il s'entend bien avec Ella ? Et je crois aussi qu'il a un don pour la cuisine.

— Tout cela me réjouit.

Comme il se taisait à nouveau, elle le considéra avec exaspération mais s'obligea à conserver à son tour le silence. De mauvaise grâce, visiblement déçu qu'elle n'insistât pas, ce fut lui qui ajouta :

— J'ai pour projet d'entamer une procédure d'adoption. Si tu es d'accord, bien entendu…

— Ah…

Camille était trop stupéfaite pour trouver ses mots.

— Nous adorons tous les deux les enfants, nous en aurons d'autres j'espère mais, en attendant, celui-ci nous tend les bras… Je connais des personnes influentes qui m'appuieront dans cette démarche et il ne devrait pas y avoir de problème. Je suis si confiant que j'en parlerai à Oscar avant qu'il ne réintègre l'orphelinat, ce qui rendra son départ plus aisé à supporter.

— C'est une très bonne idée, un acte charitable…, murmura Camille avec une sorte d'hésitation, presque de réticence.

Martial ne sembla pas s'en apercevoir.

— Je ne deviendrai pas le père d'Oscar par charité mais parce que je me suis attaché à lui. Ses troubles ont disparu depuis qu'il est chez tes parents, ce qui prouve qu'il n'est pas si atteint par le traumatisme subi et qu'il a surtout besoin de se sentir en confiance dans une nouvelle famille. Et puis, il a presque treize ans, c'est déjà un petit homme !

Camille sourit faiblement et se posta vers la fenêtre afin de reprendre contenance. Que lui arrivait-il ? Elle aurait dû exulter mais l'angoisse la gagnait. Face à cette évidence, elle ne possédait pas d'arme pour lutter. Bien au contraire, elle se sentait fragilisée comme si elle découvrait un aspect médiocre de sa personnalité. Puis elle comprit que la proposition de Martial avait fait remonter en elle un flot de souvenirs liés à son propre abandon puis à son adoption contestée. Mais celle d'Oscar serait en revanche bien légitime, elle ne devait pas en douter.

Soudain, la porte s'ouvrit, livrant passage à l'enfant. Elle le contempla et découvrit qu'il portait un chaton dans les bras. Aussitôt prévenus par un sixième sens, Scarlett et Typhon furent tirés du sommeil et redressèrent une tête à la fois curieuse et craintive. Le chaton, petite boule de poils noirs qui ne devait pas avoir plus de deux mois, se mit à miauler, ce qui équivalait chez lui à un petit cri plaintif. Scarlett sauta du fauteuil et grogna en inspectant les alentours. Les pupilles de Typhon grossirent à la hauteur de son mécontentement. Le chien aussi était réveillé mais il remuait la queue, heureux de cette diversion. Puis il se mit à aboyer, énervé par les miaulements qui avaient repris avec davantage de conviction. La cacophonie et le désordre régnaient. Martial rit de bon cœur tandis que Francine, qui accompagnait Oscar, expliquait :

— Il l'a trouvé dans la grange.

— Il est tout seul, souffla le garçon en implorant Camille du regard.

Cette dernière fixa sa mère.

— Et que comptes-tu en faire ?

Francine haussa les épaules.

— Un de plus ou un de moins !

Et soudain, Camille joignit son rire à celui de son mari.

— Tu as bien raison ! Tiens, je vais lui donner à lécher un peu de mon gâteau. Comment vas-tu l'appeler, Oscar ?

— Gildas, répondit-il avec sérieux.

Camille répliqua d'une voix douce tandis qu'un silence affligé s'installait :

— Ce n'est pas une bonne idée, mon chéri…

— Alors, Réglisse.

— Allons-y pour Réglisse.

La jeune femme alla dans la cuisine chercher un peu de blanc d'œuf saupoudré de sucre qu'elle appliqua sur ses doigts puis qu'elle présenta au chaton qui entreprit de manger la préparation.

Julien, qui avait suivi Francine, protesta contre cette pratique :

— Camille, ce n'est pas raisonnable ! Gâcher ta part du gâteau pour un chat !

— Ma part du gâteau, je l'ai déjà gagnée, rétorqua la jeune femme en riant encore. À présent, je peux bien en faire profiter les autres, pas vrai Oscar ?

Quelques recettes de mon arrière-grand-mère

Gâteau de maïs

Bien battre cinq jaunes d'œufs avec trois cuillerées de farine de maïs et six cuillerées de sucre en poudre. Battre les blancs d'œufs en neige, mélanger le tout et verser dans un moule bien beurré. Faire cuire à feu bien doux une heure et demie. Servir avec une crème anglaise.

Beignets

Faire tremper du pain, croûte et mie, dans du lait. Quand le pain a tout absorbé, ajouter un peu d'eau et faire bouillir une minute. Pétrir de façon à obtenir une pâte très homogène à laquelle on ajoute, quand elle est refroidie, deux œufs entiers, sel, poivre, persil, ciboulette, une pointe d'ail. Prendre gros comme une noix de cette pâte que l'on fait tomber dans la friture bien chaude. Servir avec une sauce tomate.

Châtaignes au miel

Faire blanchir cinq minutes une livre de châtaignes. Les mettre ensuite dans une casserole avec du lait et faire cuire doucement. Passer au tamis, remettre sur le feu et ajouter un quart de miel. Entourer de crème fouettée pour servir.

Betteraves au lait

Lorsqu'elles sont cuites, les couper en tranches et les mettre à sauter au beurre. Ajouter un peu de farine et du lait, ainsi qu'un peu de sucre. On peut faire gratiner au four et ajouter un oignon coupé en tranches minces.

Gâteau d'œufs à la neige

Casser les œufs, battre les blancs en neige très ferme, mettre dans un moule enduit de caramel, faire cuire au bain-marie un quart d'heure, ensuite au four avec les jaunes. Faire une crème anglaise parfumée à votre goût, démouler le gâteau et verser la crème autour. Servir frais.

Omelette de toutes les couleurs

Faire quatre omelettes. Sur l'une, ajouter du vert d'épinard, sur l'autre de la sauce tomate, sur la troisième du blanc d'œuf, la quatrième restant ordinaire. Servir sur le même plat. On peut aussi les faire aux huîtres, aux moules, au fromage, aux fines herbes, aux oignons…

Quelques recettes de mon arrière-grand-mère

Gâteau de plomb

Prendre 230 grammes de farine, mettre au milieu 200 grammes de beurre, 125 grammes de sucre, 3 grammes de sel, 1 œuf entier et un demi-verre de lait. Délayer, former une boule et laisser reposer une heure. Aplatir la pâte à un centimètre d'épaisseur. La mettre sur une plaque beurrée, dessiner dessus avec un couteau des losanges, mettre au four 30 minutes. Couvrir d'un papier beurré si le four est trop chaud.

Gâteau aux fruits

Avoir toutes sortes de fruits confits, poires, prunes et autres, et un demi-litre de crème liquide. Tapisser un moule de biscuits, remplir l'intérieur de crème mélangée avec les fruits confits. Alterner un lit de crème avec un lit de biscuits. Servir seul ou avec une crème autour.

www.karinelebert.com

Table des matières